楼市与爱情

@学者刘璐 著

第一季·行情

西南财经大学出版社

图书在版编目(CIP)数据

楼市与爱情/刘璐著 . —成都:西南财经大学出版社,2015.5(2017.1 重印)
ISBN 978 - 7 - 5504 - 1880 - 6

Ⅰ.①楼… Ⅱ.①刘… Ⅲ.①长篇小说—中国—当代 Ⅳ.①I247.5
中国版本图书馆 CIP 数据核字(2015)第 089107 号

楼市与爱情
刘 璐 著

策划编辑:何春梅
责任编辑:何春梅
助理编辑:陈丝丝
封面设计:墨创文化
责任印制:封俊川

出版发行	西南财经大学出版社(四川省成都市光华村街55号)
网 址	http://www.bookcj.com
电子邮件	bookcj@ foxmail.com
邮政编码	610074
电 话	028 - 87353785 87352368
照 排	四川胜翔数码印务设计有限公司
印 刷	四川五洲彩印有限责任公司
成品尺寸	165mm × 230mm
印 张	17
字 数	255 千字
版 次	2015 年 8 月第 1 版
印 次	2017 年 1 月第 2 次印刷
书 号	ISBN 978 - 7 - 5504 - 1880 - 6
定 价	38.00 元

1. 版权所有,翻印必究。
2. 如有印刷、装订等差错,可向本社营销部调换。

作者简介

刘璐：青年海归学者，西南财经大学经济学院副教授、博士生导师、留美经济学博士。在《管理科学学报》和 Economics Letters，Emerging Markets Finance and Trade，Canadian Journal of Agricultural Economics 等国内外知名学术期刊发表论文多篇。他主持和参与了多个"国家社会科学基金"、"国家自然科学基金"、"中央高校基本科研业务费专项资金"等的科研项目。其独创的"大数据下城市土地评估的 LRT 法"，从地块位置、规划条件以及成交时间等多个维度，用先进的统计学方法来评估土地的市场价值，准确度较高，深受业内好评。他著有《地价的逻辑：大数据时代的城市土地估价》一书（即将出版）。

作为国内知名财经评论人，他的采访见诸中央电视台、新华网、《人民日报》《南方都市报》《21 世纪经济报道》《大公报》《每日经济新闻》等媒体。他长期担任成都市住宅与房地产协会"成都市房地产行业专家"，锐理房地产研究院和 8848 城市经济研究院西南分院高级顾问，凤凰房产、房观察新媒体特约观察家智库专家，"张家鹏商业地产公益学院"客座讲师。

他活跃于财经类、地产类媒体，是"锐理地产网"、"深蓝财经网"、《成都楼市》《公司·地产商》《每经智库》《投资客》《川商》、成都全搜索、投房网等的专栏作家；是四川省电视台、电台和成都市电视台、电台等的特约财经点评嘉宾；是乐居 Live、首播 app 签约主播嘉宾。其搜房博客访问量超过 200 万。

他荣膺 2013 地产人价值榜专家学者榜全国前 15 名。其企鹅号在 2016 年 11 月的腾讯企鹅媒体平台房产类影响力榜中排名全国第五。

微信公众订阅号：liulu_cd

故事梗概

本书的故事发生在西京市（虚构地名），这是一座位于中国西部的特大城市。全书以一个位于西京市郊区的大型楼盘的售楼部为主要舞台，通过在售楼部来来往往的若干小人物的故事和命运，既突出地刻画了中国近10年来房地产市场的跌宕起伏，也浓缩地展现了中国经济从爆发式的快速增长到步入中速、转型的经济发展新常态的宏大时代背景。

故事里的几个男女主人公主要围绕房地产公司的里里外外展开故事。闻道是楼盘的营销策划总监，负责在售楼部组织楼盘的销售和策划的工作；糖糖是一位美丽的空姐，和闻道在万米高空邂逅；依依是一个刚毕业参加工作的女生，也是闻道的助理；陆珞竹是当地知名大学的经济学教授，对房地产和很多财经问题都有着深入的研究，也是炒股的高手。主线故事围绕这四个人物的命运和爱恨纠葛展开，还有很多小故事穿插其中，精彩内容一触即发。

这本小说以一种戏说的形式讲述了很多和人们的生活密切相关的热点财经问题，也试图让读者对社会和人性有一些更深入的思考。本书力求见证中国楼市最跌宕起伏的10年：房奴、售楼小姐、开发商、"土豪"、空姐、大学教授……有人在楼市中赚了却在爱情里走丢了；有人不断奋斗有了更大的房子却没了家；一个男人最大的遗憾是他想要给女人一切时，一无所有；在他有能力给女人一切时，却很难找到只是单纯想和他永远在一起的人。平淡与浓烈、财富与爱情，哪一样才是我们最想要的呢？

在薄情的楼市里，深情地爱

有个故事，说在同一个单位、同样拿五千块钱工资的两个人，前几年一个人买了房，一个人觉得房价要跌，再持币观望一下。现在有房跟没房的那两个人完全是两个阶层。当年买了房的那个人身家都几百万元了，而没买房的那个人感觉没什么太大变化，也没有存多少钱下来。

还有个故事，也是说的两个人，好几年前他们手里都有差不多20万元资金。然后，一个人买了一套100平方米的房，继续骑自行车上下班。另外一个人拿这20万元买了一辆高配的桑塔纳，然后交了一个女朋友。那时国内的汽车市场刚起步，小汽车品种少，而且都很贵，一辆高配桑塔纳都要卖20万元的样子，在那时可是身份的象征啊！再后来，就没有后来了。

对于大多数的中国人来说，住房和爱情都是刚需，老百姓们总需要一座房子，就像总需要一个心灵的伴侣牵手一生。其实和爱情一样，买房也会让人付出沉重的代价，但却无人能够拒绝，购房者总是心甘情愿，前赴后继，乐此不疲。所以楼市里从来不缺故事，而爱情里也总少不了房子（租房也算）。

有人买了房安居乐业，有人为了买房愁白了头发。有人在股市里赚了许多钱，娶了漂亮的女人当老婆，卖掉股票买了很多套房，从此过上了"包租公"的日子；也有人情场失意、股市巨亏、卖房补仓，从此走上了不归路。

当你遇见一个人，是否在对的时间、这个人是对还是错，决定了这是一个 2*2=4 的概率问题。于是你在幸福、悲伤、叹息、无奈这四种结果之间，各有四分之一的概率"中签"。如果再考虑能不能买房、买不买房，那这个问题就变成了 2*2*2*2=16。面对十六分之一的概率问题，你会有什么结果？抱歉，理科男写小说就是这么让人纠结。抛开这冷酷的概率不谈，重要的是你的态度。你可以爱得像恒星，也可以爱得像流星。你可以爱得斤斤计较，也可以爱得毫无保留。你可以选择恶语相加，也可以说一生情话。有人觉得爱情就是在对方风光的时候一起吃喝玩乐、购物旅游，也有人觉得爱情却是当对方落难的时候不离不弃、付出一切来长情地陪伴。

爱情有很多种，有小清新的，有唯美的。本书最主要的爱情故事其实是遗憾的。

生活有点忙，坚持有点难。我把写这本书看成是我人生旅途中的一小段长征。有想法容易，但付诸行动并完成却需要耐心和毅力。我一直信奉认真做事，踏实做人。生活不是只有工作，但也不是只有爱来爱去。社会或许不能回报你一个你想要的结果。但求一个真诚，对别人，也对自己。

这本书，虽然是虚构的，但是书中的故事有可能就发生在你的身边；书中的人物有可能就是你身边的人，甚至就是你自己。

这本书，讲了房地产，讲了股票，讲了人生，讲了社会，讲了人性，也讲了爱情。

这本书，有严肃，有调侃，有搞笑，也有悲剧；有无奈，有期盼，有思念，也有痛苦。激情平淡，缘起缘灭。

这本书，也许反映了一些问题，但总的来说，这是一部充满正能量的书。

仅以此书献给为了爱情、理想、安居乐业而奋斗的你、我、他（她）；愿我们都可以在薄情的楼市中深情地爱，最终收获一份经过时间洗刷而让爱情愈显沉醉的情怀和一个温暖的家。

第一季·行情

楼市与爱情
Contents 目录

第一章　　泳装派对/1

第二章　　慈善义卖/6

第三章　　初到售楼部/12

第四章　　永生之城/16

第五章　　万米高空的邂逅/20

第六章　　销售说辞/24

第七章　　守望，也是一种幸福/29

第八章　　客户蓄水/34

第九章　　旋转餐厅的晚餐/39

第十章　　陆教授/44

第十一章　极简生活主义/49

第十二章　我被你们策划了/54

第十三章　墓地闹鬼/59

第十四章　孝文化论坛/64

第十五章　三位专家的演讲/68

第十六章　评奖风波/73

第十七章　凌晨接机/78

第十八章　男女之间的窗户纸/84

楼市与爱情
Contents 目录

第十九章　　一批次开盘/89

第二十章　　房价为什么高？/94

第二十一章　　光棍节/99

第二十二章　　"白富美"为什么会成剩女？/103

第二十三章　　侬侬的室友/109

第二十四章　　都是月光族/114

第二十五章　　憧憬/119

第二十六章　　有人悲来有人喜/124

第二十七章　　美女的烦恼/129

第二十八章　　择一城终老，遇一人白首/133

第二十九章　　边买房边相亲/138

第三十章　　大学生就业难/142

第三十一章　　心动就像过山车/147

第三十二章　　公交车惊魂/153

第三十三章　　单身是会上瘾的/156

第三十四章　　安防系统/161

第三十五章　　应酬/165

楼市与爱情
Contents 目录

第三十六章　耳光/169

第三十七章　"土豪"的世界你不懂/174

第三十八章　一夜劲销5个亿/179

第三十九章　开超跑的客户/184

第四十章　有种疯狂叫买房/190

第四十一章　糖糖的心事/194

第四十二章　全民放债/201

第四十三章　租房还是买房？/207

第四十四章　渐行渐远/213

第四十五章　招商的"规则"/218

第四十六章　售楼女神/224

第四十七章　麻袋装的年终奖/231

第四十八章　房地产公司的年会/237

第四十九章　英国买房/243

第五十章　重逢/250

后记/257

第一章

泳装派对

公司分管营销的副总裁小牛总给营销策划副总监闻道安排了一个任务——办一个"土豪"派对来作为公司开发的别墅组团的开盘活动。小牛总布置的这个任务可把闻道难倒了。"怎么办这个'土豪'派对嘛？没经验啊！"闻道心想。而且关键是举办派对的目的不只是吃吃喝喝就完了，还要促成"土豪"们下单。小牛总的意思简单而直接，就是让售楼小姐们穿着比基尼站在楼盘会所的恒温游泳池接待"土豪"客户，促成他们下单。这个想法被闻道直接否定了。他的理由一是售楼小姐们不专业，二是售楼小姐需要体现出工作的专业性，因此需要着正装给客户介绍项目。当然，他主要是想保护售楼小姐们。第二天，闻道把活动公司的杨总邀请到公司来开个碰头会，商量一下这个"土豪"派对怎么办。

这次公司新推出的组团是法式庄园独栋别墅，占据整个项目地块最核心的位置，其中一部分是环绕人工湖而建。面积区间从400多平方米到1000多平方米不等，清水房的单价每平方米在两万元左右。一般来说，这样的项目销售是需要较长时间的。毕竟每一套房的总价都是1000万元到2000万元的价格，不像普通住宅产品这么容易走量。但是小牛总说公司的董事长大牛总暗示了，"这次冲一把，过年发大笔的年终奖。"这不拼命不行啊！活动公司的杨总说："要成功举办这个'土豪'派对，必须先正确认识'土豪'的品位。不要把'土豪'都想象成福布斯排行榜上的那些富豪，'土豪'和富豪还是有很大的不同的。我到处做活动，认识很多'土豪'朋友,其实他们是有很多有意思的标记的。""你说说看有哪些标记呢?"闻道很感兴趣。上次公司的销售经理王艳分析了不少,但闻道还想多了解一点。以前闻道做营销策划时关注的重点群体是刚需和中产,现在卖别墅必须得多关注这些"高端"客群。

杨总喝了一口水,说道:"'土豪'的第一个标记,就是一高兴了就豪掷千金。""就是'任性'嘛?"闻道忍不住接嘴道。"是的,就是这个意思!"杨总接着说:"相比于'福布斯富豪'的低调而言,喜欢标榜自己、吹嘘炫耀是'土豪'最明显的特征。我认识的一个'土豪'的夫人,每周都必须要去香港血拼。要是哪天她出席活动时没有拿一款最新款的包包,别人甚至会怀疑她老公的公司是不是出问题了。头脑发热、毫无计划是'土豪'们花钱的重要特征。只要他们高兴了,钱真的不是问题。"闻道认真地在笔记本上做着记录。高兴?怎么样才能让他们高兴?闻道的脑海中不禁浮现出了那天晚上接待辑州(虚构地名)炒房团的情景。杨总继续说道:"从穿着上来看,'土豪'们穿戴不求好看只求贵,追求国际一线大牌的限量版。"闻道微笑了一下,表示理解。"从他们开的车来说,豪车当然是必需的,但你要注意一个细节。"杨总说道,"'土豪'买的豪车一般还是大众一点的,比如常见的宝马7系、奔驰S系和奥迪A8这些,当然主要是S600和760这一级别的。'土豪'一般也不会加入超跑俱乐部,因为他们不喜欢这些太花哨的车。"杨总接着又补充了一下,说:"但是'土豪'的下一代们在车上的品位和他们的父辈相反,更喜欢小众一点的豪华品牌,比如保时捷、玛莎拉迪这些。"

"除了这些物质上的标记以外,还有没有什么文化一点的标记呢?"闻道问。其实现在的'土豪'早已脱离了以前的暴发户形象,据他所知,'土豪'在文化上是有一些特殊的追求的。"有啊!"杨总兴奋了起来,他说:"这主要有三点。首先,他们的子女是必须读贵族学校、国际学校之类的,哪怕幼儿园也要上至少十几万元一年的那种学校。其次,喜欢和名人合影。真的,我看过很多'土豪'的办公室,墙上必挂的是他们和领导或明星的合影。还有,就是很多'土豪'都喜欢在自己的办公室里放一套高尔夫球杆,至于会不会打球那是另外一回事儿了。最后,他们喜欢参加一些慈善和公益活动,通过拍卖字画等方式捐款,获得一定的公众关注度和认可度。"

线索太多了，闻道觉得头脑有点混乱。游泳池、比基尼、"土豪"、贵族学校、慈善、奢侈品、名人……有了！闻道问杨总说："我们会所那个室内的恒温游泳池你是看过的嘛，那你能不能在游泳池里的水面上搭一个台子？""承重多少？你不会是想让我摆一辆车上去吧？"杨总吓到了。"不用摆车，能站几个人就可以了。我们搞一个限量版奢侈品的义卖，卖的钱拿去做慈善捐赠。"闻道又想了一想说："如果你还能在上面竖一根钢管，我们还可以搞一个钢管舞秀。""哇！"杨总挣大了眼睛，竖起大拇指说："闻总你可太绝了！这个想法酷爆了！"闻道有点得意的微笑着说："怎么样，场地没问题嘛？"杨总高兴地说："没问题，肯定没问题，就是这个的成本可能有一点高，这预算……"闻道摆摆手说："钱不是问题啦，只要把这个活动搞好就行。对了，你那有模特资源嘛？"杨总说："要啥有啥！你要哪种类型的模特？""那必须是身材火爆的啊，你懂的。"闻道说。他总是不自觉的想到前阵接待的那个辊州炒房团的张总，可能"土豪"最喜欢的就是这种类型的吧。这事基本上就这样敲定了。

杨总的执行力是很强的，这一点闻道是放心的。他联系了 Prada 的全球限量版手包作为义卖产品，又找了西京的夜场钢管舞皇后来现场表演，至于模特更是找了 30 来个。通过各种宣传渠道，他们一共征集到百来个"土豪"报名参加。模特不够啊，于是闻道又让杨总紧急多找了 20 来个，也不知道他找的是不是真正的模特，不过这也不是重点，噱头而已嘛。很快，恒温游泳池的中间便搭好了一个走秀的 T 台，还竖起了一根钢管。激动人心的时刻就要到来了！

这个周六的夜晚，注定是一个狂欢的时刻。永生之城 Prada 全球限量版手包慈善义卖会暨别墅组团开盘盛典隆重举行。虽然晚会定在晚上 8 点才正式开始，但下午 5 点售楼部已经是人头攒动了。售楼部外的停车场简直成了豪车展，闻道让保安简单数了一下：玛莎拉迪有 3 辆，保时捷有 7 辆，宾利有 2 辆，劳斯莱斯有 1 辆，捷豹有 2 辆，法拉利有 2 辆，兰博基尼有 1 辆，路虎有 10 辆，其他全部是奔驰、宝马、奥迪这些稍微"大众"一点的豪车。值得一提的是这个路虎，闻道曾在网上看过，据说这是"土豪"标配的 SUV，而且据一些相关调查显示，路虎的车主普遍

第一章 泳装派对

003

文化程度偏低。也不知道这是不是真的，反正今天来的路虎还真不少。幸好闻道提前做好了准备，让工作人员把自己的车全部停到另外一侧的空地上去了。此外，他还让停车场的保安做好汽车引流工作，把品牌稍差的车也引导到另外一边去停，这样让售楼部门口的这个停车场看起来更"纯粹"一些。保安怎么认识车呢？这当然是必要的上岗培训啦，保安们必须要认识主要汽车品牌。

公司的10个置业顾问像小蜜蜂一样在人群中穿梭，给来访的客人们热情地介绍着项目。售楼部准备了简单的冷餐，但闻道注意到售楼小姐们都忙得没有时间吃饭。虽然忙碌，但闻道相信她们此刻的心里一定是高兴的。因为这次卖的可是别墅啊，卖一套的提成当于她们卖普通住宅的好几套了！闻道那是看在眼里，喜在心头，看来今年的年终奖不薄啊！闻道这次也把美女蜜蜜，也就是上次和糖糖一起来售楼部的那个闺蜜，请来了售楼部参加今晚的活动。闻道觉得蜜蜜可能会是购买400平方米那种小别墅产品的潜在客户，便打电话问了一下。没想到蜜蜜的父母还真有此打算，他们前阵还到处看房呢。那这正好合适！糖糖今晚在外地，所以不能来参加活动。虽然很想见糖糖，但其实闻道心里也不太想她来参加这种活动，要是被哪个"土豪"看上了可怎么办？

这时，对讲机里传来嘈杂声，说是停车场入口有一个来参加活动的客户和保安队长张汉锋争吵起来了。闻道急忙赶到停车场入口，一看心里差点笑出来。原来这个大哥开的是大众旗下的旗舰车型——辉腾。张汉锋只认识车标是大众的，就让他停在旁边的那个空地去，这下大哥可火了，于是两人就争吵了起来。人家辉腾可是和奔驰S、宝马7系、奥迪A8一个级别的啊，虽然一般来说会稍微便宜一点点。闻道一看车身上有一个"W12"的标记，这可是十二缸的顶配车型啊，市场指导价得两百多万元。当然，这车一般优惠幅度是比较大的。如果这车光看外观的话，确实外形和大众旗下的经典型号的中级车"帕萨特"相似度挺高的，难怪俗称"十二缸帕萨特"呢。现在很多车厂在设计时都讲究"套娃"设计，美其名曰"家族式"设计。这是为了节省设计成本呢还是其他什么原因，闻道还真不知道。买辉腾的人一般就是图一个低调的奢华，拿现在的流行语言来说就是"低奢"，不懂车的人一般不是很能分辨出来，这也难怪张汉锋不认识了。闻道忙给张汉锋使了一个眼色，把大哥的辉腾放进了停车场。刚舒了一口气，没想到大哥停车的时候动作有点毛躁，在停车场里指挥停车的保安喊了一声"小心点嘛！别把人家的宝马碰到了！"那是一辆宝马3系，车价一般就30来万元。看来这个保安兄弟还是仍然把辉腾认成了帕萨特。这下大哥火大了，把头伸出来吼到："我的车相当于他的七辆！"闻道只得亲自过去给大哥开了车门，并把他迎进售楼部内。

第二章

慈善义卖

  活动要晚上 8 点才正式开始，但是 7 点的时候活动的主场地——售楼部的恒温游泳池就传来了一阵惊呼和骚动。原来走秀还没有正式开始，就已经有女模特脱了大衣跳进泳池游了起来。闻道连忙把活动公司的杨总找来询问："这是你安排的环节吗？"杨总擦着汗说："不是……这是她们的自发热身嘛，这样她们一会儿走秀时可能更有状态……"好吧，闻道也有点想擦汗的感觉了。只见游泳池里一群美女，香艳无比。围观的"土豪"们一开始只是吹吹口哨，后来有人开始蹲在游泳池边向水中的模特们洒水。岸边的人们一阵哄笑，更多的人则跃跃欲试。严肃，一定要严肃！闻道真的觉得背上都是汗。确实，这里空调温度开得太高了，热！

  晚上 8 点，大家期待已久的永生之城 Prada 全球限量版手包慈善义卖会暨别墅组团开盘盛典隆重开始了。自发热身的模特们当然从泳池里起来了，但是这时杨总安排的专门表演的模特又下水了。只见两个穿着"美人鱼"样式皮裙的模特在工作人员的帮助下滑进了水里。"美人鱼"下半身穿的是皮裙，上半身穿的是比基层。在梦幻的蓝色灯光的照映下，她们一边划水一边在水里做着各种动作。两个聚光灯的灯柱跟着"美人鱼"的身影在移动。这太唯美了！观众们发出一阵阵的惊呼。闻道有点得意地看着现场观众的反应，这可是他和杨总连夜想出来的创意。突然，只见一条"美人鱼"从水中游泳的姿态站了起来，接着用手比划了一些非常迷人的舞姿。观众们从屏住呼吸到发出一阵热烈的欢呼声，掌声、口哨声此起彼伏。紧接着，另一条"美人鱼"如法炮制。人群瞬间被点燃了，尖叫声此起彼伏，大家纷纷要求两条"美人鱼"把手拿开。手机照相的闪光灯闪成了一片。

突然，灯光一暗，大家什么都看不到了。有观众惊呼："我的'美人鱼'呢？"原来刚才这个只能算是开场的热身秀。重点来了！灯光又亮起来了，两个光柱打在了T台上。"女士们、先生们，尊敬的各位领导和来宾，大家晚上好！"主持人登场了。只见她穿着一袭白色的紧身长裙，标准的女神打扮。这还是上次"孝文化论坛"的那个电视台女主持人。主持人简短的开场白以后，大牛总登台，致欢迎辞。大牛总自己本身就是一个"土豪"，既然他对今晚的活动满意，那其他人估计也会满意。

就像所有的经济行业一样，房地产行业中各个公司的老板也是风格各异，各具性格的。在西京市的地产圈，闻道就知道很多非常有特点的大老板，既有大牛总这样"土豪"型的，也有儒雅型的。比如西京另一家知名房地产公司的总裁刘总，他在西京业内就是非常有口碑的。这家房地产公司的营销总监李总闻道认识，毕竟就这么一个小圈子，虽然不是很熟，但大家还是都认识，时不时一起参加媒体举办的活动什么的。闻道虽然没有见过李总他们公司的刘总，但关于刘总的新闻闻道是看得很多的。刘总是西京当地的知名企业家，也是行业协会中德高望重的前辈。据说他还是油画高手，画得一手好画。刘总没有任何负面绯闻，倒是他和他夫人经常出现在西京媒体的一些采访当中，夫妻俩表现得很恩爱。据说他们还有一个女儿在澳大利亚读书，不过被他们"保护"得很好，从未出现在公众的视线中。

大牛总致辞后闻道上台，介绍了永牛之城的项目概况以及这次开盘的别墅组团的情况。其实从职位级别来说，本应该是分管营销的副总裁小牛总上台致辞更合适。但是小牛总非常谦虚，觉得闻道的形象气质更适合来做发言。发言就发言嘛，反正也不是第一次了，闻道觉得无所谓的。在宣传推广语中，闻道用"人生巅峰"来概括项目别墅组团的调性。不过闻道也知道，对这些"土豪"来说，什么世面没见过？他们中的很多人现在就已经住的是各种类型的高端住宅了，其中也不乏独栋别墅。所以闻道也没有指望光靠他的这个介绍环节就能促成大把的成交。这只是一个基本步骤而已，总要让别人先了解你的产品的基本信息，然后才能说销售的问题嘛。

闻道简单地介绍完项目以后，就迎来了今天的重头戏——慈善义卖！这次杨总找了专业的拍卖公司来负责这个拍卖，标的是 Prada 最新款的全球限量版手包，不同花色的只有 10 个，起拍价两万元到 5 万元不等，当然成交价是上不封顶的。今晚卖包的销售收入将全部捐给西京当地的几家敬老院，全程由媒体监督。当然这个包的起拍价其实是要给供应商付钱的，人家又不是傻的。但是闻道和他们谈好了，公司和供应商各承担 50%的费用，这样供应商也赚个名头。闻道心里估计供应商的实际成本肯定只有起拍价的一半不到，这些包包的价格虚高得很。这次拍卖分两组进行，每组五个包。照理说拍卖这些包包是应该有女人参加的，毕竟这些都是女包。但是今天来参加活动的"土豪"出人意料的默契——他们都没有带女伴来！看来他们确实是抱着特定目的来的。杨总在宣传上搞了神秘营销，没有通过正规的广告等宣传途径，而主要是通过高档会所的会员口碑等方式传播。这让闻道有一些担心，难道买房都是男主人说了算，那女主人呢？所以今天这个活动的目的是要尽可能地让这些"土豪"们现场下单、交定金，然后估计他们还会带着各自的老婆之类的再来看一次。反正他们今晚来参加了这个活动以后，带着包包和房子订单回去，估计他们的老婆们也不会说什么。

第一个拍卖的手包单价最低——两万元。一个穿着比基尼的模特把手包拿着在 T 台上走了一个来回，但主持人叫了两次以后还没人加价。这不会流拍吧？闻道有点担心起来。叫第三次的时候传来一个女声，闻道定睛一看，原来是蜜蜜！结果蜜蜜以起价把这个包收入了囊中。现场又传来议论声和口哨声。主持人有点愤慨地说："看看你们这些大老爷们儿！我要是你们其中的一个男人，我就加 10 万元抢着把这个包包买了然后转送给这位美女！"现场一阵哄笑，不过气氛活跃了很多。第二个包起价 3 万元，围观人群的参与热度明显积极了很多，多轮加价以后最终以 5 万元成交。拍卖的热度越来越高，每一个包都由一个泳装模特拿着在游泳池的 T 台上走一个来回，当然背景墙的屏幕上也会有投影仪放出的大画面。与此同时，那两条"美人鱼"也依旧在水中嬉戏游玩。她俩今天的任务还比较艰巨：除了开场的热身秀以外，她们还需要担当整场晚会的"活动"背景，所以需要一直待在水里。泳装女模拿着手包走秀，再配上各种颜色不断变化的背景灯光，这可能是闻道见过的最梦幻的一场拍卖会吧？第一组的最后一个包，单价4万元，竟然拍到了近10万元！主持人感谢大家的慈善热情，让大家稍做休息，马上有模特表演时尚泳装秀。令闻道感到奇怪的是大牛总为什么没有出手，一般这种情况之下他可是必然要显摆一下的。

在动感的音乐和梦幻的灯光中，泳装秀开始了。这些"土豪"们什么样的场面没见过？不要说泳装秀了。为了秀出新意，闻道和杨总商量的办法是"湿身诱惑"。只见模特们排成一队，先从游泳池一端的扶手处缓缓走下泳池，然后在水中或走或游的移动一段距离，接着再走上T台。其实她们游不游泳不重要，关键是要把身上打湿！模特们开始走秀以后，游泳池边闪光灯一片。你还别说，这湿不湿身的走秀区别可大不一样啊！只见模特们随着动感的旋律在T台上很有节奏地走着猫步，在梦幻灯光的映衬下那自然是极美的。闻道仔细看着这些模特们，怎么觉得她们一个一个的长的都差不多呢？全是锥子脸、大眼睛、挺鼻子这种类型的，身材都是没得说的，前凸后翘加长腿。大家拍照都是用的手机，这时只见一个穿着黑色西装和花衬衣的人拿出一个硕大的单反相机，站在游泳池边认真地拍着。闻道一看，这不就是那个开辉腾的大哥吗？敢情他还是一个摄影爱好者啊！

模特们的湿身泳装秀表演完以后，紧接着便是第二轮拍卖了。这次包包的起价要比上一批稍微高一些，都是3万元到4万元左右，而观众们的参与热情显然也更高了。激烈的竞拍以后，包包的成交价都在10万元以上。最后一个包，也是今天的压轴标的：一个起价5万元的包！据说英国皇室王妃也用这款包。几番竞价以后，叫价已经飙涨到了16万元。主持人说完"16万元第二次"后，突然传来一声浑厚的声音，说道："25万！"这气势，非大牛总莫属了！主持人三次叫价以后，大牛总将这个今天的压轴标的收入囊中。看来大牛总对这个电视台的主持人还真不错啊！闻道想。

慈善义卖结束以后，就是今晚最嗨的时刻了！灯光暗了下来，人们都屏住了呼吸。这时，主持人隆重请上了有着西京夜场钢管舞皇后之称的瑶瑶。瑶瑶一出场就掀起了一股热浪，人们纷纷尖叫了起来。看来他们中的很多人应该已经见识过这位钢管舞皇后的魅力了的。只见瑶瑶穿着一身黑色紧身皮衣，手拿一根黑色皮鞭登场，那造型有点像猫女。据说，猫女这个电影角色满足了很多男人对于一个女人的所有想象。相信在场的男人们有不少都是这样认为的。

在梦幻的灯光和激昂的音乐声中，瑶瑶时而甩头、时而扭腰、时而分叉、时而又倒立，在一根小小的钢管上做着各种不可思议的动作。人群中发出一声又一声的欢呼和尖叫，而当她时不时"啪啪"地挥动手中的皮鞭的时候，现场的人群的热度更是临近了沸点。敢情他们都想凑上前去被皮鞭狠狠地抽么？闻道想。林依依也站在闻道旁边，不时地帮着闻道到处安排人手应对临时发生的各种状况。依依是闻道的营销策划助理。闻道问依依感觉如何？依依说没看太懂。闻道微笑着对她说："没看懂就对了。"不过不能否认，这钢管舞可真是技术活，这些动作难度是很大的，没有长期刻苦的训练是很难达到要求的。这和一般夜场里那种随便扭一下的舞完全是两个概念。

钢管舞表演结束以后，瑶瑶喘着粗气在人们的欢呼和尖叫声中走下台，闻道在后台和她握手表示感谢。虽然"夜场钢管舞皇后"这个称号容易让人遐想，但就瑶瑶所表演的钢管舞本身来说，闻道对她是很敬重的，因为她确实是用她的生命在跳舞，她的很多表演动作可是一不小心就会受伤的。这时，游泳池内灯光全亮。闻道随着主持人的引导缓缓走上舞台。今夜最关键的时刻来临了！能不能让"土豪"们任性一把、冲动下单，可就看下面的环节了！闻道对着游泳池四周的人们说道："各位尊贵的来宾，各位朋友！今晚大家吃好喝好看好也玩好了，为了给大家助兴，我们公司今天也特地拿出了最大的诚意！刚才我已经对我们项目新开盘的别墅产品做了大概的介绍。凡是在今晚交定金的客户，除了可以享受我们公司的团购价九点五折的优惠以外，更是能获赠免费爱琴海豪华游双人套餐！但条件除了下单成交以外，还必须在今晚就确定去爱琴海的两个人的名字。所有优惠只在今晚！"对于这些"土豪"来说，光给一点优惠是不足以打动他们的，顶多让他们心动，但不一定成交。而促成他们下单的这最后一击，自然就是这个"只限今晚"的爱琴海豪华旅游套餐了。当然"土豪"是不差这个出国旅游的钱的，但是关键就是这个"今晚完成组队"就可以让人联想了。现场这么多美丽的泳装模特，买个房顺便组个队，这不一举两得么？

  接下来便是自由活动时间。公司在游泳池周围布置了好几张餐桌，放了很多各式美酒和糕点。模特们有的下水嬉戏，有的在岸上喝酒聊天。身着职业套装的售楼小姐们拿着楼盘资料守候在游泳池周围，很快她们每个人的身边都围了好几个客户在咨询。就是要这种对比的效果！这样，售楼小姐们既能和专职模特区分开来，又能很好地体现公司的专业面貌。旁边还布置了签约区，工作人员严阵以待，财务人员早早就准备好了POS机，就等"土豪"们来刷卡了！看到这个场景，闻道感到很欣慰，看来今天的活动应该是会取得成功的。游泳池内，那两条"美人鱼"还在不停地游动着摆出各种姿势供人们拍照。虽然这时她们不再是重点了，但作为"背景"，她们真的很敬业。这时，闻道看到那个开辉腾的大哥走到游泳池边蹲下来和"美人鱼"们聊天，而两条"美人鱼"也乖巧地游了过来扶在岸边。那画面，怎么这么像是大哥在给"美人鱼"喂食呢？神话中的"美人鱼"可是凶猛的肉食动物哦。

  闻道只好装着没看见，向在一边忙碌着的依依走去。"今晚累坏了吗？"闻道问。"我还好。闻哥你今天辛苦了，我看你一直在不停地忙。"依依看着闻道说。她今晚的确累得不行。一时间，她竟然觉得身边的一切都有一点恍惚起来，就连正站在她对面的闻道也似乎变得模糊起来了。

  这一切是在做梦吗？

第三章

初到售楼部

半年前……

"叮……"

这是第几次闹铃响了？依依努力回忆着自己昨晚在手机上设置了几个闹钟。挣扎了一会儿，依依还是决定把手机拿来看看。"8点了！惨了！"依依一骨碌从床上弹起来，今天是她第一天上班报到的日子，可千万不能迟到了。幸好自己昨晚提前把头发洗了，东西也收拾得差不多了。当学生的时候懒散惯了，依依知道自己早上要在9点前起床是困难的。迅速穿好衣服，洗漱，用最快的速度画了一个简单得体的淡妆，8点15分的时候依依已经出现在楼下了。今天坐公交是肯定来不及了，上班的地方贼远，只有打车。今天怕要给多啊，依依心想。不过比起第一天上班就迟到来说，给点打车钱她还是愿意的。正好来了一辆出租车，还算运气好啊，这个点打车可困难了。依依拦下出租车冲了上去，"师傅，去永生之城！"

依依今年25岁，在沿海一所大学读的会计专业的硕士。她为什么会来西京这个中国西部的内陆城市呢？几年前依依来西京旅游，觉得很喜欢这里的自然风光和人文氛围，也很喜欢吃这里的偏辛辣的饮食，对这座"来了就不想离开的城市"恋恋不舍。当然，最主要的原因是她男朋友是西京附近一个城市的美术专业在读研究生，所以自己来这里也算是为了爱情吧？现在大学生找工作不容易，这一年全国700万的应届毕业生，又刷新了去年600多万毕业生的历史记录。自己学的是会计，但偏偏又对报表什么的不感兴趣。那为什么读了本科还继续读研究生呢？这不是在一棵树上吊死吗？其实当时自己也没想那么多，只想多点时间考证。对，考证，这是现在大学里最流行的事情。就业形势严峻，找工作"压力山大"（网络俚语，意为压力很大），多一个证书，找工作时可能就会挤掉很多人。依依觉得自己还是太随大流了，别人考，自己就考，就像当时选这个专业一样，很多事情自己也考虑得不是太清楚。

依依的男朋友比她还小一岁，美院的学生本科就要读5年时间，这家伙还要等两年才能毕业。当时他来依依所在的城市旅游，两人就这样在海边认识了。这样，依依找工作的时候就只有尽量往他所在的地方靠。依依上班的这家公司来头可不小，开发了西京市最大的楼盘，在全国多个地方都有项目。依依从海选到最后的面试，可是经过了层层挑选，感觉招聘的人不把人折腾死不罢休啊。虽然她学的是会计，但这次应聘的职位是营销策划助理。先挤进来再说吧，岗位以后可以慢慢调嘛，而且她感觉这个"策划助理"还是一个非常有趣和有挑战性的工作。

9点差3分的时候，出租车终于停在了项目部大门外。依依一看计费表，80元，心里那个痛啊！没想到出租车师傅却说，"美女你在这里上班啊？都是高收入哦！"依依拿出一张百元大钞说，"找我20元。"师傅有点不情愿地找了钱，依依下车朝着永生之城的售楼部飞奔而去。依依租的房子在市区，因为那里离高铁车站近，去男朋友所在的城市方便，1个多小时就到了。依依想的是，有时自己过去，有时他也可以过来。但是上班的地点却在市郊，的确有点远。早上的西京堵得一塌糊涂，出租车师傅又开得非常狂野，左冲右突的，在车流中频繁变道，可把依依颠得七荤八素。只要不迟到就行！这个叫"永生之城"的楼盘，来头可不小。据说它有6000亩之大，在北京的首都机场都投放了广告，在西京市本地更是一个人们耳熟能详的楼盘，各种户外和公交站牌等广告铺天盖地。市民随手翻一张当地的报纸，也能经常看到这个楼盘的广告。

依依下车的地方，正是永生之城的售楼部大门。那气势，一个小广场连接一个转盘小道，围绕着一个气势恢宏的喷泉。道路两侧栽种着挺拔的银杏树，而喷泉的正中的一块大石头上写着"永生之城"几个鎏金的大字，落款人是谁依依没有看清楚。字迹太潦草了，估计是某位书法大家题的字吧。喷泉后面就是售楼部，一靠近售楼部各种金碧辉煌扑面而来，大门口还有穿着有点形似英国皇家卫队制服的门卫开门。虽然自己刚来试用期只有3000元月薪，但是在这里上班的档次那肯定是非常高的，远远超过市区那些写字楼里的白领，也难怪刚才出租车的师傅要这样说。光看这个售楼部的气势，就让你来了觉得不买房都不好意思走进去。

　　一进售楼部的大门，依依就感觉被深深地震撼到了。售楼部的大厅估计有近10米的挑高，穿顶下吊着一个大得夸张的水晶灯。水晶灯下的部分全部空着，让人感觉有一种奇妙的空旷感。地上是大理石做的拼花，中间还有马赛克拼出来的画。穿过大厅就是接待前台，前台的背景是一幅很大的油画，画面是很抽象的，依依看不太懂，但她能感觉到这幅画很贵。大厅两侧分别是客户接待区和项目展示区，展示区布置着一个很大的沙盘。在前台的指引下，依依从大厅侧面的一扇门走进去，来到了办公区。办公区的布置相对外面的大厅来说就简单多了，就是常见的格子间，除了蜂窝式的办公桌以外，还有几排单人。

　　在其中一个独立办公室里，依依见到了公司的人力资源经理美美。美美留着一头很长的长发，估计超过腰了，配合她的套装，让人感觉很有气场。"林依依，来，坐。"美美让依依坐到自己的办公桌对面。"今天公司的同事都在传，说营销策划部要来一个大美女，呵呵。""没有啦，我觉得姐姐你更漂亮啊。"依依觉得自己还是很会说话的。"小姑娘嘴还挺甜的嘛。"显然依依说的话让美美很受用。"我这里有一些你入职的手续要办，还有一些表格需要填，待会儿我的助理小张会带着你去办理。"美美指了下外面大办公区坐着的小张。这人依依见过，当时面试的时候就见过她。"你的部门经理是闻总，他是我们公司的营销策划副总监，你的职位就是他的助理。"美美顿了顿又说，"目前营销策划部没有总监，所以闻总负责所有营销策划部的工作。"就是我的顶头上司呢，依依心想。"闻总可是我们公司的大帅哥哦，你这个助理的职位可是公司很多女生羡慕的啊。"美美笑着说。"闻总目前在上海出差，所以你今天见不到他。但他特别嘱咐我让你先去售楼部的一线锻炼一下，所以一会儿我会安排小张带你到销售部去报到。还有什么不清楚的你现在可以问我。"

怎么又到销售部去了？依依问美美道："美总，请问我要在销售部干多长时间呢？"美美看出依依心中的忐忑，说，"这个时间要取决于你们闻总。对了，销售部和营销策划部实际上是一家人，只不过销售部负责具体的一线客户接待相关的工作罢了。销售部也归闻总管。不过销售部有个销售经理，就是你一会儿要见的王总。"美美接着说，"先就这样吧，小张会带着你走一套入职的流程。以后我们就是同事了，有什么不懂的随时欢迎你来问我。""谢谢美总。"依依说。

从美总的办公室出来，依依发现她的助理小张已经等候在门口了。"张姐，我们又见面了！"毕竟依依和小张见过一面，双方熟络得快些。刚才的美美虽然和蔼，但毕竟是"总"，依依还是觉得自己有些拘束。"叫我张丽就可以了，咱们年龄差不多。走，我先带你去见你们部门的同事。"一边走张丽一边说，"你们部门的老大，闻总，今天不在，好像他明天会回来。营销策划部包括策划和销售两个部分，销售的人比较多，有十来个，策划的人不算闻总只有两个，你来就是第三个。"张丽感觉人很热情，还扎着两根马尾辫。说着两人已经来到营销策划部的办公区了。"这是孙磊，磊哥。""你好！"这是一个体型偏胖，留着浓密大胡子的男人。那感觉一看就是搞策划的。"磊哥好！"打个招呼，但这个磊哥趁机握了一下依依的手，还半天不松开。"这是高蕾蕾，我们都叫她蕾蕾。"张丽继续介绍道。"蕾蕾姐好！""哟，大美女哦！咱们闻总眼光可真好，挑了这么漂亮的一个女生当助理。"这个蕾蕾个子不是很高，比依依矮了大半个头，长得很普通，戴一副很大的黑框眼镜。见过这两人以后，依依略感不爽，难道这就是以后自己天天相处的同事吗？不知道那个闻总怎么样？毕竟自己是他的助理，要是像这个磊哥一样，那自己可完了。

张丽把依依领到另一间独立的办公室，并轻敲了一下门道："王总，我把你们部门新来的同事依依带来和你见一下，请问您现在有空吗？""进来。"打开门，一个约40岁的女人正坐在办公桌前翻着一本杂志。"林依依是吧？"王总抬头打量着依依，说道，"先随便坐坐吧，下午销售部开会你也来参加。"说完继续看她的杂志。"好的，那我先带依依去办理入职手续。"张丽把办公室的门带上，看着依依撇了一下嘴。看来这个王总不是很好打交道啊，依依心想。

第四章

永生之城

　　西京早上的交通可真是堵啊！闻道 8 点不到就出门了，差几分 9 点才到公司。其实也就 20 公里不到的距离，闻道住在市区，项目在郊区。如果不堵车的话，估计半个小时多一点就能开到。但是在早上高峰期的这个点儿，一个小时能到已经是万幸了。虽然市区刚修了环形高架，但高峰期几乎每一个上高架和下高架的匝道口都会堵。所以高峰期闻道一般不想走高架。走下面还可以左冲右突穿小道什么的，而一旦上了高架，堵起来绕都不知道该往哪儿绕。

　　一到永生之城的项目门口，闻道一下就觉得神清气爽起来。这拿钱砸出来的绿化那可不是盖的，进项目的道路两侧是清一色的银杏树，而且还是又大又粗的那种。等到深秋的时候，这些银杏的树叶会全部变成金黄色，散落一地上那可是要多浪漫有多浪漫啊。到时可以举办一个银杏主题摄影大赛什么的，一定可以大赚一把人气，闻道心想。永生之城这个案名可是闻道的得意之作。两年前，闻道还在一家代理公司上班，俗称乙方。在参与目前这家公司的代理竞标的时候，一个难题让所有的参与人包括甲方自己都很头疼，这就是在楼盘项目地块的旁边就有一个公墓和火葬场。火葬场倒还好说，可以整体搬走，但是这个公墓牵涉的面太广，几乎没有搬走的可能性。当时很多业内行家都说这块地是一块死地，本来就在郊区，旁边还有一个墓地，即使开发出来也很难销售。

　　这时，闻道代表乙方提了一个概念型的整体定位，这就是"永生之城"。公墓搬不走就不搬吧，与其纠结于公墓的搬迁问题，他们还不如把坏牌当成好牌打。一方面，利用项目地块的规模优势，把一个人从出生到学习成长、工作生活以及养老的各种配套都应有尽有的打造出来；同时，把旁边的这个墓地当成一个独特的卖点：买房送墓地，让你永生！当然，墓地少则1万元，贵则数万元，这些都记成营销费用，最后还是要体现在房价中由购房者买单嘛，正所谓羊毛出在羊身上。甲方的董事长在听了"永生之城"这个概念后拍桌子叫好。

之后，公司砸下上千万元的广告费铺天盖地地推广"永生之城"这个概念。一时间，"买永生之城得永生"成了西京市民耳熟能详的广告词。也许是运气吧，近年来全国城市墓地价格飞涨，按照单位面积计算，投资墓地比买房还划算，所以"买房送墓地"这个营销手段很让市民买账。"永生之城"也因此而一炮打响。

其实，从民间传统文化上来说，能被选作墓地的地方必然是自然条件很好的地方，墓地的阴气和旁边楼盘的阳气也可以相互综合。此外，如果有家人安睡在旁边的公墓，那前去祭拜也是非常方便的。再次，如果不计较墓地下面安睡的故人，公墓本身的绿化都是很好的，以挺拔的青松为主，所以墓地其实也是一种绿化。国外很多城市的公墓周边都是居民区，很多居民还到墓地里去跑步呢。不管怎么说，"永生之城"这个剑走偏锋的险招算是成功了，这两年的销售那可是风生水起，由于规模很大，所以只要永生之城这个项目放盘，那必然是当期全城的销冠。

两年前的竞标虽然自己所在的那家代理公司赢了标，但甲方公司的老板觉得反正房子好卖也没有必要请代理公司来销售。不过这家老板还算大方，给了些"点子费"，算是对乙方提案的肯定。而更多的甲方公司则喜欢通过竞标来套方案，竞标完了以后就自己做，或者安排自己的关联方来做。说起乙方，那可是一部血泪史啊！不过由于这个提案的成功，闻道获得了甲方公司老板的赏识，之后不久就被"挖了"过来。对闻道来说，这肯定是事业上的一大进步，完成了从乙方到甲方的"惊险一跳"。他自己去年也买了一辆白色的奥迪A4L。闻道承认男人开白色的车确实炫了一点，但显得年轻嘛，喜欢就行！

闻道缓缓地驶入售楼部旁的停车场，保安队长张汉锋已经恭候在那了。保安队隶属于行政部管理，但由于售楼部保安的形象和服务也是一种非常重要的客户体验，属于营销范畴，所以保安队在理论上也归营销策划部管。公司要求保安必须为每一个开车到访的客户开车门，让客户刚到售楼部就能体验到宾至如归的尊崇感。但其实为客户开车门还真是一个技术活。客户停车后一般会先熄火，再收拾东西什么的，然后才下车。而客户的车门一般是锁着的，要到下车时才解锁。如果保安过早地拉客户的车门，会让客户感到不舒服，特别是一些女性客户甚至会被吓着。问题是现在很多车主都给车窗贴了膜，所以站在外面不太看得清楚里面的情况。这就需要保安拿捏时机。保安可以先把手轻轻的搭在客户的车门上，当感受到客户要开车门的一瞬间，或者听到客户解锁了要开车门的一瞬间，再帮客户拉开车门。这确实是很考验手艺的，需要长期的练习。服务行业都不容易啊，闻道感叹道。

  闻道开的这辆车采用的是涡轮增压发动机，从保养车的角度出发，需要在长时间行驶后怠速一小段时间再熄火，这样更利于涡轮散热，可以延长其使用寿命。当然，怠速是要增加一定的油耗的。但是和更换涡轮动辄几万元的费用相比，多花一些油费还是值得的。闻道还是比较懂车的，所以往往停车时都要等几分钟再熄火。利用这段时间正好可以收拾车内物品什么的。为了不让张汉锋在车外久等，人与人之间需要相互尊重嘛，闻道放下车窗说道："哟，张队长今天看起来气色不错啊！"张汉锋长得五大三粗的，据说以前在少林寺山下的一家武术学校学过武功。由于少林寺山下的武术学校太多，学生也多，能够成为电影明星的必定只是少数，大多数毕业生还是只能另谋出路。张汉锋回答道："呵呵，昨天整了一把杠上花。"公司其实是禁止值班的保安聚众打牌的，张汉锋身为保安队长，即使没有值班，也应该时不时地去巡岗。但毕竟晚上也不会有客户来看房，他们打牌也不会影响销售，所以闻道也没多说，毕竟保安队在编制上还是属于行政部来管理的，他不想别人说他插手太多。其实张汉锋完全不用亲自来给自己开车门的，可见其还是很上心的。张汉锋也许看到闻道皱了皱眉头，忙说："他们打，我只打了一把。""厉害！打一把就能杠上花！"闻道熄火，下车，往售楼部走去。

  售楼部的大门外用礼宾桩围成了一个车位，这是公司董事长的专属车位，有时停着一辆劳斯莱斯，有时是一辆宾利。这其实也是一种楼盘的形象展示，会向客户传递这个楼盘的高端感觉。

一走进售楼部，那幅挂在接待前台后面墙上的巨大的油画就印入了他的眼帘。这幅画也是闻道的杰作。之前售楼部的装修极尽奢华，地板铺设的大理石来自意大利，大厅那个巨大的水晶灯就号称价值100万元，也是源自意大利的一个奢侈品品牌。售楼部客户接待区的沙发和茶几均为法国定制，就连售楼部的咖啡杯和酒杯等小物件也都是国外订制的高档货。整个售楼部的打造至少是花了几千万元的。不过这些钱也不算是浪费，当楼盘完成销售全面交付使用以后，售楼部将成为项目的业主会所，继续发挥价值。意大利和法国都是很具有艺术气息的国度，除了奢侈品，其实还有很多艺术大师和艺术瑰宝。而这个售楼部的装修，高档奢华那是没得说，但总觉得缺了一点什么。对，正是缺了一些艺术氛围！于是闻道给老板建议多布置一些艺术品摆放在售楼部里，这样可以全面提升售楼部的品位。买仿制品虽然便宜，但其实除了装饰作用以外并不能提升品位。真正的品位，一定要用真迹。这幅硕大的油画，是国内一位当代知名画家的作品，公司花了1000多万元购得，反正老板有钱。而且，买画看似属于售楼部装修的一部分，但其实也是一种投资，长期来看这些真迹肯定是升值的。老板不仅是"土豪"，而且还很精明。至于售楼部的其他地方，墙上挂的较小的画那就更多，有几万元一幅的，也有几十万元一幅的，都是真迹。

公司的销售人员，正式名称叫做"置业顾问"，也就是俗称的售楼小姐，简称"售姐"。她们现在正三五成群地聚集在接待前台周围聊天，看到闻道来了纷纷喊"闻总好！""好帅！"闻道也和她们点头致意。这批售楼小姐有10个人，也是这近两年的时间他陆续招进来的。个个都是貌美如花，形象气质佳啊。这几年楼市行情好，售楼小姐们提成高，暴富神话也不少，于是吸引了很多年轻漂亮的女孩来搞楼盘的销售。据相关调查分析，从整体上看售楼小姐的外貌水平已经超过了空姐。这其实也体现了一种经济规律：哪个行业收入高，具备更高质量的劳动力，比如美女，就向着哪个行业流动。

第五章

万米高空的邂逅

闻道一边布置售楼部的各种事情，一边在闲下来的时候出神。原来，他这次在从上海出差回西京的飞机上，邂逅了一个美丽的空姐。

当时闻道正在看报纸，上面正好有自己参加的一个论坛的访谈报道。这次在上海，闻道作为西京最大楼盘的代表，和来自全国的专家学者以及业内代表一起激辩房价的走势。近年来全国各大城市的房价都出现了快速的增长，业内躁动，学界热议，而普通居民则更是如热锅上的蚂蚁，既慌张又蠢蠢欲动。但是房价究竟将向着何处发展，大家心里都没谱。在这次论坛上，专家学者们也就这一问题争吵得不可开交。有的专家认为目前中国的房价已经很高了，泡沫即将破灭，建议民众把手里的房产尽快抛售。这位专家的言论看似也有道理，毕竟国内的房价已经快速上涨了有一阵了，不可能一直涨下去吧？这次有一位同样来自西京的专家引起了闻道的关注。他说，目前国内推行宽松的货币政策，固定资产和大宗商品的价格必然会上涨。加上目前中国正处于城市化的快速发展期，大城市的住房需求激增。不过这位专家最吸引闻道的观点是，国内房地产正在快速资产化，这主要是由于居民的投资渠道匮乏，加之当前货币宽松，简单地说就是贷款好贷，居民可以利用杠杆来加速资产增值。

闻道以前是学市场营销的，虽然不是专门学经济学的，但毕竟都是财经大类的，所以闻道自认他对财经问题还是很有感觉的。研究谈不上，感觉还是有的。从感觉上说，闻道是很认同这个专家的看法的。这个专家姓陆，是西京市一所知名大学的经济学教授。以前闻道经常在当地媒体的采访报道中看到陆教授的观点，但这次还是第一次见到本尊。和其他专家不同，陆教授风度翩翩，穿着考究，谈吐不凡，有一种很独特的气场。他在论坛上找了个机会和陆教授交换了名片，闻道说等回到西京一定要登门拜访陆教授，教授也爽快地答应了。

空姐已经在提醒旅客关闭手机了。闻道发现自己又坐在机翼这一排位置。还真是奇怪，如果没有在选座位或办理登机牌的时候特别交代，几乎每次自己都会被安排在机翼的位置。一开始闻道还以为是不是自己的票价的折扣低对应的仓段就在机翼，但有几次票价几乎没有什么折扣也是在这里。机翼貌似噪音大了一点，毕竟飞机的发动机就挂在机翼下面。但据说，机翼处是飞机上最安全的位置。

这时，他听到隔一个走道的两个女人在叽叽喳喳地说话。其中一个说，你看那个空姐好漂亮。另一个说，你看她在玩手机，给她拍下来，回头发到网上去。说话的这个女人举起手机向着机舱后面拍了照。闻道开始也没在意，但他突然想起，就在几天前，两个空姐在飞行途中玩手机被旅客拍了发在网上，引起了很恶劣的反响。这两个空姐也被航空公司停飞了。闻道转过头去向后看，但那个她们谈论的空姐已经转过身去了，闻道没有看见她的正面。

停飞对空姐们来说可是很严厉的处罚啊。空姐的收入由基本工资和飞行的小时费构成。如果停飞，那她们就只能拿很低的基本工资。但是那两个人已经拍了照片，虽然说现在飞机还没起飞，但如果真被她们发到网上去了，也真假难辨啊。航空公司为了取信于民，说不定也会拿空姐开刀。可能从小武侠小说看多了，闻道骨子里还是有点仗义的。他觉得自己应该帮一帮这个素未谋面的空姐。于是他向刚才拍照的那个女人说道："美女，你拿的是不是刚上市的iPhone5S啊？哇，还是'土豪'金呐？"那女人听到有点得意，说"是啊"。闻道接着说，那能不能拿给我看一下啊，我回去也买一个。那女人倒也还大方，可能也看到闻道是个帅哥，说，"拿去看吧。"于是就把手机递了过来。闻道拿到手机假装摆弄了一下。这时，广播说道："飞机即将起飞。请各位旅客系好安全带，收起小桌板并调直座椅靠背。请打开遮光板，关闭手机等电子产品。"听到这个广播，闻道立即找到手机的照片库，三下五除二地把刚才她们照的空姐照片删了，并迅速关机。闻道把关了机的手机递回给那个女人，说，"谢谢。真不错，回去我也买一个。哦，广播说让关机，我就帮你关机了。"那个女人正想说点什么，前面的空姐过来让她把桌椅靠背调直，她就没说成。

闻道默默地微笑了一下，自己也算做了一件好事吧。但刚才照片删得太快了，都没看清她们说的那个空姐长成什么样子，有点遗憾。不过算了吧，自己售楼部里的美女还少吗？呵呵。

加速，起飞，爬升，有一点点超重的感觉。

平飞了一阵以后，空姐们来送饮料了。闻道这才看清了那个空姐的长相。天哪，她是那么的美丽，闻道不禁有点看得呆住了。她精致的五官里含着浅浅而淡然的笑意，笑里又有那么一点点的神秘和忧郁让人心生怜悯又很少探秘。她凹凸有致的身材在制服的衬托下显得更优雅迷人。闻道觉得90%的男人见到她都会喜欢上她，另外的10%在犹豫或者他们是同性恋。"先生，请问您要点什么饮料呢？"这时，她的声音打断了正在发呆的闻道。闻道回过神来，感觉有点失态，连忙说："矿泉水，谢谢。"她倒好一杯矿泉水递过来，闻道小心翼翼地接过饮料，有点不敢再看她。她的声音也是这么好听啊……闻道回味道。一会儿一定要找她再要一杯饮料！

从上海飞回西京要差不多3个小时，闻道准备闭眼睡一会儿。飞机上的人此时主要在干三件事：闭眼睡觉；用iPad或笔记本电脑看片；用iPad等玩游戏。坐了一会儿，似乎很难睡着啊。这趟航班的时段正好是下午，没有航餐。要去找她说两句话吗？在内心挣扎了一会儿以后，闻道决定去上一个洗手间。

闻道借上洗手间的机会走到后面，看到她正看着舷窗外。她似乎若有所思。她在想什么呢？"我可以再倒杯饮料吗？"闻道终于鼓起勇气开口和她说话。"噢，当然可以，我来帮你倒吧。"趁她倒水的时候，闻道瞟了一眼她的胸牌。她叫"糖糖"。"以后在飞机上用手机要小心哦。"于是闻道把刚才有人拍她照片，他帮她删了的事情给她说了，还提到了那两个被停飞的空姐的事。她皱着眉头说道："这些人可真是的，这是一竿子打死一群空姐啊。而且刚才还没有起飞呢，真是的。""是啊，但如果被她们发到社交网络上去也不好啊，会给你带来不必要的麻烦。"闻道说道。她笑着说："谢谢你，你还真细心。"闻道听到糖糖表扬自己，竟然像个大男孩一般，害羞起来，露出腼腆的微笑，说道："哦，对了，我叫闻道，在西京一家房地产公司从事营销工作，欢迎有空来我们项目的售楼部逛逛哦。这是我的名片。"她接过名片，看了看说："我知道你们公司，在西京还挺有名的啊。""呵呵，我们项目比较大。"闻道说。"行啊，以后我来买房你要多给优惠哦。"她说。"那是必须的啊。"闻道高兴地说，"要是你来我肯定亲自接待，并热情地给你讲解沙盘。""哟，这么热心，那先谢过了哦。"她说。"你叫糖糖吧？"闻道又看了一眼她的胸牌，说错了可不好。"是的。"糖糖回答道。这时飞机颠簸了一下。她说："有气流，你先回座位吧，要喝水就按铃找我。""好的，那我先回座位了。"闻道说。

　　回到座位，闻道觉得自己有些好笑。他其实很少主动找女人搭讪的。闻道向来稳重，并不是那种见到美女就要扑上去的轻浮之人。很长一段时间以来，闻道觉得自己的心里就像被筑起了一道墙，处于封闭状态。他的工作能接触到很多美女，售楼部里就有一堆，广告公司、活动公司的美女更是多。但自己从来没有产生特别的感觉。不过今天他的感觉似乎不一样。难道"这道墙"的砖开始松动了？

第五章　万米高空的邂逅

第六章

销售说辞

闻道从对糖糖的思绪中回过神来。先不管这"墙砖"松不松动，眼下手里还有一堆的活儿要干，这可是现实的压力啊。永生之城新的一个组团即将开盘，需要尽快落实销售的各项准备工作，特别是销售说辞的准备，这可是一线售楼小姐和到访客户打交道的主要工具。其他准备工作做得再好，没有售楼小姐为客户介绍项目这临门一脚，也是白搭。当然，守株待兔的卖房方式也不是没有，在行情极好的时候，号称保安都能卖房。售楼小姐们甚至根本不需要和客户多说，坐着等客户上来签单即可。

开会，必须开会。下午把广告公司的几个人叫来一起开个头脑风暴式的会议，闻道心想。广告公司的人点子很多，其实他们完全可以直接代劳把销售说辞写完的，但为求谨慎起见闻道觉得还是大家多讨论讨论可能效果更好。这个新组团的销售业绩对自己非常关键。以前的营销策划部总监离职后，位置一直空着，公司都盛传位置是给闻道留着的。但闻道清楚这是老板的阴谋。如果现在就把他提成总监，则提成的比例会大大增加，目前自己的提成比例已经和销售经理不相上下。现在项目这个新组团的一大批房源要上市，既是老板提拔前对他的考验，对老板来说，销售提成又可省一笔，一石二鸟。

这时，人力资源部的助理张丽敲门进来说："闻总，这是新招的策划助理，林依依，也就是您的助手。"闻道顺着张丽的介绍往后看去，呵，美女,绝对是美女!披肩长发,端正的五官,高挑的身材,最主要的是她身上那难以掩饰的青春活力。闻道特地留意了一下她穿的鞋子,穿平底鞋身高估计都快有170厘米了。看来以后自己在她面前得把背挺直了啊。也对,免得办公室坐久了背痛。"闻总好!"她的声音也很甜。闻道示意依依坐在自己办公桌对面的椅子上。张丽说了"那你们慢慢聊"便离去了。

闻道接过张丽递来的简历本,迅速地扫了几眼问道:"依依,你知道我为什么把你招进来吗?"依依摇了摇头。"当然,你的形象肯定有优势,但应聘的漂亮女孩子也很多。除了你的综合素质之外,我主要是看中你的会计的专业背景。"闻道解释道,"我们销售部经常需要计算价格和销售额什么的,要制作很多表,我相信你的专业背景在策划之外肯定也会很有帮助。"好吧,依依想不到自己的会计专业背景居然对营销策划还有帮助。不过也好,自己的专业也正好有用武之地。闻道接着说:"试用期你的月薪是3000元,但转正以后就会提到月薪5000元,以后如果升职成为策划经理月薪可以涨到8000元左右。当然,我们部门还有销售提成,这个可不低哦!好好干,希望咱们以后合作愉快!""谢谢闻总鼓励!"依依说。这个闻总挺有亲和力的,而且人确实帅,相信在他手下做事会很愉快的。"咱们公司经常开会,特别是营销策划部的会最多。以前有人把我们部门戏称为'夜总会',因为我们在晚上总是开会。有时确实是没有办法,时间紧任务重。不过我本人也是很不喜欢加班的,咱们平时提高工作效率,尽量不做无效的加班。我马上给你黑石广告公司章总的电话号码。你和他联系一下,请他下午带团队过来开会,讨论销售说辞的事。还有,在你的试用期我会把你安排在销售部锻炼一下,接触房地产销售的一线工作,能让你快速熟悉这个行业。""谢谢闻总,那我这就去联系章总。"依依说罢就走了出去。

看着依依走出去的背影,闻道心想这可真是一个乖巧的女孩。虽然没有在飞机上遇到糖糖时的那种特殊的感觉,这是不是先入为主了?但闻道对依依的第一印象还是非常不错的。不过,这个公司对依依这样的美女来说可是危机四伏啊。特别是她刚出校园,又没什么社会经验。虽然闻道作为依依的直接上司,自己一身正气,从来没和公司内部的哪个美女传出过绯闻。但公司里面"色狼"太多，防不胜防啊，冷不丁她就会被别人当做羊羔下嘴了。哎，依依是他招进来的，他应该多保护她一下。但所谓苍蝇不叮无缝的蛋，很多时候还是要看她自己了。

　　他们的午饭基本上都是盒饭对付了。永生之城地处郊区，要想像城里一样到处找馆子，目前是很困难的。不过行政部联系了一家送外卖的，20元一盒，虽然有点贵，但饭菜做得还算凑合。实际上闻道经常一天两顿都是盒饭解决的。这家盒饭的老板舍得放油，提升了口感的同时，也有用地沟油的嫌疑。边吃盒饭边对着电脑工作，长期是这种状态的闻道也已经习惯了。记得以前在网上看过，有人问学建筑的人最需要看的是什么书，答曰《如何治疗颈椎病》，自己这行看来也差不多。

　　一晃到了下午，黑石广告公司的章总一行人也都来了。开会就是头脑风暴！照理说广告公司应该是"丙方"，但由于目前公司还没有聘请代理公司，所以他们自然也就升级成为了乙方。章总是一个光头，油亮亮的，太阳下能反出光来。他的女助手，不论冬暖夏凉都穿着深V打扮。闻道只能说他们的这个组合简直是绝配！光头晃眼加上深V吸睛，这个组合在广告投标的时候所向披靡，鲜有失手。当然，这只是调侃，老章还是很有水平的，往往能够一针见血地指出问题所在，并拿出让你不得不佩服的提案来。但这也正是他们公司的问题所在。老章一个人太牛了，其他员工又不争气，他肯定很累。闻道一边想着老章很累，一边看了他的女助手一眼。

　　刚坐下来会议室就乌烟瘴气了。老章那边包括他的女助手在内的4个人全部在抽烟，自己这边策划部的孙磊也在抽。闻道不抽，高蕾蕾和依依两个女生也不抽。孙磊盯着老章的女助手看也就不说了，高蕾蕾也盯着看。闻道觉得这种场合肯定难为依依了。老章时不时瞅一眼依依，让闻道觉得有些不爽。对了，今天这会必须要让售楼小姐们也来听一下，能提建议最好，不能提建议也要熟悉项目嘛，反正会议室大。

　　几分钟后，销售经理王艳领着10个售楼小姐缓缓走进了会议室。那架势……就像是一个婀娜多姿的出场秀一样。在场的人都被这气势震撼了一下，闻道承认这批售楼小姐是很有水平的。老章假装低头没看，但偷瞟了几眼，被他的女助手盯了回去，看来管得还真紧。孙磊就不说了，感觉哈喇子都要流出来了。高蕾蕾面无表情，可能看得多了，依依则感觉很新奇的样子。一坐下，有的售楼小姐也开始抽烟，有的则嫌室内烟味太浓，反正会议室一下热闹了起来。

"好吧，我们开会。"闻道清了清嗓子。"今天把各位请来主要是为了把我们项目即将开始发售的全新组团的信息再次梳理一下，并争取把销售说辞定稿。依依，你注意做好记录。""好的！"依依打开一个很大的笔记本，那是公司配发的。除了售楼小姐以外的其他人则打开各自的笔记本电脑。闻道心想还是先鼓舞一下士气吧，便说："这次开盘的重要性我想我不需要多说，我们只许成功，不许失败。做人，特别是做男人，一定要做到三个'P'：Passion、Patience、Persistence。当然，也不是所有的事情努力就能成功，但至少先尽力过，才能果断的放弃。"闻道正在心里为自己很有文采的发言小得意，没想到孙磊接嘴说："闻哥，你说的不就是'3P'么？""你够了！"闻道不得不打断他。"还是我先来介绍一下项目新组团的情况吧。"闻道打开PPT开始做演示。

"大家知道，我们的永生之城这个项目位于西京市的北郊，按照一个标准的SWOT分析，我们可以这样来看这个项目：优势是地块规模大，号称6000亩，其中包含一个2000亩的湿地公园。虽然现在我们公司实际上只拿了不到1000亩地，但另外的3000亩不会有太大问题。劣势是距离市区较远，目前这一带就是一片空地，除了我们项目外几乎什么都没有，配套严重缺乏。当然，旁边就是一大片公墓，火葬场倒是刚刚完成搬迁。机会主要是规划了一条地铁线要经过我们项目，还有就是西京北郊这一片正在申报国家级新区，但不知道什么时候能获批。威胁是周边的地块在陆续放出，未来这个片区的竞争会加剧。"

闻道喝了一口咖啡继续说道，"这次新放出来的组团，位于整个项目最靠近公墓的那一侧，中间隔着一条大马路，目前通行的私家车不多，但往来的大货车很多，存在噪音和灰尘影响。还有一条高压线从旁边过，不过未来会改到地下。是我给董事长建议这次先开这个组团的。大家很容易看出，这个组团是目前整个项目从传统意义上来说最难啃的一块骨头。虽然经过前两年的宣传，'永生之城'这个概念已经在西京市获得较高的认可度，但这个组团就是我们项目最靠近墓地的地方，成败在此一举。我当时提这个建议是这样考虑的，趁现在行情好，抓紧时间把这块最难啃的骨头消化掉，这样会大大降低项目其他组团以后销售的难度。"下面响起了热烈的掌声。

　　闻道微笑了一下，接着说："从产品形态来看，这次推出的主要是高层电梯公寓，这也是项目提升容积率的需要。"容积率是一种建筑指标，等于建筑面积和地块面积的比例，是体现地块开发强度最重要的经济指标。一般来说，容积率越低物业档次就越高。所以，一个项目在布局的时候通常把高密度的物业，如高层电梯公寓布置在位置不太好的地方，挡灰挡噪音。而低密物业，如别墅、花园洋房等则布置在地块中间或位置好的地方。当然，这只是一般的布置方式。如果一个项目全部都是高层电梯产品，那当然就不存在这个划分方法了，而会通过户型设置等来进行区分。

　　"大家都来说说看法吧。"闻道看着他的听众们说道。

第七章

守望,也是一种幸福

　　这个会的激烈程度超出了闻道的想象。与会人员抽完了多少包烟已经无从考证了,只知道烟灰缸都倒了几次。最后大家一致同意定出的新组团的主推广语是"守望,也是一种幸福"。这主要是闻道和广告公司的章总碰撞出来的,其他人也都觉得好。这个主推广语的含义是,如果你家有亲人安睡在项目旁边的这个墓地,那你住在这个离墓地最近的组团自然是一种对亲人的守望,难道这不就是一种幸福吗?而这个新组团的案名,就被定为"守望郡"。

　　散会后已经晚上11点了,晚饭自然又是盒饭解决的。说永生之城这个项目养活了这家饭馆一点都不夸张。老章他们自己开车走了,公司的交通车可以送大多数售楼小姐到市区,但其实她们很多都有人接,也有的自己开车。策划部的孙磊开车带高蕾蕾走了,其实闻道也听说过一些他们的传闻。公司对办公室恋情也不反对,当然,如果他们确实是恋情的话。闻道和依依住在一个大方向,所以闻道开车送依依回去。看得出来依依很疲惫,今天她记录了一天。可能对大家讨论的一些专业术语她不是很懂,但她仍然认真地记录着。闻道本来想喊她回去抓紧把大家讨论出来的销售说辞整理成电脑文档,但是觉得这样太累了,还是明天上班再说吧。

　　闻道打开天窗,让习习的夜风吹了进来。依依把手伸到天窗外,朝夜空做了一个打枪的手势。哈,真可爱,青春无敌啊。自己刚走出校园的时候不也是这样吗？"你是一个人住吗？"闻道问。"没有，我和一个女生合租一个套二的房子，我们一人住一间卧室。""小区环境好吗？""还行吧，但感觉住的人挺杂的，开公司的、开健身房的什么的都有。""房租多少呢？""2500元，她出1500元，我出1000元。"闻道很清楚市区的房租价格，他就是干这行的。现在要想租一个套一的电梯公寓，少了1500元根本租不到，套二的2000元都很难找，稍微好点的小区一般要2500元到3000元了。合租是提高居住的物业品质的有效办法，但室友带来的困扰也是明显的。简单地说，如果室友合得来，那合租是好办法，否则不如自己租套一的。当然，也可以挑选老一点的7层楼的那种多层形态的小区居住。但一方面很难找到套一的房源，另一方面年轻人一般更喜欢住电梯公寓。因为电梯公寓房子的成色普遍要好一些。"你和你的室友相处得怎样呢？"闻道关心地问。"还行吧，就是她的男朋友有时要来住，有点尴尬……"依依回答道。"哎，以后我帮你看个套一的，自己住要舒服一些。"闻道说。"嗯。"依依说。

　　把依依送到小区楼下，闻道再折返回自己的家。依依上班有两种最经济的选择，要么自己坐公交车到市区的班车集合点，然后坐班车来公司；要么坐车来闻道家楼下，搭闻道的车去公司。闻道如果早上去接依依就要绕一点，在分秒必争的早上还是有点悬。不过依依住的地方到闻道家还是有公交车的，所以还算方便。闻道和依依约定，可以有时依依坐车过来等他，有时闻道去接依依，如果闻道有事不去项目上，依依就自己去坐班车。闻道觉得他对依依上班这个问题的关心也很自然：举手之劳，而且如果依依老迟到，也影响他的工作效率，毕竟依依是他的助手嘛。一个人开车遇到堵车心里也烦，有个美女陪着还可以有人说说话。依依觉得和闻道在一起很放心的感觉，所以也愿意搭闻道的车。

　　第二天载依依来上班倒也顺利，8点依依准时等在楼下，闻道喜欢守时的人。到了公司，闻道安排依依整理昨天讨论的销售说辞以后，做了一杯咖啡。虽然外面售楼部大厅有高档的现磨咖啡，但那是给客户喝的，他们内部工作人员也不能随便乱喝。当然，如果是接待客户那可以和客户一起喝。闻道在自己的办公室里放置了一套胶囊咖啡系统，其实就是磨好的咖啡粉放在塑料的胶囊中，做咖啡非常方便。不过在办公室里储存牛奶不方便，所以就只有做成"美式"咖啡了。

自从上次从上海回到西京以后，一连几天闻道都有点魂不守舍的。她会打电话来吗？还是已经把自己给她的名片扔了？接近中午的时候，闻道突然收到一条陌生电话的短信，说："你好！我是前些天你在飞机上遇到的那个空姐，感谢你帮我删了照片，不然乘客发到网上去可能有些麻烦，我还得向公司申诉半天呢。我叫糖糖，这是我的电话。我有个朋友对你们那个楼盘感兴趣，你什么时候有空，我们来看看好吗？""有空，我随时都有空！"闻道急忙回复到。但是又觉得有些唐突，于是又发了一条："我上班时间都在的，随时欢迎你们来我们的售楼部做客，我一定亲自接待！"

这时依依把说辞初步整理完了，闻道马上打印了一份出来，得，今天下午就现场演练一下。闻道给前台打了一个电话，说下午有他的朋友过来看房，到了他亲自出来接待。接着，闻道就一边吃盒饭一边看销售说辞。普通的售楼小姐需要把这个说辞背下来，但他显然不需要，他对项目太熟悉了，不过语言上的要点还是需要注意一下的。闻道习惯中午在办公室的沙发上睡个午觉，哪怕只眯上半个小时，对下午的精神状态也很有帮助。今天看来是睡不成了，再来一杯咖啡！

时间过得可真慢啊！一晃都两点了，糖糖会什么时候到呢？闻道把头发整理了一下，又嚼了一个口香糖。今天穿得比较随意，要不要换件衣服呢？闻道在办公室挂了一套范思哲的西装，开重要会议或见重要客人时穿。他不是一线销售，不需要随时穿套装。平时闻道更喜欢穿休闲一点的衣服。想了一会儿后闻道还是换上了西装，一下精神了不少，第一印象很重要！

差不多三点半的时候，闻道接到前台的电话："闻总，有客人找。"来了！闻道喝了一口水，清了清嗓子，快步走向售楼部大厅。糖糖今天穿了高跟鞋，感觉比依依还高。看来今天自己又必须把背打直了。她今天穿的浅蓝色的牛仔长裤和白色T恤，套了一件米色开衫，头发很自然地垂了下来，上次在飞机上看到是盘起的。跟糖糖一起来的女孩个子也高，有点像模特的感觉。闻道微笑着走向两个女孩，她们也看到他来了。"不好意思，让你们久等了。"闻道说。"没有，我们也刚来，没有打搅到

第七章 守望，也是一种幸福

— 031 —

你吧？还麻烦你亲自来接待。"糖糖说，声音是那样的甜美。"怎么会呢？你们来我可求之不得呢！"闻道高兴地说，这可是大实话，不是客套话。"这是蜜蜜，是我从小的闺蜜哦。她以前也是空姐，还当过车模，现在自己做点事情。"糖糖把和她一起来的女孩介绍给闻道认识。"厉害啊！"闻道这才仔细打量了一下蜜蜜。美女自是不用说，只不过刚才自己的注意力都集中在糖糖身上，没有仔细打量蜜蜜。

"来，我先带你们看下我们项目的沙盘吧。"闻道把两个美女带到项目展示区那个硕大的沙盘面前。大厅的服务人员给两位送来了饮料。闻道拿起激光笔给她们介绍项目。"刚才你们从市区来的那条路叫西京大道，双向12车道，是政府大力打造的西京往北的重要干道，我们永生之城这个项目就在西京大道的东侧。这里到机场约40分钟车程。"闻道特地强调了一下机场。糖糖端着杯子微笑着在听闻道讲解，举止是那样得优雅，不愧是专业的啊，站都站得那么美。闻道看得有些着迷，但还是表现得一本正经的介绍项目，基本上把销售说辞上的主要内容都提了一下。"这是我们即将新开始发售的组团，叫'守望郡'。不过这个组团的位置不是我们项目最好的，容积率也比较高。你们要是不急着买的话可以再等一下，我们不久后还有更好的组团放出来。"闻道说。"什么叫容积率？"糖糖问。"容积率就是体现地块开发强度的指标，通俗地说就是容积率越高堆的建筑就越多嘛。"闻道解释道，心想正式的说辞还需要注意语言的通俗性。"好吧。"糖糖莞尔。

讲完了沙盘，闻道把两个美女带到客户休息区，三人坐在法国订制沙发上用精美的咖啡杯喝着咖啡。两个女孩对这里的装修和装饰很是赞赏。闻道特地说这些挂的画都是他的主意。"想不到你还这么有艺术细胞。"糖糖夸道。"我也只是略知一二罢了。"闻道说着让工作人员拿来两套项目的楼书。楼书是售楼部最重要的销售物料之一，是向潜在客户传递项目信息的重要媒介。楼书一般都印刷得非常精美，格调拔得非常高。当然，楼书的成本也非常高。所以销售人员需要甄别客户，并不是所有的客户都要给楼书。一般看起来像是随便问问的那种，就只给户型图，觉得是像要想买的人才给楼书。

两个美女边看楼书边喝咖啡，大厅的服务人员还给她们每人拿来一个小果盘。售楼部大厅里的饮料很多，零食也多。和一套房子相比，这些小恩小惠又花得了多少钱呢？让看房的客户来了感到满意最重要。闲聊中，闻道得知糖糖出生在书香门第，父母从小培养她练艺术体操，小时候还获得过不少奖项。但后来她父母觉得练艺术体操太容易受伤了，就把她送去空乘学校了。她今年27岁了，还是单身！她这样的大美女怎么可能单身？不过也有可能正好是上一段感情结束后的空窗期，要不就是已经挑花眼了。以后慢慢了解吧，第一次见面不适合问太多了。

　　这天售楼部的样板房正好在做卫生和安全检查，不能进去参观。不过也好，可以让她们改天再来一次。一晃快5点了，闻道本来想请糖糖和蜜蜜两个一起吃顿晚饭，但是她们说还要赶个饭局，只好作罢，改天再约。闻道把她们送到停车场，哟，蜜蜜开的是保时捷的派拉美拉，这可是100多万元的车啊！高配的车型还要200多万元。修长的车身，流线的造型，非常优雅，而保时捷的运动基因又赋予了它狂野的一面。从轮毂来看这台派拉美拉应该是低配的，但也有100万元出头。看来这个蜜蜜是项目的优质客户啊，下一个小独栋别墅组团可以重点给她推荐一下。糖糖坐进副驾，蜜蜜发动汽车，朝闻道说了声："帅哥，拜拜咯，下次约！"接着她一踩油门，很快就消失在闻道的视野中。

第八章

客户蓄水

闻道他们连续加了几天班，董事长同意了新组团的宣传方案。很快，西京市全城就将铺满"守望郡"的广告，而主推广语"守望，也是一种幸福"也将再次深入西京市民的心中。这一次的宣传，闻道准备主打"孝道"这张牌。虽然整个永生之城这个项目都在搞买房送墓地的活动，但毕竟"守望郡"这个组团是项目离墓地最近的地方，承载着项目理念落地的重要使命。

何为孝道？中国古代有孝敬父母的24个典故，闻道准备在所有宣传材料上循环使用，这样能起到更深入人心的效果。走心，可比空喊口号强多了。这24个典故那可是个个感人啊：涌泉跃鲤、闻雷泣墓、乳姑不息、卧冰求鲤、恣蚊饱血、扼虎救父、哭竹生笋、尝粪忧心、弃官寻母、涤亲溺器、拾葚异器、扇枕温衾、埋儿奉母、怀橘遗亲、行佣供母、刻木事亲、卖身葬父、戏彩娱亲、鹿乳奉亲、芦衣顺母、百里负米、啮指痛心、亲尝汤药、孝感动天。

其中，闻道觉得和项目联系最紧密的是闻雷泣墓。这是讲的魏晋时期营陵（今山东昌乐东南）一个叫王裒的人的故事。其母在世时怕雷，死后埋葬在山林中。每当风雨天气，听到雷声，他就跑到母亲坟前，跪拜安慰母亲说："裒儿在这里，母亲不要害怕。"不要说古代，就是现在的农村地区，很多人还是习惯把亲人的墓安放在屋后，所以用这个典故来做营销素材，绝不仅仅是营销的噱头，而是在弘扬传统文化。闻道设想的，在这个新组团的门口专门设置一面长长的墙，刷成白色，然后在上面画上这 24 个典故所对应的意境画，这样来看房的客户在去参观项目样板房的时候经过这堵墙，就会潜移默化的受到影响，说不定就转化成交了。

　　在广告投放上，闻道还是采取比较传统的策略，就是在西京商报和西京都市报这两家本地最大的纸媒上轰炸几个整版，这是当前楼盘销售的主流做法。特别是大盘，不来几个整版的宣传都不好意思拿出来说。当然，其他各类和房产有关的媒体也要适当的投一些广告，但这其实主要是打点一下，行规嘛，都懂。还有就是现在越来越重要的公交广告站牌和室外的大型户外广告牌。各家广告公司现在对位置好的公交站牌和大型户外广告牌的争夺已经白热化了，可见其日益显著的重要性。回头给老板申请下预算，估计几百万元的总宣传费用还是跑不掉的。闻道现在虽然负责整个营销策划部，但他只能出方案，没有签单的权力。董事长"贼精"，安排了一个副总裁来专门负责广告投放和合作公司的签约，他就是不让自己有机会吃回扣嘛！

　　下一步闻道要做的就是组织个大型活动来为开盘造势了。做什么好呢？策划部的四个人凑在一起开了一下午的小会。最后的想法是搞个"感动西京"孝文化论坛。依依提了个"感动中国"，不过闻道觉得范围太大了，还是"感动西京"好操作一些。依依刚来不久就能积极参与部门的讨论并提出自己的看法，闻道觉得这个小女孩还是很上进的。闻道准备邀请西京所有的媒体到场参加这个论坛，当然这还不是最主要的。这个论坛的主要内容除了邀请相关的专家来讲解"孝道"的文化背景和时代背景以外，还要在全市征集孝顺的感人故事，并邀请通过初选的故事人物到论坛现场做演讲，给听众讲述其孝顺的故事，最后由专家、媒体和观众组成的评审团联合打分。冠军将获得"守望郡"的一套新房！亚军和季军也有相应的奖品。"一套新房"当然是很有吸引力的，公司也一定会兑现，这相当于营销费用嘛。但给多大的新房和什么位置的新房则没细说。到时可以把面积最小、位置最差的那一套拿来当奖品。不过再怎么样说，这个奖品也还是值几十万元啊，绝对够吸引普通市民参与了。至于亚军和季军，可以给予不同金额的购房基金，比如亚军 20 万元、季军 10 万元。这个购房基金就是说你来本项目购房，可以抵扣房款，不来买房显然就没法兑现了。这不相当于又变相地锁定了两个客户么？哈哈！

"守望郡"这个组团将制作全新的楼书和户型手册。当时在前期规划的时候，围绕着户型的设置，公司内部还发生了激烈的争论。一般来说，临街的单位适合设置成小户型，而面向小区内部中庭景观的单位则适合设置成大户型。这是由于临街的位置都是用来挡灰挡噪音的，来买的人一般经济条件相对差一些，即俗称的"刚需"。他们对总价的承受能力有限，因此户型的设置不宜面积过大，一般最多就是90平方米以内的套二。而选择面向小区内部中庭景观的客户，对环境必然有着更高的要求。对居住舒适度的要求更高，其经济实力一般来说也更好，所以可以设置面积更大的户型，比如120平方米的套三和150平方米以上的套四等较大户型。但是"守望郡"这个组团的卖点就是能够眺望公路对面的墓地，所以朝向墓地的临街这面，实际上价值比普通的临街位置要高。

闻道向公司建议，朝向墓地的临街这一面，全部设置成150平方米至200平方米的大户型，这样能提高组团的档次从而提升销售。公司原则上同意了闻道的想法。但这产生了一个问题，公司其实有现成的设计图纸，每个高层电梯公寓的设计其实都差不多，只不过摆放在不同的位置即可。但是闻道提出的这个想法无异于要重新设计一种户型设置的图纸，因为每一栋楼的标准层设计完全变了。而重新设计图纸需要惊人的设计费，增加的这部分成本能不能在销售上通过提价弥补回来？大家一时间就这个问题的讨论陷入了僵局。后来闻道想了一个办法，既然不能改变标准层的设计，那干脆把朝向墓地的临街面的单位大部分改成跃层！这样标准层的设计几乎不动，而纵向的设计变动相对来说对成本的影响很小。因为现在高层电梯公寓的建筑结构基本上都是框架剪力墙的设计，只要不改动立柱的位置和关键的承重墙的位置，其他地方都可以变动，预留一个室内的楼梯位挺简单的。闻道的想法其实也不复杂，就是把本来90平方米的套二户型，上下两套合并成一套跃层，这就变成了180平方米的套四了。但是如果为了进一步提升居住品质的话，需要把室内客厅做成挑高的设计，这会牺牲一部分面积。不过约为160平方米的户型还是相当不错了，特别是那近6米的客厅挑高，极具奢华感。当然，在临街这面看不到墓地的位置，还是可以保留一些单层的 90 平方米套二的户型，但量不会太多。

接着就是拍摄"守望郡"的形象宣传片了。本来闻道还想全民海选出一个形象代言人的，后来觉得和孝文化论坛有冲突，所以这个创意留着以后再用吧。广告公司找了专业的模特，第一组画面是女主人坐在客厅的沙发上看书，孩子在旁边嬉戏玩耍。闻道要求摄像师特别要表现客厅挑高的画面。两条很长的窗帘从近 6 米高的屋顶垂下，上面一半是巨大的玻璃窗，下面一半是玻璃推拉门，室内光线充足。第二组画面拍摄了女主人起身，缓步走到客厅外面的阳台，并站在高层电梯公寓的阳台上遥望墓地的意境画面。闻道特地要求摄像师先拍摄模特站在阳台上扶栏而望的身影，再顺着模特的视角把镜头切换到墓地的全景。从全景看过去其实墓地就像一个公园，墓碑看不清楚，反倒是那郁郁葱葱的青松很有画面感。然后第三组画面就是一家人缓步走过"守望郡"大门外的那一面孝文化墙，女人给孩子指着画面讲解这些图画背后的故事。第四组画面讲的是一家人手捧菊花，在墓碑前悼念亲人的场景。闻道要求摄影师不要把画面拍得很悲伤，而是要拍出合家欢乐、家庭团聚、其乐融融的那种感觉。

宣传片在进行后期处理，各种宣传手册和资料也在紧张地制作。孝文化论坛的预热将和楼盘的宣传同时进行，而论坛的启动仪式则将在稍后举行。过了一阵子，所有资料都准备好了，广告投放的渠道也已经谈妥了。闻道感觉万事俱备。那么，开始宣传吧！

一夜之间，西京市大街小巷的公交站牌几乎都变成了"永生之城·守望郡"的宣传广告，而且细心的人还会发现，每一个站牌的广告还不一样。如果你把一条大街的公交站牌连续接着来看，你会发现这是一组关于"孝道"的经典故事。当然，其中也会夹杂着户型宣传，女模特宣传片的意境图，等等。在西京大道两侧主要的大型户外广告牌上，也几乎全部都是"永生之城·守望郡"的形象宣传广告，当然还有它的那句主推广语"守望，也是一种幸福"。同一时间，全城主要的媒体都是关于守望郡整版整版的"硬广"，而关于孝文化的回顾与讨论这样的"软文"则更多。当然，所有这些宣传的落款，都会写上售楼部的地址和电话。

第八章 客户蓄水

随后，售楼部的电话被打得发烫，面对即将蜂拥而至的看房团，我们的售楼小姐们准备好了吗？

这天下午，闻道接到一个电话，是西京另一家知名房地产公司的营销总监李总打来的。李总说他们公司的总裁刘总想来永生之城参观一下，问闻道下午在项目上没有。其实如果李总和闻道不认识的话，估计他们直接就来了。正是因为李总和闻道也算认识，所以他们公司的大老板亲自来"踩盘"，他提前打个招呼也算是一种礼貌。"在，在！我下午在项目售楼部恭候大驾！"闻道赶忙说道。

这位刘总闻道可是久仰大名啊！刘总要来参观，闻道不禁有点紧张起来，下午他是必须要去亲自接待的。不巧下午下起了大雨，不过售楼部门口都准备了雨伞，这倒不是大问题。不一会儿刘总他们公司的车到了。闻道本来心想刘总肯定坐的不是劳斯莱斯就是宾利，没想到来的就是一辆普通的奔驰R系商务车，这可真是"低调"啊。虽然闻道已经和工作人员一起备好了雨伞准备迎接刘总一行，但闻道心想肯定会有刘总的秘书之类的人先下来给他开门撑伞。没想到刘总自己推开商务车的门下车，然后他和李总两人一人打一把伞走了过来，就他们两人。刘总走过来一看到闻道就说："你肯定是小闻吧？不好意思啊，下这么大雨还麻烦你们来接待，我本来都给小李说了不要惊动你们的。"闻道连忙说："刘总大驾光临，我们当然是不胜荣幸啊！"这可不完全是客套话。虽然这是闻道第一次见到刘总的"活人"，但他对刘总的敬意是由来已久的了。刘总长得有些瘦高，剃着寸头，身穿休闲西装，显得非常精神。闻道把刘总和李总领进售楼部，先仔细的在沙盘上讲解了区域和项目总体平面图，又在旁边的模型上详细地介绍了主力户型，最后带着他们二人参观了样板房。刘总对闻道的讲解很是称赞，除了询问了一些关于产品的问题之外，还问了一些关于项目销售的问题。虽然这些问题有一些敏感，不过既然闻道都对媒体说过了，所以也没有什么好隐瞒的，都知无不言地回答了。毕竟现在关于各个楼盘的销售数据，特别是签约的备案数据，在房管局和很多第三方的数据提供机构都可以查到，所以从某种意义上说这也算是业内的公开信息了吧。送走刘总一行，闻道缓了一口气。他接待刘总，不仅是带着同行的心态，更多的似乎是一种粉丝的心态吧。

第九章

旋转餐厅的晚餐

这几天售楼部人气爆棚，闻道也忙得晕头转向。自从上次见面后，他和糖糖时不时地聊起了天，时而短信，时而社交网络。交谈中，闻道得知糖糖对她自己目前的空姐这份工作不是很满意，想换工作。闻道觉得空姐挺好的啊，可以"飞"不同的地方，相当于免费旅游。糖糖说才不是呢，她们经常都不能下飞机，到一个地方收拾完机舱等旅客上来了就又"飞"下一个地方，有时还得到北京和上海去值机。糖糖说她其实不喜欢西京，她更喜欢北京和上海一些。这让闻道不知道该怎么回了。糖糖说即使不"飞"的时候还经常被抓去备份，需要在客舱部的房间里待着，随叫随到。这个看似光鲜的工作其实还真辛苦啊，闻道想。

糖糖说她现在年纪也不算小了，她又不想走升乘务长这条路，所以目前也在谋求转型，看好机会就想换工作。闻道问她有什么想法没有呢？她说想自己创业，但又还没看到合适的项目。聊天中，闻道得知糖糖正在学钢琴。糖糖报名参加的是那种针对成人的培训班，交几千元，可以学十来首曲子。这个有意思，闻道也想去报个名学学。虽然自己没有什么音乐细胞，但如果会弹几首曲子，那还是显得颇才艺的。没想到糖糖说："不如我来挣你的这个钱吧。"闻道高兴地说："那你学会了教我哦？"她回答说："倾囊相授。"哈哈，看来糖糖对自己的印象不错啊，闻道不免心里喜滋滋的。

闻道觉得其实成年人学钢琴这个项目还不错，现在很多居民小区里都有提供练习钢琴的地方，但主要针对的是小孩子。其实成年人中也很有这个练琴的市场，毕竟现在很多人还是希望有一些才艺的，而会弹几首钢琴曲，这是非常"高大上"的。闻道觉得可以在商业区的购物中心里面开设"都市琴房"这一新型的商业业态，让练琴变成一种时尚。年轻人逛街逛累了可以坐下来弹会儿琴，集休闲娱乐和学习于一身，肯定很有市场前景。糖糖说打字说不清楚，尽快见面详谈嘛。"听见了吗？她说见面！"这下闻道心里可乐开了花。这将是他和她的第一次约会，得好好安排一下。还是应该征求一下糖糖的意见，于是闻道问："你想去哪儿呢？"她说："随你定吧。"真洒脱！这无疑又增加了闻道对糖糖的好感。

闻道想来想去，决定带糖糖去市中心的金茂大厦。金茂大厦是西京新开业的最高建筑，其实就是一个大型综合体，里面除了写字楼以外，还有大型的购物中心，吃喝玩乐购都有。最棒的是，它的顶层有一个旋转餐厅，其实闻道也没去过，但在网上查了一下，据说浪漫指数极高。好吧，就去这儿！在一个糖糖不"飞"的下午，闻道借口出去踩盘，也就是去其他楼盘调研，早早地离开了项目的售楼部。糖糖目前和父母住在一起，也住在市区。那天阳光明媚，闻道在进市区的路上找了个洗车场把车洗得干干净净的。那感觉，仿佛就像要过年了似的。闻道甚至还去理了个发。俗话说，没有发型就没有爱情。还有俗话说，头可断血可流但发型不能乱。咱还能再折腾点什么不？不了，再折腾来不及了。

在约定的时间，闻道准时来到糖糖家的小区门外，停靠在路边。闻道发现自己竟然心跳得厉害。冷静，要冷静……闻道一边深呼吸一边想待会见面说些什么。闻道给糖糖发了个信息说他已经到了。糖糖说她接个电话，马上就下来。在车上坐了一会儿，闻道觉得还是在外面等比较好，这样糖糖一出来就可以看到他，也体现出他对她的礼貌和尊重，第一次约会要给别人留下好印象嘛。等了一小会儿，糖糖走出来了。她穿着一件粉色的披肩和一双白色的鞋，是那么得美，就像是一个仙女一样飘了过来。她今天涂的口红很红。这么红的口红换一个女人也许会让人觉得很俗气，但在她的身上却显得那么得自然。这种口红确实不是一般人能够"hold 住"的。

"你怎么在外面等呢？"糖糖走过来问。"啊？"闻道意识到自己刚才好像看呆了，也许在那零点几秒内失去了意识也说不一定。"我说你怎么不在车里等？"糖糖说。"我出来透透气。"这纯属没话找话说嘛。闻道为糖糖拉开了车门，她说了声"谢谢"便坐进了副驾。闻道发动汽车，竟然忘了该怎么走！这条路线其实他非常熟悉的，但居然还拿出手机查了下地图，真是丢人。今天天气真不错，前几天一直在下雨，今天出了太阳，不冷不热的。闻道打开天窗，让阳光洒了进来。其实刚才一靠近她，闻道就闻到了一股很好闻的香味，现在她坐在旁边，更是闻得浓郁。闻道问："这是什么香水呢？真好闻。"糖糖说："橘彩星光。"她说她喜欢香水，喜欢自己香香的。

其实闻道平时挺健谈的，做起PPT演示来那更是口若悬河。但今天闻道觉得自己不太会说话了。难道自己紧张了吗？就这样一边开车一边有一句没一句地说着，已经快到金茂大厦了，就在大道的右侧。这是一条很宽的大道，要右转需要提前进入辅道。闻道的开车习惯很好，很少有交通违章的。但到了应该右转的那个口子，闻道居然错过了，直接往前开去。"不好意思，我到前面掉头。"闻道对糖糖说，糖糖倒也没说什么。关键是到了前面应该掉头的地方，闻道再次错过了，又径直往前开去！闻道瞟了一眼糖糖，她露出了惊讶的表情。"下一个路口肯定不会错过掉头了！"今天脸是真的丢大了。好不容易开到了金茂大厦的停车场，倒车进车位又倒了半天。算了，咱今天还能再丢人一点吗？

下了车，因为路上耽搁了不少时间，闻道不自觉地走路稍微有点儿快。但糖糖让他走慢点，说平时她走快一点没关系，但今天她不方便。闻道立即懂了，糖糖的"亲戚"今天来了！那可是必须要加倍呵护的啊！闻道立刻放慢脚步并和糖糖的步调保持一致。二人本来说先去喝杯咖啡的，但到了咖啡店居然找不到座位。现在开咖啡店都是这么火的吗？离晚饭时间还有一阵，去哪呢？闻道发现自己准备的预案严重不足。走着走着路过一个电玩城，糖糖说："我们去玩游戏吧。"这简直太好了！闻道从小就喜欢玩电脑游戏什么的，小时候还玩街机。闻道看了一下，貌似里面打枪类型的游戏比较多，不知道她喜欢不？糖糖说："我喜欢打枪。"真是太对胃口了！于是闻道去买了很多游戏币，二人打僵尸打怪物，打了怪物又打海盗，最后把一个游戏打爆机了。闻道自己都觉得手

第九章 旋转餐厅的晚餐

— 041 —

累，糖糖一定也累到了吧？她今天来大姨妈，可不适合剧烈运动哦，闻道心疼起来。

二人休息了一会儿，看到一个女人正在玩一个敲鼓的游戏。这是一个需要和着音乐的节拍敲打的游戏，但这个女人敲得毫无节奏感。等了一会儿她很快就结束了游戏，闻道问糖糖想不想去玩这个游戏，糖糖欣然同意。糖糖敲得和音乐的节奏非常合拍，她简直就是一个专业水平的敲鼓手。很快旁边聚集了很多围观的人，闻道站在糖糖的旁边给她鼓掌。虽然闻道心疼糖糖不要太用力了，但看到她玩得很开心，他也不好打岔。就这样玩了一会儿以后，糖糖似乎累了，说："我们走吧。"

闻道带着糖糖去坐电梯，旋转餐厅在顶楼，电梯都要开一阵儿了。到了之后，他们二人点了西餐。本来闻道想点牛排的，但考虑到可能吃牛排的动作不是很优雅，于是作罢。闻道和糖糖边吃边聊，聊了读书，聊了工作。糖糖问闻道做什么投资吗？闻道说准备炒点股。糖糖问闻道："不知道现在你们做房地产营销的收入大概是多少呢？"闻道心想现在的女孩还真是直接啊，不过他还是坦诚地说道："如果只是看平时的工资呢，其实也就二十来万元。但我们做营销的收入的'大头'是销售提成，这个波动比较大，从几十万元到几百万元都有，要看行情。""是不是如果自己年收入在十万元以下，就没有必要再联系了？不会的，糖糖也不像是这种女孩。"闻道心想。虽然闻道很想问糖糖为什么是单身，但还是没有开口。别人单身不好吗？真是的，好奇害死猫。糖糖也没有问他的感情状况。虽然这个旋转餐厅转得非常慢，但一顿饭的工夫它还是转了一些角度。闻道和糖糖看着外面的夜景，不知道她是怎么想的，反正闻道自己是已经醉了。

吃完饭，闻道和糖糖又去楼下的咖啡厅坐了一下。这时咖啡厅的人已经不多了。二人点了饮料，坐着聊了下创业的想法。闻道说糖糖的时间紧，经常到处"飞"，以后他抽时间到处去考察一下看哪儿适合开这个"都市琴房"。这时糖糖说她的一个朋友刚生了小孩，她想去买个礼物送过去。于是闻道陪着她去逛了一下购物中心的商场。闻道自己是极少逛商店的，但你知道，和自己喜欢的人在一起，干什么并不重要，重要的是陪着她一起。

很快商店都快关门了，闻道本来还在想要不要带糖糖去看电影，但糖糖说她肚子不舒服，想回去了。这个闻道懂，很多女孩子都会痛经。于是闻道说："那我送你回去吧。"路上，途经一个药店，闻道靠边停下车，对糖糖说："你等我一下。"然后他冲进了药房。很快闻道就出来了，手上拿着药还有两包卫生巾，一包日用一包夜用。上了车闻道说："我问了药店的人，他们推荐吃这个药，但是你不要吃多了，不痛了就不要再吃了，痛经还是要平时多调理。"糖糖说："你怎么知道我用什么牌子的卫生巾呢？乱买。"闻道说："我买的苏菲，经常在广告里看到。"

到了糖糖家楼下，糖糖说："谢谢你今天陪我。"然后她就下车了，看得出来她的确不舒服。"早点睡。"看着她离去时有点虚弱的背影，闻道很是心疼。

第九章 旋转餐厅的晚餐

第十章

陆教授

作为"守望郡"的整个宣传推广中最重要的一环,"感动西京"孝文化论坛将全面提升项目的调性。在这个论坛上,闻道将只谈传统文化、谈孝道,压根儿不提卖房的事。除了邀请本地的媒体全部到场以外,邀请重量级的专家到场也是必需的。闻道的初步设想是,邀请一个国学专家,邀请一个财经专家,再邀请一个风水专家。"三个人一台戏",这个论坛就能圆满成功了。董事长认识一个搞国学的大师,要从北京请过来。他也认识一个做风水的大师,从香港请过来。闻道自己只需要邀请一个财经专家就可以了。闻道第一时间就想到了前段时间在上海参加房地产论坛时认识的陆教授。以前闻道就经常在当地媒体的报道中看到陆教授的观点和采访,上次见到其本人后交换了名片,说回到西京以后拜访下陆教授,还一直没去。

闻道在手机上找到了陆教授的电话,他的全名叫陆珞竹。闻道觉得还是先发条短信过去,不然贸然打电话过去万一陆教授正在上课呢?于是闻道编辑了一条短信发给陆教授:"陆教授您好!我是上次在上海的房地产论坛上和您交换过名片的西京市永生之城的小闻。我们公司想邀请您来参加一个我们项目举办的大型论坛。您看什么时候方便,我来拜访一下?怕您在上课,方便的话请回电。"很快陆教授就回了电话过来:"闻总,你好啊!我今天没课,在家呢。你下午有时间来我家做客吗?""好啊!您看下午两点半合适吗?"闻道很高兴,陆教授看来是个爽快人。

闻道以前也接触过其他专家，架子摆得很大。"那行。我知道你们项目的位置。可我住在城南的郊区，离你们项目有点远。下午五点前我都有空，之后我得进城去陪我妈吃饭。"闻道的车今天限行，只能坐公司的车去，但公司的车只能把他们送过去就得去机场接人。于是闻道对陆教授说："陆教授，那待会儿事情结束后您能顺便把我捎进市区吗？我的车今天限行。""当然没问题！"陆教授爽快地说。

闻道中午一边吃饭一边想，自己下午是一个人去呢，还是带上依依一起去呢？自己一个人去觉得有点傻乎乎的，他怕两个大男人没什么话说，带上依依可以活跃一下气氛。而且有依依这样的大美女给自己撑场面显得更正式，这也体现了对受邀请人的尊重。由于路程比较远，要横穿市区，所以闻道一点半就叫上依依出发了。二人坐上公司的奔驰R系商务车，但司机不想从市区穿，决定走四环路绕过去。其实也无所谓，虽然路程远了不少，但开得快嘛，还省油。途中，闻道对依依说："依依，我们待会儿去拜访的是不仅在西京市很出名，而且在全国都知名的经济学教授，我怕我和他说一说的就冷场了，你要注意适当的活跃一下气氛哦。""没问题，我可最擅长活跃气氛了！"依依好像还挺高兴的。闻道心想，别搞砸了就行。

不到两点半他们就到了。陆教授住的地方是西京南郊知名的别墅区，公司的商务车到了小区的大门口以后门卫不让进，待门卫和陆教授通话以后才放行。进大门以后还要拐几个弯。也许是出于职业习惯，闻道每到一个小区都会仔细观察这个小区的布局和绿化。这个小区的绿化水平至少和自己楼盘的水平相当，不过由于建成的时间要更早一些，所以显得更为郁郁葱葱。小区内布局的全是联排和独栋别墅，连叠拼别墅都没有，这样的社区品质肯定是比那些还要夹杂着电梯公寓的混合社区更高端。闻道看了一眼依依，依依说："在这里跑步一定很舒服。"

又拐了一个弯以后，终于来到了陆教授所在的那一栋楼。这是一栋带有西班牙和法式风情的小独栋。浅棕色的石材和黄色涂料夹杂一些木头装饰混合而成的外墙，很有艺术感。这种房子的户型一般都是地面三层楼地下一层楼。从外观看，闻道估计总面积有400平方米左右大。这种户型在西京的郊区一度很流行。但由于土地价格越来越贵，现在这种产品已经越来越少了。永生之城的下一个组团将在项目内部最好的位置推出一批低密度产品，就有这种小独栋别墅面市，闻道估计肯定会引起市场的抢购。

陆珞竹已经站在门口等着了。一如既往的英气逼人，但又不失亲和力。他今天穿着一件格子衬衣，很有英伦范儿。下了车，闻道连忙走上前去说道："不好意思，陆教授久等了吧？"陆珞竹和闻道握了握手，说："没有没有，我也刚出来。这里面有点不好找吧？我刚来的时候也被转晕了。""还好，都有指示牌。这是我的助理，林依依。"陆珞竹也和依依握了握手，说："你好！"一般人初次看到依依都会说"美女"这类的话，但陆教授只是礼貌地说了句"你好"。闻道留意到依依嘟了一下嘴。陆珞竹把闻道和依依带进屋内。

闻道一看，这客厅的挑高起码有7米，显得很是气派。闻道带着专业的眼光来看，这里的装修非常考究，用料都很好，该有的设备像地暖、中央空调这些都有，虽然没有自己项目的样板房的豪华感这么强，但却更温馨更有居家氛围。闻道留意到陆教授还布置了摄像头和红外线报警器这些安防设备，看来他很注重科技感。室内的家具和装修风格一样，总体来说偏欧式，应该说是简约欧式。沙发和座椅都是实木和布艺的，很多实木的地方如餐桌、茶几和楼梯扶手等都是白色的。在客厅的角落还摆放了一台钢琴。闻道问："教授还会弹钢琴吗？"陆珞竹耸了耸肩说道："到目前为止它还是装饰，我一直想学，可惜没时间啊。"

在陆教授家挑高客厅的沙发墙上，布置着一幅巨大的油画。画的是在一片绿树环绕的森林中，两个微胖的女人相互依偎和凝视着对方，其中一个还袒露着胸部。她们的身旁有四个光着身子的小孩在玩耍，三个挂在树上，一个趴在地上。依依问道："这两个女人是什么意思呢？"闻道看了她一眼，示意她不要乱说话。闻道知道这肯定是世界名画，但一时也叫不上名字来。陆珞竹微笑着说："这是洛可可时期的画家布歇的名画，你们没感到有一种春意盎然的感觉吗？""我就是觉得画面很美哒。"依依有点调皮地说。闻道也说："这画面看起来真舒服啊。"陆珞竹接着说："这幅画意义很深的，表达了爱、丰收、和平与喜悦。画中的这两个女人是希腊神话中的女神，长了翅膀的小孩是丘比特。"闻道小声地问陆珞竹道："陆教授，这幅画可是真迹吗？"陆珞竹爽朗地笑了起来，说："你倒是也太看得起我了，这可是世界名画啊！我怎么可能买得起。不过这也算是高仿了，是美院的一个大师画的。他还算照顾朋友关系，几十万元卖给了我。我就是觉得画面很美，而且寓意也很好，时刻给人以希望。"依依听罢吐了吐舌头，看了闻道一眼。闻道知道，这么大尺寸的油画，如果出自国内一线画家之手，又是原创作品的话，那肯定是要上千万的。

陆珞竹安排闻道和依依在沙发坐下，然后说道："今天的股市要下午3点才收市，我还得再去看一下。要不你们先随便看看？这里有矿泉水。我待会完了马上就下来给你们做咖啡。如果你们现在想来我的书房看看也可以。"没有主人陪同，自己在别人家里乱转肯定也不好。于是闻道看了一眼依依说："要不我们先到您的书房看看吧。"书房在二楼。趁着上楼的空当，依依悄悄在闻道耳边说："我觉得你和陆教授长得还有一点像呢？除了他戴眼镜你不戴眼镜，他留着小胡子你没留以外。""真的吗？"这小姑娘的视角还真独特。

一进陆教授的书房，闻道就被震撼了。这哪是书房啊，活脱脱的一个交易室。只见在陆教授的一张大书桌上，布置着一个由6个32寸显示器组成的大屏幕，每个显示器上分别显示着不同的指标和曲线。他的书桌上还有一台笔记本电脑，好像在做着其他事情。依依也说了声"哇！"闻道知道这叫六分屏，一般专业的金融证券的交易员需要配备，看东西方便。"这个六分屏挺贵的吧？"闻道问。陆珞竹一边坐下看屏幕一边回答道："如果买现成的集成系统，那肯定贵啦，一般要3万元到5万元，像这种单屏32寸的就更贵。但这个是我自己组装的，可能就花了1万多元吧。其实很简单，就是买六个显示器和一个支架而已。现在的电脑显卡一般都可以接两到三个显示器，好一点的显卡直接就可以接四个显示器，其余不够的可以用USB转接VGA或DVI的视频线。"闻道看了看书桌后面，确实有一堆线接在电脑主机上。看来这个陆教授还挺懂电脑的。

"其实也就是好玩。"陆珞竹说道，"我以前比较喜欢折腾电脑，研究点硬件配置什么的。现在越来越忙了，也没有时间和精力更新这些配件了。"陆珞竹的书房也有一组沙发。他让闻道和依依坐下，接着说道：

"你们猜这个六分屏除了看股票还可以用来干什么?""看电影!"依依抢先说道。"看电影我可以到楼下客厅的大电视去看啊,那是4K的屏幕。"陆珞竹笑道。闻道说:"不会是拿来打游戏吧?""对啊!用这个六分屏打游戏超爽的,可以拥有更大的视角和显示范围,基本可以模拟人的180度视角范围。"陆珞竹说得有点高兴起来。闻道问:"那陆教授您喜欢玩些什么类型的游戏呢?"陆珞竹说:"其实我现在都很少玩游戏了,工作太忙。以前喜欢玩射击类的,即时战略类的,有时也玩玩开赛车、开飞机之类的游戏。""我喜欢玩极品飞车!"依依高兴地说。"是的,呵呵,我以前还专门买了一套方向盘和脚踏板来玩极品飞车。"陆珞竹说。闻道笑道:"厉害啊!这装备可够专业的!"

闻道环顾四周,这才发现这个书房除了这个六分屏吸引人外,到处堆满的书也同样吸引人,有一种杂乱的美。据说书房越乱的人越聪明,不知道这是不是真的?陆教授的书房其实也不能叫乱,纯粹就是书太多了。这么大一个书房,好几个书架,都觉得不够用。这些书基本上都是专业书,也有一些名著。闻道随手拿起一本名为 American Economic Review 的期刊。陆珞竹瞟了一眼,说:"这是《美国经济评论》,是经济学这个学科的国际顶级期刊。"闻道和依依充满崇敬的表情问道:"那您在上面发了论文吗?"陆珞竹耸了耸肩,说:"没有,难啊,还需要更努力才行。"这时3点到了,陆珞竹说:"好了,收市了,今天微跌。"闻道忙说:"不会是我们来了耽搁了您的操作吧?""怎么会呢?股市的涨跌波动那太正常了。走吧,我们到楼下去,我给你们做咖啡,我的咖啡豆很好哦。"说罢陆珞竹起身带着闻道和依依向楼下走去。

第十一章

极简生活主义

跟随陆教授一起来到厨房,闻道才发现陆教授居然在厨房里摆放了一台半自动的咖啡机,厨房大就是好啊!只见陆珞竹熟练地操作着磨豆机,厨房里很快弥漫着一股咖啡特有的香味。闻道说:"好咖啡是闻的不是喝的,这句话果然不假。""你们要做成什么花色?"陆珞竹问道。"能不能做成摩卡嘛?如果太麻烦了就普通的卡布奇诺或者美式都行的。"闻道说。"当然没问题。"陆珞竹微笑着说,然后从冰箱里拿出牛奶和一瓶巧克力酱。"你呢?"陆珞竹问依依。"我要焦糖玛奇朵!"依依似乎有意想为难一下陆教授。闻道白了依依一眼,依依则嘟了一下嘴。陆珞竹又变戏法式的从冰箱里拿出一瓶焦糖酱来,说道:"我觉得应该没问题。""陆教授,您喝什么口味呢?"闻道问。"我就拿铁吧。"陆珞竹一边操作一边回答。依依一边看陆珞竹打奶泡一边问:"教授,卡布奇诺和拿铁到底有什么区别呢?我每次喝都觉得差不多。""其实它们本质上没有什么不同。拿铁中牛奶和奶泡的比例约为 2 比 1,而卡布奇诺中咖啡、牛奶和奶泡的比例约为 1 比 1 比 1。所以简单地说就是卡布奇诺的奶泡要多一些罢了。"陆珞竹耐心地给依依解释道。

少顷,陆珞竹用精致的咖啡杯做好了 3 杯香浓的咖啡。依依看着拿在手里的咖啡说:"我以后再也不喝速溶咖啡了。"闻道听罢呵呵地笑了一声,他也不喜欢喝速溶的咖啡。"其实速溶咖啡除了口感差些外也没什么,当饮料嘛。问题主要是里面含有植脂末,俗称奶精,又叫反式脂肪酸，据说能诱发血管硬化，增加心脏病、脑血管意外的危险。而且还据说它很容易让人发胖，特别是容易胖腰。"陆珞竹看着依依笑着说，"不过偶尔喝一些也没什么的，不要频繁、大量的摄入就行。"依依吐了吐舌头。自己还在学校的时候有一阵几乎每天两包。"你们想坐在客厅里喝，还是到室外的花园里去喝？"陆珞竹问。"那肯定必须去花园看看啊！"闻道心想客厅刚才都看过了，今天天气不错，去花园坐坐多好。当然，出于职业习惯，他也想更多地参观一下这栋房子，对自己项目的产品也算一个参考吧。实际上闻道看过的楼盘很多，别墅这些产品当然也看得多。他其实关心的并不是冰冷的产品，而是当一个真实的购房者真正住进去以后会怎样使用，也就是说怎样在里面生活。

　　陆珞竹家的室外花园和地下室相连。这是一种常见的设计，如果地下室这一层全在地下埋着，那其使用感受肯定是很压抑的。但如果地下室连着室外的花园，就会消除这种压抑的感觉。当然，这在建筑上要求打造一定的坡地，一楼这一层的室外地面要比地下室这一层的室外地面高。三人从楼梯下到地下室，闻道发现这一层估计有100平方米。其实这一层和上面是一样的结构，只不过没有隔成一楼的客厅、厨房等房间而已，必要的立柱还是有的。地下室还连着车库。闻道瞟了一眼，这个车库不大，只能停一辆车的大小。闻道看见里面停着一辆白色的特斯拉Model S 纯电动轿车，陆教授居然在车库里安装了一个充电桩！

　　更有意思的是陆教授竟然把地下室布置成了一个练功房！这里是按照一个标准的练功房来进行装修的，地面铺设有木地板，而四周的墙上安装的都是镜子，并且还装有不锈钢的扶手。"陆教授，您这是在家里练什么功啊？"闻道问道。"呵呵，不是我练，我又不跳舞。但我觉得这栋房子未来的女主人应该会用到，所以就当是先准备着吧，免得以后二次装修麻烦。"陆珞竹回答道。未来的女主人？难道陆教授还是单身？陆珞竹没有继续说下去，所以闻道也不好再问这些比较隐私的问题。

　　在地下室的一个角落，还布置有一张台球桌。闻道看着台球桌笑道："教授好雅兴啊！""哪里，其实也就是装修的时候有点兴趣，之后就很少用了。你们刚才也看到了，我其实每天只要不上课，基本上都在书房里对着电脑坐着。"陆珞竹说罢看着闻道问道，"你玩这个吗？"闻道说：

"可以玩一下的。""以后有机会来切磋一下。"陆珞竹看了一眼手表说,"今天是没时间了。""好啊!"闻道留意到角落里还竖立着一个高尔夫球包。"陆教授一定是高手吧?"闻道指着高尔夫球包说。"哦,那个啊,会打而已,高手肯定是谈不上的啦。"陆珞竹回答。在靠一面墙的地方还竖放着一个折叠的乒乓球桌,闻道心想陆教授家的装备还真是齐全啊。

三人穿过地下室来到室外,闻道估计这个花园也有近200平方米。这种配置算是中上水平。一般这种小独栋如果按照较高品质打造的话,需要占半亩地甚至以上。一亩地约为667平方米,半亩就是300多平方米。除去房子的地基所占的100来平方米,花园就是差不多200平方米左右。当然,很多项目为了提高开发密度,也可以砍一半花园的面积,这样一亩地就可以多修一栋房子出来。而在一些土地很便宜的远郊地区,每户甚至可以配更大面积的花园。所以花园有多大主要取决于土地的成本和房子能够卖出的价格。

这个花园的一侧有一个长条状的凉亭,这本身没有什么特别的。特别的是这个凉亭的顶部全部铺设着太阳能电池面板。陆珞竹介绍到:"我在这里安装了一套太阳能发电系统,算是体验一下新能源吧。""那你家里都不用交电费了哦?"依依问。"要的哦,这套系统的功率不大,要带动空调肯定是不行的,不过日常照明还是可以的。"陆珞竹继续介绍道,"除了你们看到的这些太阳能面板,地上还放了一组铅酸蓄电池,然后还接了一个变压转化器,要把直流电转换成交流电以后室内的电器才能使用。"闻道问:"那一定能省不少电费吧?""电费倒是的确可以省一些,但目前太阳能发电的成本还比较高,除了这些个面板以外,这些蓄电池也贵,而且用一段时间以后就要更换。还有就是需要重新给家里布置一套电线的线路,你知道现在装修的人工费是很高的。"陆珞竹回答道,"所以我只能说是体验一下新能源,目前要想完全替代传统能源还有点难啊。"

三个人坐在花园里一边喝着咖啡一边聊天。花园里总体来讲是很简洁的,种了一些果树,有一棵柚子树、一棵桃树和一棵樱桃树。当然还有一些叫不出名字却很是好看的花花草草,在花园的围墙上种还满了蔷薇。"陆教授家的水果基本上可以自给自足了。"闻道看着这些果树说,他其实也一直想在家里种果树,可惜住的电梯公寓没地方种。"其实主要还是让鸟儿们给吃了。你们刚才也看到了我的工作状态,我其实能坐下来悠闲的享受一下这个花园的时间不多。所以今天还要感谢你们来啊。"陆珞竹说。"教授,我咋感觉你住在这里就像是在隐居呢?"依依问道。"你们听说过一种叫做极简主义的生活方式吗?"陆珞竹喝了一口咖啡缓缓说道,"这其实是一种生活态度,讲究自然天道。具体来说可以包括拈花一笑地对待一切是非、为爱好而工作生活、单独少交际的生活、和小动物为伴、和灵魂伴侣结婚生活,等等。总的来说就是简单自然地去生活。""但也没有看到您家里有什么小动物啊?"闻道看了依依一眼,生怕她问出这个伴侣的事情来。"以前我在家里曾经养了一只小乌龟,它陪伴了我11年,和我一起度过了我的青少年到成年的这段时光。我拍掌它还会爬过来。后来它死了,我就再也不想养小动物了,怕养不好又死了。"陆珞竹回道,神情有点黯然。

闻道赶忙岔开话题:"教授,您这墙上还有个篮球架啊,平时玩吗?"陆珞竹看了一眼墙上安装的篮球架微笑着说:"偶尔想起了来投几个篮而已。"这时依依被蚊子咬了几个包,陆珞竹忙把花园里的灭蚊灯打开,说:"花园里就是蚊子多,这和绿化的程度其实是个悖论:绿化好必然蚊虫就多。""说明生态好嘛,呵呵。"闻道说。"我的父母挺喜欢这个花园的。他们有时来看看我,就喜欢在这个花园里坐,再帮我修剪一下花花草草。平时我自己能想起给花园浇水就已经不错了。"陆珞竹说。闻道问:"那他们为什么不在这里常住呢?""我就是让他们在这里住啊,但他们觉得这里太清静了,而且周边配套太少了,买根葱都要开车。他们还是习惯在市区的老小区住。"也是,这个闻道是很清楚的,郊区的楼盘这是通病,配套太差,所以入住率很低。陆珞竹似乎看出了闻道在想什么,说:"刚才你们进来的时候肯定也看到了,这个小区的房子基本上都是空着的,我估计入住率不到10%,大多数甚至都还没有装修。不过这里很适合我。我喜欢在一个清静的地方写东西,而且我也不需要朝九晚五的上班。住在这里如果天天早晚来回跑市区上班,那肯定是很不方便的。"

这个花园其实还有不少空地。闻道问为什么不挖一个游泳池。陆珞竹说挖个游泳池倒是简单,但太难打理了,而且小区的会所有室外和室内两个游泳池，想游随时可以去游。依依说如果她的家也是这样的，她一定要挖一个游泳池，想怎么游就怎么游。闻道和陆珞竹相视一笑，也许他们都猜到了她是怎么想的。

第十二章

我被你们策划了

三人坐在陆珞竹的花园里一边喝着咖啡一边闲聊。闻道其实很想问问陆教授是怎么挣钱的，但又觉得这个问题不太好问，毕竟问别人的收入不太礼貌。不过这个陆教授感觉非常的随和，可能问一问也无妨？于是闻道问："教授，您是不是在校外有自己的产业啊？"现在很多高校的教师都在校外开自己的公司挣大钱，而高校本身的收入一般来说是不高的，所以闻道这样问也非常正常。"我天天都在写东西，哪有时间做生意啊？"陆珞竹看了一眼身后的房子说道："呵呵，你们是想问我是怎么挣钱的吧？"闻道和依依都点头。

陆珞竹微笑着说："刚才你们也看到我在炒股，其实我主要是靠炒股赚的钱。"随着陆珞竹缓缓道来，闻道和依依也了解了他的故事。原来陆珞竹十年前就开始炒股，当时就用差不多不到 10 万元入市小打小闹一下。陆珞竹喜欢高频交易，操作频繁，所以一开始的时候赚的一点钱都给券商交了手续费。陆珞竹说那一年他的交易额高达 2000 多万元，手续费都交了五六万元。后来陆珞竹去了美国攻读经济学博士，利用中国和美国的时差正好炒 A 股。他基本上每天傍晚吃了晚饭以后稍微散下步，回到寝室 A 股就差不多开盘了，收市则正好可以睡觉。在那无数个寂寞的夜晚，陆珞竹抵挡住了洋妞的诱惑，他一个人在寝室里开着三台电脑：一台电脑学习，一台电脑看盘，一台电脑放片。就这样坚持了几年，读完博士的时候他也练就了一套独特的炒股技术。长期细致而深入的研究终于让陆珞竹把握住了一次机会。有一年 A 股大涨，但随后又出现了暴跌。A 股当时在整体上还没有做空机制，投资者只有涨的时候才能赚钱，而跌的时候要么跑路要么亏钱。但当时还是有少数几只认沽权证可以做空，于是就引起了投资人的疯抢。

"什么是权证？"依依睁大眼睛问。陆珞竹解释道："期货你听说过吧？权证其实就是一种期权，就是你在未来某个时间买进或卖出的权利。""那可不可以不买呢？"闻道问。他虽然目前不炒股，不过对股票还是多多少少知道一些的，但对权证还真的不了解。"当然可以不买啊。如果到时候你买，这叫行权；不买，就是不行权。"陆珞竹说。"哦，那相当于购房者在我们售楼部看房后交的订金嘛，等到开盘时喜欢就买，不喜欢就不买？"闻道恍然大悟。"你这样类比有一定的道理，但还不完全一样。开盘时不买房订金是可以退的，但你买权证花的钱是不能退的，所以从这个意义上说更像是'定金'。"陆珞竹接着说道，"股票在理论上还拥有对应公司的股份，但权证就是 张纸，你不买或卖股票它就是一张废纸。权证分两种，认购和认沽。顾名思义，它们分别是按照规定价格买或卖股票的约定。理论上说，股票价格越高，认购权证就越有价值；而股票价格越低，认沽权证就越有价值。"

陆珞竹说他在股市暴跌的当时，看好了一只认沽权证，把所有家当全部投入进去，结果运气超好，这只权证在三天内暴涨了 10 倍！这三天里陆珞竹非常的煎熬，随时都在想"要不要卖，要不要卖？"当涨到接近 10 倍的时候，陆珞竹觉得这太疯狂了，于是卖光了手里的权证。随后不久随着大盘的回暖，这只权证一路直线走低，到最后行权之日，陆珞竹亲眼见着它一天之内从几元的价格一直跌到几毛钱。虽然盘中也有所谓的"末日轮"行情，又回抽到了两三元，但这只是回光返照而已，收盘时其价格已接近零。有多少股民这一天在这只权证上弄得家破人亡可能已经很难统计了。陆珞竹觉得这根本不是投资，连投机都算不上，这简直就是赌博！从此以后陆珞竹再也不碰权证，但不论如何他赚到了自己的第一桶金。之后股市一路上涨，陆珞竹的账户又增值了几倍。随后国际金融危机爆发，股市一泻千里。陆珞竹及时斩仓出局，虽然也亏了不少，但所幸还是保留了大多数的成果。等陆珞竹毕业回国的时候，他已经赚了好几百万元了。回国后，陆珞竹一边教书一边写论文一边炒股，今年刚评上教授，之前是副教授。同时，他对国内财经热点问题的研究也引起了媒体和社会各界的广泛关注，逐渐在国内财经界崭露头角，成为媒体追逐的热门经济学家之一。听完这段故事，闻道和依依对陆珞竹的崇拜之情，那是犹如滔滔江水啊！

这栋别墅是陆珞竹回国后买的。这是一套二手的清水房，原来的房主买成500万元，但后来做生意遇到困难，在中介挂了300多万元急于出手，于是陆珞竹就把它买下了。现在他的主要生活方式就是教学、科研、炒股，有时出去参加一些社会活动和接受媒体的采访。陆珞竹说他其实非常宅，平时一般不出门。"压力大，我现在头发掉得厉害，还经常失眠呢。"陆珞竹对闻道和依依说。"陆教授太成功了！"闻道说。"真谈不上。我其实把炒股当成娱乐，而且有助于让我保持对经济的敏锐感，这也是专业的需要。我的主要精力还是放在学校上课和做研究上，你知道在高校工作发表论文的压力是很大的。"陆珞竹说。闻道也想学习炒股，忙问："陆教授您招学炒股的学生不呢？是需要从研究基本面做起吗？"陆珞竹笑着说："业内有句俗话说：'研究基本面，输在起跑线'。哈哈，这当然是句玩笑话，基本面还是很重要的。我们今天聊得挺投机的，随时欢迎你来做客。指导谈不上，咱们多交流嘛，我也想多了解一点房地产业内的一手信息。不过周末可能不行，我周末一般都会飞去北京或上海的商学院上课。""那您不是成了'空中飞人'啦？"依依插话道。"反正每周都要'飞'吧。所以我给自己买了高额的航空意外险，万一有什么事也不用担心父母的养老问题。"陆珞竹说。

"对了，陆教授，今天我们来的正事还没谈呢？"闻道一看时间不早了，赶忙说论坛的事儿，并从公文包里拿出一个盖着公司鲜章的邀请函递给陆珞竹。陆珞竹接过邀请函看了之后说："你们这个是文化论坛，我觉得讲国学和讲风水都合适，但我是研究财经问题的，我去了讲什么呢？"这确实是个问题，所以闻道小心翼翼地说："我们策划部的同事们一起想了一下，您可以来讲孝道对家庭幸福感的提升，从而对居民消费的促进作用。"依依也在旁边附和道："哎呀，陆教授，只要您来了我们这个论坛就成功了，随便您讲什么都行。"陆珞竹笑着说："看来我是被你们策划了。好吧,我来参加你们的论坛,但是讲话的内容我得好好琢磨琢磨。闻总你刚才说的这个选题还挺有意思的,我抓紧好好研究一下。既然来了,肯定还是要给你们讲好嘛。"陆教授果然是一个做事非常认真的人,这个朋友值得交!闻道心想。"陆教授真好!"依依也高兴地说。"这姑娘嘴可真甜。"陆珞竹看着依依说。

一晃快5点了,闻道对陆珞竹说:"陆教授,快5点了,要不我们就不打搅您了,您还得进城去见您的母亲啊。""那行,我们改天再聚。方便的话最好平时约嘛,周末我一般都不在西京。"陆珞竹起身说道。"没问题,一定要再来拜访教授。"闻道说。陆珞竹回书房简单收拾了一下,拿了一个包。闻道发现这是一个现在刚开始流行的编织袋风格的皮包,想不到教授这么潮。陆珞竹带着二人又下到地下室,走进车库,突然说:"哎呀,不好意思,我才想起我这辆车今天也限行!""啊……这里怕不好打车吧?要不找让我们公司的商务车再回来。不过司机现在正在机场接人,过来可能得有点晚了……"闻道一边说一边心想,不知道这里好不好打"野的"(非正规运营出租车,四川方言)。"没事,我开另外一辆车。限行害人啊,逼着买两辆车。"陆珞竹说罢,带着闻道和依依折返到室外。车库外面是一个坡地,连接到小区的主路上来。坡地上停着一辆鱼子酱色的捷豹XJL,这想必就是陆教授说的另一辆车吧。捷豹XJL有着纯正的英国血统,修长的车身有着迷人的腰线,特别是它的尾部轮廓绝对可以用性感一词来形容,线条与车身和前脸一样流畅。那两个尾灯就像一对豹爪,非常耐看。陆教授的两辆车可都是自己心仪的车啊,闻道也是懂车之人。

三人上车,闻道坐在副驾的位置,依依坐在后座。只见陆珞竹按下启动键,中控台的旋钮自动升起,这可真是一个独特的设计。缓缓驶出小区后,陆珞竹开始加速,很快就达到了这条快速路规定的最高速度每小时80公里。"教授喜欢开快车还是开慢车呢?"闻道问。陆珞竹一边开车一边回答:"反正不超速嘛。这条路规定限速是多少,在路况条件允许的条件下我就开多少。"捷豹XJL的轴距超过3米,后座非常的宽敞,坐在上面即使想跷二郎腿也是非常轻松的事。陆珞竹从后视镜看了一眼依依,说:"依依,还是把安全带系上吧。这个后座太宽,万一我急刹车你

第十二章 我被你们策划了

会不安全的。""好!"依依听话地系上了后座的安全带。

行驶了一段时间以后,依依突然说:"教授,您真的是单身吗?"现在三个人都比较熟络了,所以闻道也没有阻止依依问。他其实也想知道这个问题的答案。陆教授35岁还单身,难道离过婚?或者……陆珞竹转头看了一眼闻道,又从后视镜看了一眼依依,说:"你们不会怀疑我是同性恋吧?"哈哈哈……三个人都笑了起来。陆珞竹沉默了一会儿说:"我的故事其实很简单的。以前我还在国内读书的时候,我以为我交往了一个女朋友。"细心的依依从汽车的后视镜中留意到陆教授的眼神里闪过一丝尴尬,虽然陆教授很快又用笑容掩盖了。"那后来呢?为什么没有在一起?"依依脱口而出的问话,连她自己都觉得冒失了。"后来……哈哈,当然没有后来啦,不然咱们陆教授就不会还是钻石王老五啦。"闻道连忙救了差点要冰冻住的场面,心想:"依依这丫头,还是太单纯了,看不懂眼神。"陆珞竹淡淡地微笑了一下,表示没什么。"爱对了是爱情,爱错了是青春。现在青春已不在了,那还是多写几篇论文、多抓几个涨停吧。"陆珞竹平静地说。

第十三章

墓地闹鬼

第二天来到公司，闻道抓紧部署孝文化论坛的具体事宜，他相信陆教授既然答应了来参加论坛，就肯定会做出精彩的发言，虽然确实这个选题有点儿牵强。他让依依去售楼部大厅帮着销售部接待，一方面是让她抓紧熟悉业务，另一方面也因为最近到访的客户实在是太多了。在这些到访客户中，肯定有真正想来买房的意向客户，但也混杂着大量业内同行前来参观，俗称"踩盘"。"踩盘"可谓是房地产从业人员的一门必修课。一般来说，你需要装成各式各样的客户，去试探对方销售人员的口风，比如项目建设的情况、客户蓄水的情况、销售进度的情况，等等。那他们为什么不直接来问了呢？这是因为售楼部的置业顾问们一般都是采取轮岗的方式来接待到访客户。如果接待的客户最终转化成了成交的客户，那置业顾问就可以获得提成。售楼小姐们的收入由基本工资和提成组成，其中基本工资一般是比较低的，基本和所在城市的最低工资差不了多少，比如1200元到1500元；而提成的数量则取决于其成交金额，根据公司性质的不同可以提千分之一到千分之四不等，一般开发商自己的销售人员提成较多，而代理公司的销售人员提成较少。所以，售楼小姐们是很看重这个提成的。如果不幸接待的客户是来踩盘的，那相当于踩了地雷，浪费了时间和精力不说，还没有收成，所以没有哪个售楼小姐愿意去接待踩盘的业内同行。

对于这个问题，闻道也很头疼。踩盘是业内惯例，自己也经常跑到别人的楼盘去"刺探"情况，这再正常不过了。闻道希望售楼小姐们能大度一点，他在一次例会中这样给售楼小姐们说："我知道大家都不想接待踩盘的，但是我们可以换一种思路来看这个问题嘛：踩盘的人也是人，他们自身也有购房需求。如果我们的项目真的好，那在你们接待他们的过程中，说不定也就能打动他们，一样存在把他们转化成最终的成交客户的可能性。由于他们都是业内人士，具有专业水平，必然也更挑剔，所以如果能打动他们来买房，那不仅对于我们的项目来说是成功，对你们个人来说也是成功嘛。"还有一句话闻道没说出来。房地产这个行业的人员流动是很大的，如果哪个售楼小姐接待了踩盘的同行，还一如既往的耐心接待，那说不定对方以后会把她挖过去也不一定啊，这对她们自己的职业发展来说也许是好事呢？这话他当然不能说，这需要让她们自己去体会了，就看她们的情商如何了。当然，由于最近到访的客户实在太多，他们的项目又这么显眼，如果来踩盘的人太多了确实也影响他们项目的接待能力。所以闻道干脆在售楼部门口竖了一个牌子，上面写着"欢迎业内人士在周一到周五的上午到访！"一般真实的客户平时没有周末来得多，特别是上午来的人很少。因此闻道这样做既不得罪人，又可以分流接待量，而且还显得很大度，可谓一箭三雕。

　　闻道曾想专门拿一天当做"业内接待日"，不过又觉得这样做似乎显得太高调了一点。树大招风和枪打出头鸟也不是公司高层想看到的。毕竟，他们营销的主要目的是让尽可能多的最终购房者下单，而不仅仅是为了让业内同行更了解自己的项目。有时保持一点神秘感也是好的。就这样又过了几天，离举办孝文化论坛的时间越来越近了。突然一天，网上出现了很多消息，说项目旁边的这个墓地闹鬼。这真是太离奇了！不过还真有看房的客户提到这事。闻道觉得这个问题不能小觑，毕竟很多人还是比较迷信的。闻道找到最初传出这个事情的一个论坛，仔细看了一下这篇帖子。这篇帖子的题目叫做"墓地传来惊悚呻吟声，吓跑守墓人"，写的是几天前的一个深夜，冷风嗖嗖，一大片墓地笼罩在黑暗中。突然，远处传来断断续续变了调的呻吟声，还越来越清晰，守墓人老王被狗叫声惊醒，一身冷汗……这篇帖子还描绘得有声有色的呢！闻道越看越生气，但还是接着往下看。上面说的这个老王在这里守了好几年的墓，可从来没出过这种事。帖子说老王走出屋去，越仔细听，断断续续的呻吟声就越来越清晰，吓得他连滚带爬回了屋子。闻道清楚网络对这些事情的传播能力，所以必须尽快应对才行，否则以讹传讹，难免会对项目的销售产生影响，特别是那些处于买或不买的犹豫临界点上的客户。

当天下午，闻道就带着策划部的几个人一起去墓地看个究竟。依依看了这个帖子后有点不敢去。闻道安慰她说这是白天，没事的。到了墓地，向门卫打听，还真有一个老王在这里守墓地！而且，找到这个老王和他聊了之后，发现这个帖子说的事也不假！原来，那天晚上，老王的确被那恐怖的呻吟声吓回了门卫室，但他马上打了110报警。随后警察赶来，和老王一起又去墓地查看。民警举着手电筒小心翼翼地走在前面，老王则胆战心惊地跟在后面。越往里面走老王越心虚，他估计那个民警也很紧张，因为他把手枪都掏出来了。手电筒的光从一个个墓碑上滑过，突然停在了一片草丛里。他们发现草丛里露出一张面色煞白的人脸，还半睁着眼睛。老张吓得"哇"的一下大叫了起来，据说握着枪的民警当时差点都要开枪了。

这到底是人还是鬼啊？空气凝固了起来，二人都没有动，而那张脸还在继续呻吟。那场景还真是……不过很快随着一阵风飘来了一大股酒味。二人仔细一看，这才松了一口气，哪有什么鬼嘛，分明是个大活人。原来，那是一个醉汉，那天他心情郁闷，一个人喝多了，把身上带的钱也喝完了。本来他准备走路回家，结果走了一会儿实在走不动了，就拦了一辆出租车。车都开了一阵子了，他还算诚实，告诉司机自己身上没带钱。那的哥深夜拉个醉汉本来就不高兴，一听这个一下就火了。深更半夜的还想坐霸王车？正好当时出租车的位置离这个墓地不太远，司机就开到这里把他扔下车就跑了。然后这人不知怎么的就翻墙进了墓地，在这个过程中把脚崴了，所以躲在草丛中呻吟。

这破事儿……不过又是谁发的帖子呢？老王自己连网都不会上，肯定不会是他。但是他回家后把这个事情讲给了自己的儿子听。他儿子还在读大学，听了之后觉得这个事情好玩，就把事情的前面一半发在了西京当地一个著名的吃喝玩乐论坛上，结果没想到这个帖子火了，引起了疯传。这才是问题最关键的地方啊！虽然现在找到了最初的发帖人，老

第十三章 墓地闹鬼

楼市与爱情

王也成了老张，但毕竟已经疯传开了。闻道给老王讲了问题的严重性，说这个问题持续下去有可能对公司造成几千万元甚至上亿元的损失，到时公司只有向法院起诉了。老王也吓到了，马上打电话给他儿子，让他儿子删帖。这倒不是难事，难的是其他那些转发的帖子。俗话说，水都已经洒出去了，覆水难收啊！

闻道想起前一阵有一家网络推广公司找上门来谈合作，当时闻道还没太重视。要不找他们试试？闻道在手机中找到这家公司的联系人的电话，打过去说："白总吗？我是永生之城的闻道啊，上次你来项目时我们聊过。"然后闻道把这事给网络推广公司的白总描述了一下。白总听罢说："这个小意思啊，我们就专门干这个的。"听白总说，现在网上论坛的删帖已经形成了产业链，他们在各大论坛都有关系，打一个招呼就删了，当然，这是需要费用的。不过他又说，这次可以免费给闻道的公司做，但希望能和他们公司建立起业务合作关系。这个意思闻道当然懂，就是用处理这个事情换签约他们公司，当他们项目的网络推广的服务商嘛。"行，我把我们公司负责这些事情签约的副总裁的电话给你。"费用这些事让他们自己去谈去吧，反正自己又没有签单权，闻道心想。

当天晚上，各大论坛上关于这次墓地闹鬼事件的讨论帖及其转发帖全都不见了，甚至搜索不出来，就好像从来没有发生过一样。闻道还真佩服这家网络推广公司。看来以后在营销上要更重视对网络的运用才行啊，他们既然能删负面的帖子，当然也就能推广正面的帖子。只不过当下房地产的行情太好了，销售感觉是比较简单的事，所以对网络的运用不是很急迫，可以以后再说。不管怎么说，这件事情还是解决了，没有对项目的销售造成实质性的影响。闻道算是舒了一口气，晚上请策划部的几个同事一起吃了顿饭，然后把依依送回了家。路上，闻道问依依对陆教授的印象怎么样，她说陆教授睿智、严谨、淡定、有品位又不失生活情趣，简直是一个360度的好男人，也一定会是个好老公。哈哈，这丫头，要是她没有男朋友就好了，正好可以把她介绍给陆教授，闻道心想。不过这个陆教授也算是钻石王老五级别的了，不知道他对女人的要求是怎样的？

闻道这几天都没和糖糖联系。她在"飞"吗？闻道真想去机场接她。

— 062 —

于是闻道发了条短信问糖糖在哪儿。结果她很快回了，说正要从北京飞回来，他们机组已经登机了，正在收拾，一会儿旅客就要上来了。闻道说："我来机场接你。""不用吧？这么晚了，你好好休息啊。"糖糖似乎有点诧异。闻道想起上次问过她坐"野的"的事，说："你这么晚了回去坐'野的'不安全嘛。"糖糖回道："都是经常坐的'野的'师傅了，没事的。"机场的候机楼虽然有很多正规的出租车，但是空姐们上下班的客舱部由于位置比较偏，却很难打到车。所以，"野的"几乎成了空姐们上下班的主要交通工具。闻道有点急了，说："我想体验一下当'野的'师傅的感觉好不？以后我有时间的时候还可以挣点外快。请你给我这个机会好吗？""好吧，你赢了！"然后糖糖把她的航班号发给了闻道。闻道马上查了下航班信息，然后向着机场疾驰而去。

第十三章 墓地闹鬼

第十四章

孝文化论坛

　　闻道把糖糖送回到她家楼下,自己也抓紧时间回家休息,很快就要举办孝文化论坛了,还有一堆的事情要筹备。到机场接人闻道肯定不是第一次了,但去机场接空姐还真是第一次。当然,这肯定不是去候机楼接,而是去客舱部接,机组有专门的交通车往返客舱部和机场内部。去客舱部的时候门卫拦着闻道问他找谁,因为他没有通行证,闻道回答说他是家属。

　　第二天来到公司,闻道仔细整理了一下自己最近的工作清单,觉得快要忙疯了。首先他要安排从北京请来的国学大师和从上海请来的传统文化方面的专家的接待事宜,还是陆教授最方便,可以自己开车前来。除了接待专家,还要接待媒体,这个可是哪家都得罪不起啊。闻道早已向所有本地的媒体都发了邀请函,还从北京上海等地邀请了几家全国性的知名媒体。因为这个孝文化论坛本身是公益性的,所以媒体也可以大方的支持。纯商业性的论坛媒体在宣传上还是有一些忌讳的,特别是一些大媒体。然后就是邀请群众参与。经过前一段时间紧锣密鼓地宣传,特别是"讲故事送房子"的吸引力真的很大,前来报名的人自然是很多的。海选的时候,各种五花八门的孝顺故事都被寄送来了售楼部,不少人还是亲自把资料送过来的。这里面有的故事让人感动,有的故事又让人笑掉大牙。经过几轮的筛选,最后公司确定了10个参赛人员在论坛当天到现场来讲诉他们的孝顺故事。这个活动的解释权归公司,自然海选由公司负责。但论坛当天的决赛，为了体现其公正性，公司还专门聘请了公证处的人员到现场公证。当然，论坛开幕式上邀请政府和公司领导来发言也是必需的。当然活动最后还少不了观众现场抽奖这个环节，奖品自然是当下流行的iPhone、iPad这些热门的电子消费产品。

　　大概流程就是这样的。闻道还专门给陆教授打了一个电话最后确认了一下。陆教授说放心没问题。闻道就喜欢这种说话算数的人。他以前遇到过请专家最后一天被"放鸽子"的情况，另外找人也来不及了，弄得非常被动。另外就是怎么评选"感动西京"最佳孝顺故事的问题，这个评选不好是要出乱子的。闻道参考了当下最流行的选秀节目的打分形式，由专家、媒体和观众组成的评审团联合打分，各占三分之一的权重，这样即使有争议，那也不是公司的责任。专家和媒体都是定向邀请的人，而观众呢？这当然就是来售楼部看过房的意向客户了。凡是近期来售楼部看房并留下准确联系方式的人，都会被邀请来参加这个论坛。他们到了现场还有精美的礼品发放，当然还可以抽奖。闻道他们策划部的这几个人确实没有精力既策划又执行，所以这个论坛的具体现场活动执行是外包给了一个专业的活动公司来操作。论坛的地点就在永生之城那个非常"高大上"的售楼部，活动公司提前在售楼部的大厅搭建了一个临时舞台，做了一个喷绘的背景板。然后下面摆放了很多座椅，每把座椅还全部用乳白色的椅套包裹着并系上金色的绸缎制作的蝴蝶结，显得很是精致和高端。

　　就这样，在一个天气略微阴沉的下午，"感动西京"孝文化论坛开幕了！

　　一开始，活动公司安排了一个暖场活动：一群美女拉小提琴。这……看着几个丰满的美女在台上疯狂地扭动着身体弹奏着小提琴，闻道担心这样会不会影响今天这个公益论坛的调性啊？现在拉小提琴的美女们的身材都这么火爆吗？还是现在身材火爆的美女都喜欢学点小提琴这些？闻道注意到台后有音响师在操作音响，似乎明白了点什么。不管这个暖场节目俗不俗气，至少台下观众的反应好像还不错。好吧，只要观众喜欢就行。现在做活动既要格调高端又要能接地气。

　　接下来是领导们讲话。为了体现活动的专业性，闻道还专门在当地的电视台请了一个专业的女主持人来主持这个活动。只见她身着露背的晚礼服款款走上台，给大家介绍到访嘉宾。这次公司本来想邀请一个副市长来参加论坛的，但副市长说档期不空，当然也有可能是他有意回避这些本质上有着商业性质的活动。不过这次还是请来了一个文化局的副局长，也算是一个政府领导嘛。副局长上台做了一个简短的致辞。接着便是公司的董事长大牛总登台。大牛总可是西京市当地知名的民营企业家，坊间关于他有着许多传闻。他是怎么发家的还真没有人能说得清楚，大家只知道他早年在外地打拼，可能从事了和矿有关的生意。回到西京以后，他倒手了几块土地，但都没有开发项目，最后拿下了永生之称这个地块，揭开了他事业的新篇章。闻道知道大牛总的关系很广，政商界、金融界、地产界都很吃得开。至于永生之城这个项目背后的故事，闻道不知道，也不想去知道，他只需要做好他的营销工作并顺利地拿到销售提成就行了，反正只是打工的。

大牛总今天穿了一套白色的西服，闻道承认白色的西装可不是一般人能"hold住"的。大牛总平时喜欢穿唐装，今天这样穿已经算是很正式了。有钱人闻道也见得多了，感觉现在的"土豪"们都不穿花衬衣带粗金项链了，而是喜欢穿唐装戴佛珠，这似乎是一个流行趋势。大牛总经常说他给自己的定位是"儒商"，不知道他对这个"儒"字的理解是怎样的呢？刚才大牛总还坐在台下的时候，闻道看到他一直盯住今天邀请的电视台女主持人在看。

大牛总讲话道："来宾们，朋友们，大家下午好！"大牛总虽然个子不高，但说话的声音中气很足。他手里的发言稿是闻道亲自操刀的。"今天我们欢聚在这里，共同探讨孝道这个文化问题。中国这个历史漫长的文明古国，有着悠久而绵长的文化传统，而'孝顺'则是其中最重要的内核之一。每个人都有父母，父母给予了我们生命，在这个基础之上，我们才能够做其他事情。孝顺父母是天经地义的事情，有一句俗话说：百善孝为先。这句话说得很有道理，我们不管做什么事，孝顺是最根本的基础。中国自古就流传着24个经典的孝顺故事，相信各位最近一段时间在西京市内到处都能看到我们公司的宣传广告。这一段时间，我们征集了大量很好的当代孝顺故事，它们个个感人，并不亚于这些古代的孝顺故事。经过艰难的评选，我们从这些应征的孝顺故事中精选了 10 个进入今天的决赛，待会就请各位投出您珍贵的一票，为弘扬我们的社会正气出一份力！谢谢大家！"

台下响起了热烈的掌声，你不能否认"土豪"其实还是有"土豪"的魅力的。这时女主持人走上台说："感谢牛总精彩的讲话，我们今天的论坛就正式开始！下面有请我们到场的专家发言。"

第十五章

三位专家的演讲

这个孝道论坛的主体其实就是先由所邀请的三位专家分别做三场演讲,然后他们再一起上台与台下的观众互动。

首先上台的是从北京请来的国学大师,显然,在今天到场的所有人当中,他是最有资格谈传统文化的。他说:"在《现代汉语规范词典》中,对孝顺的解释是这样的:尽心尽力承担侍奉父母或长辈的义务并顺从他们的意愿。"他一来就把《现代汉语规范词典》抬出来了!他接着说:"孝顺是一个人的本分,父母花了心思养育了我们、教育了我们,才把我们抚养长大,父母的深情,跟高山一样高,如海水一样深,这一种恩情,我们是永远也报答不完的,到底我们该怎样孝顺父母呢?就是:第一,供养父母,不令缺乏。第二,凡有所为,必先禀白。第三,父母所为,恭顺不逆。第四,父母正令,不敢违背。第五,父母正业,不为中断。人生在世,莫以善小而不为,而百善孝为先,孝敬父母,我想是作为一个人最基本的道德底线。今天各位来宾能来到我们这个论坛的现场,那么恭喜你们,说明你们已经具备基本的孝心。"

国学专家又进一步解释道:"'供养父母,不令缺乏'就是说在生活上,物质所需,精神的关怀,要让父母满足,不虞久缺。'凡有所为,必先禀白'就是说儿女无论要做什么事,要创哪一种事业,都要让父母知道,不要让父母感觉到你隐瞒他,让他感受到儿女对他十足的信任。'父母所为,恭顺不逆'就是说父母想要做好事,想要有所作为,身为子女的就要顺从父母的意思，不要忤逆。我们一生受之于父母，怎忍心违逆他们呢？所以在中国固有的孝道思想中，做到孝比较容易；顺的标准比较难，顺父母的心意难。'父母正令，不敢违背'就是说我们不要违背父母正当的命令，他要做善事、做好事，不要违背他。'父母正业，不为中断'就是说假如父母创造了什么好的事业，比方说：父母办养老院、孤儿院，或者办学校，办一些对社会福利的事业机构，我不能让它中断，我要把父母的正业一直继承下去，这才是孝顺。"国学专家讲了半个小时，最后他以"孝之永恒，乃中国文化之国粹"结束了他的演讲。

第二个上场的是从上海请来的民间传统文化的专家。只听见他用一口上海普通话说："民间传统文化讲究天人合一。天在于天时、地利，人在于其品行、修为。一个人如果从小不曾抵触顶撞父母师长，多听长辈的建议，反思自己的行为，成长的自然更快、更顺利，那么他收获的东西也就更多，也就是民间常说的'有福之人'。"

第三个登场的专家是陆教授。闻道其实心里很紧张，他知道陆教授讲财经问题那肯定是一等一的高手，但今天这个选题可能是难为陆教授了一点。陆教授刚一走上台，下面就有女观众尖叫："哇，这个专家好帅！"只见陆教授走到讲台前，不紧不慢地说道："刚才两位专家分别从传统文化和风水的视角来谈了孝道，我非常认同二位专家的观点。但是孝顺和经济学有什么关系呢？今天我就来给各位来宾做一个简单的分析。"

陆教授说："我们先来谈谈穷人家的孩子和富人家的孩子的孝顺问题。国外有李尔王被自己的女儿们虐待的悲剧，国内也有'富儿不孝'、'穷人家的孩子更孝顺'等说法。长期以来，我们以为这可能只是民间的一种看法，但不幸的是，英国还真有经济学家通过大数据的统计学分析证明了这个观点。根据英国家庭调查公司提供的数据，那位经济学家的研究表明，富裕家庭的父母比贫穷家庭的父母更有可能向后辈提供金钱，这些孩子在被养育时会被给予更多的物质条件上的满足。根据英国的数据显示，在被父母资助上大学的年轻人中，有20%不会定期给父母打电话，而有超过一半的人并不会经常去探望父母。出身富裕家庭的孩子在受过大学教育后，相比没有受到过良好教育的贫困家庭的孩子更容易找到收入高的工作,但这些有钱的子女往往和父母关系疏远,这就是所谓的'富儿不孝'的现象。"

陆教授接着说:"为什么有钱的孩子会比贫穷的孩子更不孝呢?这里面有两种可能性:第一种是随着子女收入的增加,其照顾父母所需的成本也在上升。这种成本更多的不是单纯的会计意义上的成本,而是经济学意义上的机会成本,因为他们的时间更值钱。他们会觉得陪父母逛街买东西或陪父母吃饭这类事的代价太大,并不值得。大量事实的确表明,财富越增加,父母与孩子之间的疏远现象表现得就越明显。另外一个解释可以从子女对父母遗产的争夺来分析。经济学中有一个策略遗赠理论,该理论指出,儿女只会对父母付出能确保其获得相应遗产份额的义务。经济学的基本假设是人都是理性的,或者换句话说人是自私的。这里的自私本身并不是一个好或坏的道德判断,而只是对人的行为的一种描述。只要在社会中存在恰当的激励机制,那么自私的人也可以做出很具有正能量的事情来。通常说来,家庭越富裕,子女的数量也会越少,这也就没法保证适当的竞争。子女间的竞争就是为了获得遗产而善待父母。中国 20 世纪 80 年代以前的家庭结构大多数都是多子女家庭。我相信在座的各位都听说过甚至亲身经历过多子女家庭为了分父母的一点财产而反目成仇甚至对父母拳脚相向的人间悲剧吧?肯定有朋友想说,那中国在 20 世纪 80 年代开始推行计划生育,很多家庭特别是城市家庭都是独生子女,那么家庭内部的子女又怎么竞争呢?的确,在这种情况下,父母没得选,独生子女对父母来说相当于是市场上的一种垄断行为。但是父母也不是没有办法,不过早的向子女交出自己的财产也是一种理性的选择。"

陆教授的发言引得观众一片哗然。的确,他的话揭示了人性最本质的一面,听起来虽然有点残酷,但句句在理,让你听起来觉得不爽但又根本无法反驳。陆教授接着说:"其次,我们可以从效用出发来看这个孝顺的问题。效用是经济学中行为人对自己满足程度的一种度量,简而言之就是人们的福利水平的一种度量。这个效用可以来自你自己消费的各种商品的数量,比如衣食住行购等,也可以来自其他东西,比如这个孝顺。假设孝顺存在于一个人的效用函数当中,这既有你对父母的孝顺的一种正向反馈，也有你自己的子女对你的孝顺。从这个层面来理解，我们可以把孝顺看成是和一般的消费商品一样的另一种商品，或者说是一种精神层面的商品。我们都知道，消费一种商品，我们可以获得收益，但也需要花费成本。孝顺的收益既有心理上的愉悦感，又有社会的美誉度，也有可能是来自父母的馈赠或遗产这样的金钱上的收益。而孝顺的成本除了给父母购买各种商品的花费，比如父母的衣食住行等；也有为父母购买各种服务的花费，比如带父母看病请保姆之类的；当然还有自己在时间和精力上的投入，前面给大家讲过，这实际上是一种机会成本。当然，每个人的自身条件不一样，有的人钱多，有的人时间多，所以钱多的人可以多给父母买点东西或者请人来把父母照顾好，而时间多的人可以自己去多照顾一下父母，这都是合理的选择。此外，我们也可以从生命周期的视角来看孝顺的问题。每个人都有自己的父母，而自己也可能成为父母，所以这是一个周而复始的过程，叫做'迭代'，或者'世代交替'。自己对父母的态度，也会影响子女对自己的态度。简单地说这就是一种示范效应。所以如果不想自己老了子女对自己太差，那自己就应该对父母好一点。"

陆教授又说："最后，我想说孝顺是美德，但不是枷锁。咱们的许多父母，或者说整个社会，都经常用子女是否'孝顺'来评判子女的'好坏'。我觉得我们不应该给子女这种包袱。我们民间有'养儿防老'的说法，其实从经济学的角度来看，这也是一种自私的表现。现代社会的金融体系已经非常发达，单纯的养老其实也有很多种选择，比如购买保险，进行各种投资，等等。当然，我们还有社会保障体系，有退休金可以养老。所以就当下现实情况而言，依靠子女来养老已经只是各种养老选择中的一种而已。单纯地靠子女来养老，这是古代农业社会的做法，因为人老了体力下降没法种田了。所以时代在发展，我们的观念也需要更新。现在我们应该更多地把孝顺看成是一种能给自己带来愉悦感觉的美德，而不是一种包袱。中国在历史上是一个农业社会，也没有完善的社会保障制度，所以人到老年需要依靠子女抚养也是很自然的。因此从这个意义上说，中华民族独特的孝文化也是基于我们传统的农耕文化所培育出来的。但我相信当代中国的绝大多数父母当初生孩子时，是不会想到生育孩子的目的是为了要给年老的时候准备一张'饭票'吧。孝文化当然有着其巨大的历史价值，但在今天，我们除了应该把这个价值继承下去以外，还应该赋予其更新和更广的内涵。我的讲话完了，谢谢大家！"

　　台下掌声雷动！闻道相信在场的所有听众都和他一样感到被陆教授洗脑了。想不到一个简单的人人都懂的孝顺问题，其背后有着这么深刻的理论啊！以后他一定要好好跟着陆教授学学经济学！这时正好依依拿着孝顺故事的决赛名单从他身旁走过，闻道便问她觉得陆教授讲得怎样。依依两眼放光地说："简直帅翻了！"

第十六章

评奖风波

　　三位专家做完各自的演讲以后，又一起在台上和观众们互动了一下。但是现场的观众都基本上盯着陆教授在提问。为了不让另外两位专家觉得没面子，闻道赶紧安排了几个公司的员工向国学专家和风水专家提了几个问题。

　　接下来，就是本次论坛的另一个重要环节了！入围决赛的十位选手分别上台去讲述各自的孝顺故事。他们一边在台上讲，台下的专家组、媒体组和现场的观众则分别打分。闻道安排工作人员紧张地统计和记分，聘请的公证处的公证人员也在一旁监督。终于，在参加决赛的选手们的十场演讲以后，本次"感动西京"孝文化论坛之孝顺故事决赛的冠亚季军出炉了！

　　季军是一个广州的女孩，单亲家庭，跟着母亲一起生活。她9岁的时候，她的妈妈双目失明了。她幼小的肩膀过早地承受了家庭的责任和义务，靠着母亲的低保收入和左邻右舍的帮助，母女俩过着辛苦的生活。现在小女孩马上要上大学了。她的发言很简单，她说她的孝顺就是当母亲的眼睛。

　　亚军是一个内蒙古的男青年，他的父亲身患尿毒症晚期，他捐了一个肾给父亲，尽量延续父亲的生命。他说他的孝顺，就是把生命的一部分回馈给病危的父亲。

　　冠军是一个西京本地的中年男子，在400多公里外的另一座城市大学毕业后就留在那里工作。他的父母身体都不好，父亲残疾，腿脚不便。该男子不论刮风下雨，均坚持每周五晚上回西京来看父母，周日下午又回去上班。有时周五加班走不了，或者周末有事，也一定要回来一次，哪怕吃顿饭就走。就这样，从18岁到现在40多岁，他坚持了20多年。他说他的孝顺，就是尽可能地多陪父母吃一顿饭。

对这个评选结果，三位专家和媒体代表都很支持，但是现场的观众群情激奋，很多人都觉得应该选季军那个女孩当冠军，还有人说这次评选有黑幕，冠军是内定了的。现场有点失控，闻道也着急了。他看到陆教授仍然很淡定地坐在评委席，心想他肯定有办法。于是闻道给陆教授发了条短信问他该怎么办，要重新投票改结果吗？陆教授很快回了短信，说："结果一定不能改，待会儿我上去讲一段话，解释我认可这个冠军的原因。同时，我会发动大家为这个女孩捐款，你先去把捐款箱准备好吧。"捐款这个主意可真是太绝妙了！不愧是陆教授啊。但是现在台下的观众情绪激动，陆教授上去讲话被扔鸡蛋了怎么办呢？

只见陆教授再一次走到台上，顿了一顿，说道："台下的各位观众朋友，你们的心情我非常理解。实际上，我在投这个票的时候内心也是非常挣扎的。然而就在今天上午，我还看到一则新闻，标题是'子女打电话无人回应，结果双亲已经去世多日'。看到这个新闻我非常心痛。朋友们，广州女孩和内蒙古青年的故事都非常感人，我也非常敬重他们。我投票给陪父母吃饭这个故事当冠军，是因为我们的社会更应该提倡这样的平常的持之以恒地的孝顺。多陪父母吃顿饭，这是多么简单的事啊，但我们又有多少人能够持之以恒地坚持下去呢？"陆教授接着说："我听到过这样一个说法：3岁，孩子上幼儿园了，你接孩子的时候抱着孩子就像抱着整个世界。6岁，孩子上小学了，说在家好无聊，没有小朋友和我玩。12岁，孩子上初中了，甚至有的开始上寄宿学校，越来越独立，甚至开始叛逆。18岁，孩子离开你去上大学了，一年回来两次。回来的前几天，你为孩子准备了各种各样好吃的东西，塞得家里的冰箱都装不下了。可是一回来打个照面，他就忙着和同学朋友聚会去了。从此，你最怕听到的一句话是：我不回家吃饭了，你们自己吃吧。大学毕业后，孩子留在了外地工作，一年也难得回来一次了。好不容易回来一趟，几天就走了。孩子结婚了，回家的时间有一半得匀给你的亲家，孩子回来得就更少了。尽管你已经习惯了就老两口在家，但是，你最希望听到孩子对你说：爸，妈，今年过年我回家过啊！"

陆教授动情地说："各位，我们可以算一算，你们能够拥有孩子多少年？有人算过，如果从23岁开始工作，假设父母这时50岁。如果孩子每年过年回来一次，每次的有效时间3天，那么父母再活30年实际上孩子们只能陪你90天，相当于才3个月！这简直太可怕了！我投票给冠军这个故事，是因为我觉得这是每一个人都能遇到的情况，而亚军和季军的故事，并不是每一个人都可能遇到的。我们需要伟大，但我们更需要平凡之中的伟大。"现场变得鸦雀无声。闻道看到依依在一旁哭了起来，可能陆教授的这番话说中了她的软肋吧？那个女主持人也在台下哭了起来，闻道看到大牛总趁机递纸巾给她。后来她干脆靠在大牛总的肩上抽搐了起来。陆教授接着说："我知道大家同情广州女孩的遭遇，她的确很不容易，又马上要上大学了，需要钱。我提议大家给她捐款，我捐1万，大家随意。"闻道马上安排工作人员把临时准备的捐款箱拿到台上。大牛总也走到台上，说："陆教授的讲话让我非常感动。本来我们给季军的奖品是10万元的购房款，但我现在代表公司把这个改成10万元现金。我本人再代表我们公司认捐10万元！"说罢大牛总向台下的观众挥手致意，特别是向那个女主持人挥手致意。大家报以热烈的掌声，女主持人也闪着泪光向大牛总鼓掌。有钱真好！起码在你想帮助人的时候可以随便出手。

随后现场的观众热情捐款，有捐几百的，也有捐几千的，闻道自己也捐了2000元，依依捐了500元。她刚来第一个月工资都还没领就捐了500元出去，闻道觉得她挺不错的。随后，女主持人上台主持了抽奖这个环节。本来这个环节从来都是活动的重头戏，很多来参加的人等着不走就是为了最后的抽奖。但由于今天出现了捐款这煽情的一幕，所以抽奖反而就变得很鸡肋了。

活动结束后，闻道安排人送国学大师和风水大师去机场，他们都很忙。闻道特地走到陆教授身边，说："陆教授，今天可真太感谢您来救场了啊！您的演讲也非常的精彩！"陆珞竹说："没事啦，也感谢你给我这个机会说出我的真实想法，我以后更要多回去陪我的老爸老妈吃饭。你说大多数父母能图个自己的子女什么呢？你能回去陪他们吃顿饭他们就已经很高兴了。""是的是的，我以后也要多回去陪爸妈吃饭。"闻道说着拿出一个厚厚的信封说，"这是我们公司感谢您今天抽时间来参加我们这个活动的一点心意，还请您笑纳。""不如你帮我捐给那个广州的女孩吧。"陆珞竹说。闻道急了，说："这里面可远远不止1万元哦！"陆珞竹说："没关系，她现在比我更需要这钱，这钱给她的效用更高。"陆珞竹接着又微笑着说："Life isn't about getting and having, it is about giving and being。"闻道对陆教授的敬意又更深了一步。闻道接着说："本来我们大牛总想请您一起吃个晚饭的，但他有事得先走了，只有下次再和您约。"闻道心想他们大牛总此刻应该正带着女主持人不知道去哪里吃饭去了吧。陆珞竹说："行，没事，以后再约嘛。那我就先回去了，我还得继续写东西啦。""好的，以后一定要向您多请教啊！我这里还得到处招呼一下，我让依依送您去停车场。"闻道双手握住陆珞竹的手说。

依依陪着陆珞竹走到停车场。依依说："陆教授，您今天的两次讲话都好精彩，最后一次都把我说哭了。"陆珞竹说："那不好意思，我罪过啊。""哪里，我就是觉得你讲得好嘛。"依依有点不好意思。"我觉得在高校工作挺好的，有寒暑假，有很多自由时间。"依依说。"压力大啊。"陆珞竹说。"是发论文么？"依依问。"这肯定是主要压力之一啊。"陆珞竹说，"在高校走学术道路除了教书以外就是必须要发很多的论文。""我当时写个毕业论文都觉得艰难得很，你们肯定压力超级大的。"依依说，"真希望我也是一个学霸！"陆珞竹笑着说："我这么多年的感悟：做自己喜欢的，不一定非要成为什么。"陆珞竹又问道："依依老家在外地吗？""是的，挺远的。"依依回答。"那以后有时间还是争取多回去陪陪父母嘛。或者也可以把他们接到西京来。在大城市里西京的房价还算是不高的，你多工作几年肯定能买房。"陆珞竹一边说着一边把车的前盖打开，把包放了进去。"哇，您这车怎么前面可以放东西啊？"依依吃惊地问。陆珞竹今天开的是那辆白色的特斯拉Model S，他给依依解释说："这是纯电动车，所以不需要发动机，于是一般汽车的发动机舱就空出来了，可以多放不少东西呢，买菜方便。""噢，好吧。电动车是不是充电不是很方便呢？"依依问。"的确，我目前都是在家里充电啦，上次你看到过的，所以出远门的话还不能开这车。"陆珞竹说，"你现在能下班了吗？能走的话我可以顺路捎你回家啊，我要从城里过的。你可以体验一下，这车非常安静，完全没有发动机的噪音。""今天不行啦，我得回去帮着收拾呢，估计得忙到晚上去了。"依依说。"好吧，辛苦你了，别忘了吃晚饭哦。"陆珞竹说道。依依说："嗯嗯，陆教授开车小心！以后有时间来蹭您的课听哦！""随时欢迎！"陆珞竹说罢上了车。

第十六章　评奖风波

第十七章

凌晨接机

　　孝文化论坛终于结束了，那简直是要把闻道和众人累得脱掉一层皮的感觉啊。依依都有点生病了，可能是感冒了。闻道让她第二天在家休息，就当是踩盘去了。但他自己还得来啊。第二天到了公司第一件头痛的事情就是怎么处理专家和媒体的费用的问题。这本来是很简单的问题，直接给个信封就完事了，以前公司也都是这样操作的。但是最近公司新来了一个财务总监，据说是调研了一阵以后，发现公司虚报费用的情况很普遍。比如说的是给了某某多少金额的劳务费，但实际上根本没有这事。这种情况在公司里也不能说没有，这以前也确实一直是灰色地带。但现在这个财务总监除了要求领款人的签字以外，还要求领款人提供身份证复印件！一看这个新的财务总监就是一个"学院派"。这个办法虽然是好办法，但缺乏操作性！没办法，闻道只得安排人挨个去找领了劳务费的专家和媒体人要身份证复印件，这自然引得来怨声载道。

　　不管怎么说，这次活动的效果肯定是好的。孝文化论坛取得了良好的社会反响，经过众多媒体的宣传，现在孝顺已是满城热议的话题。闻道觉得他们的这个策划也算是为增加社会的正能量做了一点贡献吧。当然，作为主办方，永生之城和公司都收获了极佳的美誉度。虽然办论坛需要花钱，但和投放广告比起来这些花费也算不得什么。论坛结束后的现场，就有不少客户交了诚意金。至于前来看房的人那更是络绎不绝。目前有明确意向想买房的客户的数量已经超过了"守望郡"一批次投放房源的两倍。闻道计划等客户蓄水量达到房源投放量的三倍的时候就开盘，这势必造成"哄抢"的局面。一套房三个客户选，这不是想不抢都难吗？当然，买不到房的客户也不用担心，后面还有二批次、三批次，不过就需要等了。做销售的都希望自己卖的东西一售而空，不是吗？

　　按理说这几天董事长大牛总应该来表扬一下大家，鼓舞一下士气，但据说他到三亚去了。闻道用脚趾头都可以想到他是和谁一起去的。这天下午，以前来永生之城售楼部参观过的那位闻道还亲自接待过的刘总给闻道打过电话，问闻道有没有兴趣到他们公司去发展。刘总的公司可是西京当地非常知名的一家大型房地产公司，是一个全国性大公司的西京分公司。刘总是西京分公司的董事长兼总经理，也是其集团西南区域公司的总裁。刘总公司的营销总监李总闻道也认识，听说他要走。他向刘总推荐了闻道，刘总也对闻道在永生之城的业绩非常赏识。虽然闻道很想在刘总手下做事，但是刘总那暂时没有新的项目马上会投入销售，而自己手头的这个永生之城项目正处于销售气势如虹的阶段，所以这让闻道非常犹豫。其实他们做营销的都是很现实的：有项目销售，他们才能拿到高额的提成。如果还要现找地、现立项，再等待很长的建设周期直至项目开盘，这就意味着在较长的时间里是拿不到提成的。时间都是有机会成本的。所以闻道这次只能婉拒刘总的加盟邀请，先好好在永生之城干着吧！

　　这几天忙得没和糖糖联系，不知道她肚子痛好点没？于是闻道给糖糖发了条短信，说："这几天我忙疯了，你痛经好点了没？"过了一会糖糖回道："在西安。没痛了。但今天胃有点痛。"闻道说："不痛就不要吃药了。等你回来我带你去看中医调理一下。胃又怎么了呢？是不是吃了冷东西了？"糖糖说："要去那也得等完了才能去啊。没吃冷东西。"闻道一想对啊，便说："好嘛，等你完了再去。你是不是吃饭时间不规律引起的胃痛啊？什么时候'飞'回来呢？我去机场接你吧。胃痛得厉害不？厉害我就去给你买药。""都深夜了，我自己打'野的'吧，你好好休息。"糖糖回道。"我就是'野的'师傅，我来接你，这是我的工作。"闻道坚定地说。"好吧，说不过你。我胃没事，不要买药，我不喜欢吃药。"糖糖把航班号发给了闻道。

第十七章　凌晨接机

糖糖下午要先从西安"飞"上海,然后晚上从上海回西京,飞机正常落地都要晚上12点了。上海的机场最近经常流量控制,晚点也是经常的事。今天公司还得加班,闻道吃完盒饭忙完都快9点了。回不回趟家呢?闻道挣扎了一下还是决定回趟家,洗个澡换件衣服。今天忙得来有点蓬头垢面的,闻道觉得要见糖糖还是应该收拾一下。晚上11点不到,闻道已经来到了机场旁边客舱部的停车场,找了一个正对机组的交通车下车的地方停着。今天西京上空阴云密布,说是有暴雨,但还没有下下来。闻道查了一下,糖糖的航班已经从上海起飞了,不知道能不能顺利降下来啊?

果然,晚上12点都已经过了,但糖糖的航班都还没有降落。送机组回来的交通车来了一辆又一辆,空姐们下来了一批又一批,但都不是糖糖。网上的航班信息已经停止更新了,最后一条状态写的是因天气原因延误。她在飞机上,肯定也是联系不上她的。估计西京天上厚厚的云层有雷电,或者西京的其他地方正在下暴雨吧,毕竟西京这么大,机场区域不下雨不代表其他地方没下。没等多久,头顶便哗啦啦地下起雨来,还越下越大,很快演变成雷雨交加的倾盆大雨,还有闪电不时从天上划过。闻道连忙把车窗关好,这下看来短时间内飞机肯定是降不下来了。但是飞机上的燃油储量是有限的,也许她所在的飞机会先降落到其他地方去吧,希望她一定要平安!

闻道自己其实也是又困又累,迷迷糊糊的在车上快睡着了。不过这还真有难度。又大又密的雨点砸在车顶和车壳上就像是在演奏交响乐一样。特别是时不时的一声响雷炸响,就仿佛交响乐的高潮部分一样。闻道突然想起了一个问题:坐在车里会不会被雷击中啊?闻道知道打雷不能躲在树下,但坐在车里会不会被雷击以前还真没怎么注意过。闻道马上用手机上网搜索,发现这还真是一个很多人都关心的问题。网上有专家答疑说:"在室外,汽车是最理想的防雷设施。在野外一旦遇到雷阵雨天气,应立即躲进汽车里,停车或慢速行驶。"这篇文章说,雷电对现代交通运输安全构成严重威胁,全球每年因雷击造成的与航空、铁路等运输安全有关的事故屡见不鲜,但很少看到轮船和汽车遭到雷击的。原因是说,因为轮船的主体是金属,而水是电的良导体,雷电的能量打到船上，会立即被船体传导到水面，并消散得无影无踪，不会对船上的人员构成伤害，这种原理叫做"法拉第笼原理"。

和轮船一样，汽车也是金属外壳，雨后的地面则是电的良导体，汽车同样适用"法拉第笼原理"。因此汽车被称作"野外和公路最佳避雷装置"。但这个专家也说，车辆要关闭所有车窗，使车辆形成一个密闭的整体。封闭的车辆属于中空而封闭的导体，如果被雷电击中，电流会经车身表面传到地面，车内乘员不会受到影响。因为根据物理学静电屏蔽的原理，封闭中空的导体，其内部的电场为0，电位也为0。闻道中学物理还学得不错，觉得这位专家说的还是有道理的，这下可以放心了！但手机还是应该少用，这个可要吸引雷电啊！闻道给糖糖发了条短信，说了他停车的位置，特别强调了一句"不管多晚我都等你"。然后闻道把手机放在一边，把座椅调得尽量平一点，努力尝试着睡一会儿。他最近确实太疲倦了。

一会儿手机响了，闻道一看是糖糖的短信。她说她的飞机备降在贵阳了，西京这边雷电云层太厚，降不下来。糖糖说她也不知道飞机何时才能再起飞回西京，这要看西京的天气如何，让闻道先回去休息。闻道说没事的，他在车上等她就是了，一样可以休息。糖糖的乘务组正在飞机上安抚乘客，闻道也没给她多发信息。约莫凌晨4点的时候，糖糖又发来信息，说她的飞机终于要起飞了。闻道一看这时暴雨已经停了，天空时不时地飘着一些小雨。其实闻道也一直没睡着，一方面雷雨声太吵，另一方面他也在担心糖糖。过了一会儿，又有空姐陆陆续续地出现在停车场，肯定是来准备早班的航班的吧？闻道想。上次听糖糖说过，如果早上7点有航班，那肯定是必须提前两个小时来准备的。

本来就睡不着，现在就更睡不着了。闻道坐在车里看着外面逐渐变得忙碌起来。空姐们一个接一个地走来，又坐上交通车一辆又一辆地离开了。西京机场的旅客吞吐量可以排进全国前三，这从空姐们的发车频率就可见一斑。终于，在快到凌晨6点的时候，糖糖终于发来短信，说她的飞机落地了。又过了约半个小时，一辆航空公司的交通车停在了闻道的对面，然后糖糖拖着箱子的疲惫身影出现在了闻道面前。这可是那个闻道在暴雨中期盼了一整个晚上的身影啊！闻道连忙打开车门下车去把糖糖的行李接了过来，并关切地问："冷不冷？胃还痛不？"糖糖说还好，她们的制服有外套，她的胃也不痛了。闻道为糖糖打开车门，然后把行李箱放到后备厢去。她的行李箱很沉。上次听她说过，飞机上会准备很多饮料，比如果汁和牛奶什么的，但并不是所有的都会被乘客们喝完。落地下客后没开过的饮料一般就被机组分了，所以她家里基本上从来不买饮料。

糖糖坐进车，闻道也发动汽车向外驶去。糖糖一脸倦容，看得出来她很想睡觉了。闻道问她："累不累？"她说："习惯了。"虽然晚点这么久的时候并不多，但以前还是遇到过。闻道这次是切身感受了空姐们的辛苦。以前自己坐飞机的时候总是觉得空姐很光鲜，特别是每次登机前看着一队穿着制服的空姐们拖拉着行李箱从乘客面前鱼贯走过的时候，那感觉特美。但现在闻道才清楚她们光鲜背后的辛苦。糖糖问闻道等这么久难受不，闻道说没啥。糖糖说其实我自己走到门口打个"野的"就可以回去了。闻道说这个点儿也不是随时都有"野的"在那啊。糖糖说她可以打电话给经常坐的那个"野的"师傅，随叫随到。闻道说那你也还得站那等啊。闻道对糖糖说："我再辛苦，但是哪怕你回来后能早10分钟上床休息我也觉得值了。""你是个傻瓜。"糖糖说。然后两人都没说话，闻道平静地开着车。天际已经吐出了鱼白肚。道路上行车稀少，只有打扫卫生的环卫工人。

闻道心想糖糖累了，所以尽量开得平稳一些，好让她在车上就可以休息一下。不料糖糖说："你能不能开快一点呢？"闻道估计她是平时"野的"坐多了，"野的"师傅开车都很狂野的。闻道买车的时候曾经仔细比较过 BBA 的车型，当然，是他能够买得起的车型。奔驰的风格是调校稳健，只能稳稳提速，但继续踩继续有，中后段提速绝对不会让你失望；宝马的油门调校更敏捷一些，提速大脚油门推背感极强烈，只要舍得油门直接踩到底真的有飞机起飞时的感觉；奥迪呢，可能介于二者之间吧。他这台奥迪 A4L 的发动机毕竟有着 320 牛·米的扭矩，而且转速在 1500 转时就可以放出，所以想提速那也是很快的。在一段直路上，闻道把变速箱调到了运动模式，然后深踩油门，转速一下就上去了，速度自然迅速提了起来，很快就到了这条路的限速每小时 60 公里。推背感肯定还是有的,虽然在 60 公里的时速闻道就松油门了,感觉不是很强。糖糖有一个闻道认为是很不好的习惯,她坐车不喜欢系安全带。由于副驾不系安全带也会报警,所以她干脆从身后把安全带扣上了。这也是闻道开得不快而很平缓的原因。刚才在加速的时候,闻道的右手还随时做好准备,万一有什么紧急情况他得把糖糖拉住。

　　到了糖糖家楼下,闻道把后备厢的行李给她拿了出来。"好好睡一觉。"闻道说。"嗯,你也是。谢谢你送我。"说完糖糖就拖着行李箱走了。闻道也拖着疲惫的身体准备回家睡觉了。今天上午只有不去上班了,就说踩盘去了。于是闻道发了条短信给依依让她自己坐公司的交通车去上班去。正开着车一条短信进来了,是糖糖发的,她说:"要是你是我的老公就好了。"闻道看到这条消息心中当然是一阵狂喜。但是……但是他应该怎么给她说自己的情况呢?

第十七章　凌晨接机

第十八章

男女之间的窗户纸

  第二天闻道起床时都中午了，还是得赶去公司，马上"守望郡"的一批次房源就要开盘了，箭在弦上，不得不发，现在不能有任何闪失。刚打开手机，就收到了一条糖糖的短信："你喜欢我什么？要说年轻漂亮现在90后的小妹妹都出来了，要说努力成功比我强的女人也多了去了，我对你也不好，你喜欢我什么呢？"她这一连串的提问可把闻道问傻眼了，一时不知道该怎么回答。"是啊，我喜欢她什么呢？"闻道其实根本就没有想过这个问题。喜欢就是喜欢，哪儿来那么多为什么呢？"一见钟情"这四个字害人不浅啊！由于要忙着赶去公司，所以闻道给糖糖发了一句"我晚上回你吧。"就匆匆地出门了。

  一下午在公司闻道都心神不宁的。怎么给她说呢？该怎么说嘛？真是的……依依看到闻道有点没对，关心地问："闻哥，怎么了？今天精神不好？"现在依依和闻道很熟了，都喊他闻哥，没叫闻总了。"没，没什么，可能昨晚有点失眠。"闻道回答。晚上又在公司吃盒饭加班。闻道终于做出了决定：今晚给糖糖坦白！晚上闻道回到家，本来想给糖糖打电话，后来觉得不妥，还是发短信吧，可以不那么尴尬，双方也都有更多的时间考虑。

  闻道说："我今天想了一整天。有件事情其实在我心里已经憋了很久了，一直想对你说，但又不知道该怎么说出口。本来我是想上次我们一起出去玩时给你说的，但当时你身体不舒服，我又觉得不合适。现在，既然今天你把这层纸捅破了，我就还是说吧。我的情况说简单也简单，说复杂也复杂。"然后闻道给糖糖讲了他的情况，没有任何回避，忠实于事实。闻道接着说："其实我离过婚，在不久之前。我身边的人知道这事的不多，我也不想到处说。我从来没想过要隐瞒什么。但对你我确实说不出口，可能是我实在太在乎你了，怕说了你不理我了。哎……"

闻道越说心里越觉得很难受，他说："我和前妻离婚的时候订了一个约定：两年内不能和别人谈恋爱，谁违约谁就赔给对方一百万元。我知道我现在的状态没资格来追求你，我也很难放开手脚来追求你，约束太多。我知道现在追求你的男人有很多，条件比我好的人也很多。虽然我们的接触还不多，但从最近我们的交谈中我能感觉出来你是一个好女孩。我不奢望你能对我好，但我真的希望你好。就像一朵美丽的花，有人喜欢它就把它摘了，而有人喜欢它就给它浇水。如果我说我就想对你好，不求任何回报，你可能不信，但我确实就是这样想的。不管你过去发生过什么，我希望你现在和以后都好好的，快快乐乐的！"

闻道编辑完这条长长的短信，没有犹豫，直接点了发送。短信被分成了几条才发出去。闻道既想看到却又害怕看到糖糖的反应，所以干脆把手机关了，先睡一觉，明天早上起来再看吧。

闻道辗转反侧，一夜无眠。

早上闻道迷迷糊糊的被闹铃闹醒了，起来后他马上打开手机，心想："让我接受命运的审判吧！"果然出现了一条短信，是糖糖发过来的。只见她只写了五个字："你还算善良。"这……闻道不知道该怎么回复了，便回了一句"我本来就善良"，然后就上班去了。要开盘了，闻道心想还是先专心把心思放在工作上吧！

依依这阵子在售楼部帮着售楼小姐们接待到访客户，见了形形色色的人。这里面有"土豪"，一来就定几套的；也有既想买又差钱，看了几次都不交诚意金的客户；当然还有那种所谓的临界客户，在买与不买的边缘犹豫的。这时一般售楼小姐们会告诉他们一些优惠措施，比如交诚意金 3 万元，开盘认购成功抵现金 5 万元这种销售政策。对于全款和按揭的客户，也分别有总价 2 个点和 1 个点的优惠。当然，这些优惠仅仅是针对在开盘前交了诚意金的客户。如果开盘以后再来购买，那么就完全没

第十八章　男女之间的窗户纸

有任何优惠了。按照目前的市场行情，开盘当天就清盘的概率是很大的，所以如果客户错过了交诚意金的开盘认购，等开盘以后再来买多半就没有房源了，只有等下一个批次。然而，业内的惯例是开盘价格低开高走，分这么多个批次的目的就是为了分批涨价。等下一个批次开盘，每平方米少则涨几百元，多则可能涨上千元。

其中有一个依依参与接待的客户，给她留下了深刻的印象。这是一对年轻的两口子，看中了"守望郡"的一套房。他们也不算首次置业，所以这次来想买套大一点的房子，算是改善型置业吧。但是买什么户型让他们犯难了。"守望郡"这次推出的房源有两种大户型：一种就是面向小区内部中庭的传统舒适户型，主要是150平方米的平层套四这种；另外一种就是这个组团的特殊户型，也就是那种临街、但是可以看见墓地的跃层户型，也是150多平方米的套四，但是客厅有近6米的挑高。虽然一般来说，临街的房源单位都是挡灰挡噪音的，单价会比朝向内部中庭的更低一些，但是由于这个位置的临街面可以看到墓地，是主推户型，所以卖得还更贵一些。且不说可以看到墓地是不是噱头，单从这个户型本身来说，的确非常舒服，特别是那个有着近6米挑高的近30平方米的大客厅，不论从豪华的气势还是从实用的采光来说，都远远超过了多少平层的单位啊。而且，这种挑高的户型还有一个好处，那就是非常实惠。如果你不想追求这么高的豪华感，只图个面积大，那可以在装修的时候自己搭一层夹层出来，于是相当于这挑高的30平方米白送给你了。当然，不论是豪华感还是实惠性，都是已经变相地折算到了房价里的，所以跃层户型的单价要比中庭的平层单位高30%以上。

这小两口估计看的就是总价100万元左右的房源，加上开盘杂七杂八的优惠，买中庭的户型刚合适。其实对传统的改善型的舒居置业客户而言，这种150平方米的平层套四户型很合适了。但他们两个受广告宣传的影响太大了，对这个跃层户型喜欢得像中了毒一样。依依估计这两人来售楼部自少来了四次，其中有两次还是带着一大家人来的。的确，花电梯公寓差不多的价格，就能享受别墅级的感觉，这种越级的生活品质确实击中了一些客户的软肋。谁不想住得好一些呢？一般的平层大户型，即使有200平方米的面积，那能有6米挑高的客厅吗？面积大不一定能解决所有问题。当然可能有的客户觉得家里爬上爬下的不方便，但其实家里也就一个楼梯，能有多麻烦嘛？特别是如果有女主人追求那种非常长的窗帘从屋顶垂下来的感觉，那还非买跃层户型莫属啊。

依依和这两口子熟悉了以后，也大概了解了二人的情况。男的姓王，女的姓林，两人都在银行工作，不到30岁。他们在市区有个小户型房子，这次来买个大户型就是为了以后要小孩的。这是一个西京较典型的小中产家庭，属于刚摸着中产的门槛这种，有车有房，但过得辛苦。他们现在想买个面积更大的第二套房，估计他们的存款也就刚够付个首付的水平，其余还得贷款。依依觉得其实这个面向中庭的150平方米的平层套四户型挺适合他们的，但他们偏偏又对朝外的跃层户型着了迷，所以非常犹豫。依依也见过钱多的客户，两种户型都喜欢就各买一套，但他们这两口子显然在经济上也不是那么宽裕的，为了买这第二套房又得再为银行打几十年的工。

这天，他们又来了。这次，他们似乎已经下定了决心要买跃层，男的觉得面向墓地无所谓。虽然是墓地，但只要你不想它是墓地的话那就是一大片优质的绿化，远看对眼睛好。女的非常喜欢这个挑高的客厅，估计她是被这个宣传片打动了，女人买东西是很看重感觉的。但是他们两个就装修的时候搭不搭夹层又产生了争执，男方觉得一定要搭，这样多30平方米的使用面积多爽啊，这可是一大间房啊！看来这个男方是实用主义者。但女方觉得这个户型的精华就在这个挑高，封满了就完全没感觉了，那不如买中庭的单位，还便宜点。最后他们争执了半天，还参考了一位懂设计的朋友的意见，说这个客厅可以搭三分之一面积，留三分之二的面积。这不还没买吗？都开始考虑装修了！

现在问题来了：他们的钱不够。由于每套房的单价都不一样，所以依依拿着房源报价单和他们一起一套一套的看。最后他们看中了一套，也是整个这批跃层房源中最便宜的一套，各种优惠加完算下来129万元。他们的按揭还算够，但首付多了将近9万元啊！好吧，钱想办法凑，到处借点。但还有一个关键的问题，交了诚意金只是获得了一个选房的资格，能不能买到这一套房可还不一定啊。除非，除非在选房的时候排在第一个，那可以冲进来就把这一套房订了。他们也很清楚，下一个批次房源的整体价格肯定是会上涨的。如果每平方米涨 1000 元，那 150 平方米可就会涨 15 万元了！即使涨不到 1000 元，那总价涨 10 万元也是必然的。因此，错过了这一套总价 129 万元的房，他们可能就和这种户型失之交臂了。那应该怎么办呢？

第十九章

一批次开盘

虽然购房者缴纳了诚意金排号，但这其实只是一个选房的资格。在选房当天，怎么进售楼部来选，这个和缴纳诚意金的顺序无关。公司给出的官方说法是"不管"，意思是购房者需要排队进场。开盘的前一天下午，有不少交了诚意金的客户又来到售楼部看房，有的还在讨论几点来排队，看来都想买到自己心仪的房源啊。依依注意到姓王和姓林的那对青年夫妻又来到了售楼部，他们专门来确认选房的顺序问题。依依给他们解释了公司的政策，他们有点急了，但王哥觉得这其实还是一个机会。因为如果按照缴纳诚意金的顺序来选房的话，他们交得晚，肯定没戏了。现在这样打乱了重来，他们还可以有机会搏一搏。

其实依依也问过闻道，为什么不按照缴纳诚意金的顺序来选房。闻道的解释是，有的人来得早有的人来得晚，现场不好操作。而且开盘的现场就是要制造紧张的气氛才更有利于促进把蓄水客户转化为成交客户，冲动成交还是很重要的。这一切都是为了销售嘛！有的客户对选房的顺序不是很在乎，但有的人又很在乎。总的来说，买来投资的人不是很在乎，但买来就是要自己住的人会很在乎，有可能自己看好的那一套没有就不买了。当然，王哥和林姐的案例比较特殊，他们虽然很想买这个户型，但只买得起这一套。这不，他们正在商量怎么排队的问题。

王哥和林姐商量的结果是必须通宵排队，抢在第一个进来选房才行，否则他们这次买房就悬了。但是公司规定晚上售楼部不开放，他们只能在售楼部外的围墙处的大门外排队。晚上天气好冷啊!这时,他们看到保安队长张汉锋,就过去问他看能不能想想办法。张汉锋往售楼部里看了一看,然后说:"出来说"。来到售楼部外,张汉锋说:"我可以找工地上的民工来帮你们排队,但这肯定需要一点费用。""多少?"王哥问。"1000元。"张汉锋说。"这太多了,就排个队!"王哥和林姐都很气愤。一番讨价还价之后,双方以600元成交,先付钱。

下午六点不到,售楼部外的围墙处的大门外,已经有拿着军绿色大衣的多位农民工兄弟带着塑料板凳来排队了,有的还带着瓜子和扑克牌,看来这是一个不眠之夜啊!虽然找了人来排队,但王哥和林姐还是不放心,说回去早点睡,明天一早4点钟就起来亲自守着才放心。他们走了,依依在售楼部也忙成一团,闻道和销售经理王艳以及所有的售楼小姐们都在忙,反复核实开盘的流程,一副如临大敌的态势。"都回去早点睡吧,明天大家7点到,再最后检查和布置一下。"闻道说完就让大家先回去了。

话说这个王哥和林姐回到家里,心里仍然是忐忑不安。损失600元钱事小,但如果排不到第一,那损失可就大了。他们下午离开售楼部的时候也看到已经有很多民工在排队了。自己可以给600元,那别人也可以给更多啊。他们反复看着户型图,又打开电脑播放了那段广告视频,想象着自己住进去以后的意境。买房和买其他东西最大的不同,就是买房其实买的是一种生活方式,而并不是找个地方住这么简单。

凌晨四点,二人准时随着闹铃声"弹"了起来,简单收拾了一下就带着准备好的面包和矿泉水出发了。凌晨的街道空旷而清净,路上车很少,偶尔有零星的几辆车驶过。原来堵车的顽疾并非不可破,只要你舍得早起!凌晨的天气确实有点冷,却也容易让人清醒。是啊,他们今天要去干一件大事,事关以后几十年的幸福生活。五点过一点,他们已经到了永生之城项目的大门外。一看,已经黑压压的围了一大群人了!二人赶紧找了个路边的空位把车停了。一路小跑赶到大门口,看了半天也没有看到昨天收钱的那个保安队长张汉锋。只见大门口已经被围得来水泄不通,靠前的是披着军大衣坐在塑料板凳上的民工,后面则一看就是交了诚意金来选房的人,其中很多还是拖儿带女甚至带着老人的一大家子人来的。场面十分热闹！

　　本来人群还算比较平静，大家都站着等。有的在聊天，有的在闭目养神。一会儿保安队长张汉锋出现了，开始拿小纸条给每个排队的人发一个随手写的号。他接到公司的指示说要维持排队人群的现场秩序。张汉锋想只要排队的人手里有个号这样就可以免得出现卡位等现象嘛。但是当他把最先的几个数字发给坐在前面的民工的时候，后面的人群不干了。"凭什么给他们？""我们才是交了钱来买房的！"这样的质问声此起彼伏。张汉锋没想到排队的人意见会这么大，忙解释说前面的民工是帮业主排的队。人群中有人质问"他们是不是收了钱嘛？"这下问得张汉锋头上有点冒汗了。要是他收钱这事闹到公司去，他肯定吃不了兜着走啊。王哥和林姐本来还站在旁边观望，一看没对，王哥马上让排在第一个的民工起来，他自己来排，同时把这个民工兄弟手里的"1号"纸条紧紧地捥在自己手中。这下后面的人群意见就更大了。但大家都还算克制，谁让他们自己没有想到要找人来排队呢？

　　人群就这样在煎熬中等待着，7点的样子，项目部的工作人员陆续到了。人群又开始躁动起来，大家都试图更往前站一点。闻道刚才在进门的时候看到这么多人在排队，心里很高兴，看来今天开盘就清盘是完全有可能的。做房地产销售的人最喜欢的就是开盘就清盘，短平快的结束战斗，最怕的就是房子拖很多年都卖不完。但是同时他也感受到了很大的压力。这么多人排着队准备进来选房，大家的情绪似乎都是比较激动的，这个时候如果稍有不慎，就会引发群体性事件，打砸售楼部之类的事他也不是没有听说过。根据之前的安排，选房区在售楼部内，但是等候区设置在售楼部外的室外空地上。选房开始后，售楼小姐会引导选房客户分批进入，五个客户分为一批。为什么不让客户一个一个地进去选房呢？这可就是销售的技巧了。就是不能让客户从容的选房，而要营造出现场紧张的氛围。五个人一起进来，虽然有个先后顺序，但你一犹豫，好房源就让别人抢跑了。一房一价，哪怕是相邻两套房的差价都可能有几万元甚至上十万元啊！

　　闻道专门找了活动公司来负责室外等候区的搭建和服务。虽然昨天晚上活动公司就把物料运来了，但由于怕昨晚下雨，所以没有放在室外。

第十九章　一批次开盘

现在，他们正在紧张地搭建着室外的等候区。其实也不复杂，就是用乳白色的帷幔布置了一个可以坐的区域，摆放了很多座椅。每一把座椅也用布包裹着，还系着蝴蝶结，显得很精致。活动公司还在等候区旁边布置了餐饮区，上面摆放了各式各样的糕点和饮料。

看活动公司布置得差不多了，闻道把所有的售楼小姐召集起来，再次一起回顾了一下待会儿带客户选房的流程。每一个售楼小姐手上都拿着一个名册，上面是自己接待的客户。待会她们的客户进入等候区入座以后，她们也要去招呼各自的客户，并把客户带入售楼部选房和签约。选房客户进入等候区以后怎么入座这是一个问题。闻道的意思是在座位上写个号，然后选房的时候就按照座位上的号牌进入现场选房。但是他也听说了外面排队的人手上已经拿了一个排队的号码。显然，如果外面排队的人手里拿着的号码和进来入座以后的号码不一致，那么肯定是会出乱子的。

闻道把保安队长张汉锋和销售经理王艳叫来说：“听说外面排队的人手上已经有了一个号牌了？”"不知道。"王艳说。张汉锋低下头说："不太清楚外面的情况。"闻道看了一眼张汉锋，知道他心里有鬼，说道："王总，请你立即去给外面排队的客户解释一下今天我们项目进场和选房的规则。"闻道特别强调了一下："公司只认等候区座位上标识顺序的号牌。"公司必须要给出一个官方的说法，否则待会儿一定会乱套，但这意味着大门外排队的人手里的临时号牌是无效的。"好的。"王艳说完就准备去了。张汉锋正准备转身离开，闻道叫住他轻声说："我不管你在外面是怎么搞的，但如果待会现场出了乱子，那一定是你的责任。"

王艳和张汉锋向大门走去，闻道也带领售楼小姐和活动公司的人员在等候区严正以待。果然，当王艳向门外排队的人群宣布了进场和选房的规则以后，人群大乱。手里号牌靠前的人急了，觉得被欺骗了；而排在后面的人又觉得这倒是一个机会，待会儿跑快一点说不定还能坐到前面去。于是人们开始冲击大门，甚至有客户准备爬大门翻进去，维持秩序的保安们眼看要失守了。张汉锋还算冷静，他和王艳商量了一下，向排队的人群宣布说："大家不要慌乱，我们现在就开始放人进去，大家按照目前排队的顺序一个一个进去就可以了。"张汉锋特别强调了一下"按照目前排队的顺序"。

依依跟着王艳一起在门口维持秩序。她看见王哥和林姐排在第一个，还和他们打了个招呼。王哥此时正在极力地保持着自己排在第一位的位置，生怕被后面不断挤压的人群卡了位。保安刚把大门打开了一条缝，王哥就对林姐说了声"你慢慢进来，我先去了"，然后就以百米冲刺的速度向着等候区冲去。奔跑吧，就仿佛他是奔跑在希望的田野上！而在他的身后，则紧跟着的是蜂拥而至的黑压压的排队人群。

这是在买一百多万一套的房子吗？这分明就是在哄抢菜市场的打折大白菜啊！

第二十章

房价为什么高?

依依看到王哥终于抢到了标着"1号"的等候区座椅,也替他和林姐高兴。王哥此时正坐在椅子上喘气。他这辈子从来没有觉得跑步是这么的有用。刚才他这一跑,起码节约了10万元以上嘛。而且最关键的是,他们只能买最便宜的这一套房,再贵就凑不齐钱了。这时只见排队的人群陆续奔跑而至,迅速抢占了各自的有利位置,偌大的一片等候区很快就差不多坐满了。闻道安排活动公司的人给等候的客户送早餐和饮料,还安排了一个美女在一旁拉小提琴!这可真是太有情调了。这让早起排队忍受了拥挤和煎熬的客户们受伤的心灵得到了一丝丝的安慰。售楼小姐们也纷纷去找到自己的客户闲聊几句,舒缓一下大家紧张的情绪。

就这样到了9点,终于要开始选房了!

售楼部的门正式打开了。售楼小姐们带着第一批5组客户进入了售楼部,王哥和林姐也在其中。在沙盘上,王哥迅速指了他早已看了若干遍的那套总价最低的特价房,依依帮他登记了下来,另外的工作人员马上把一个代表"已买"的红色圆牌贴在了一旁的销控登记牌上。其他几个客户很快也选好了各自的房。刚才在王哥先选房的时候,另外有一个客户"哎呀"了一声,但他很快又选了另外一套。看来在他们各自的心中都有一个定好了的选房顺序。随后,他们来到售楼部内的另外一片区域,有另外一组财务和负责签约的工作人员早已恭候在这里了。王哥拿出几张银行卡,把首付款刷了。看着打出来的POS刷卡单上几十万元就这样没了，王哥不禁感叹了一下：存钱艰难刷卡快啊！刷了卡来到另外一边，王哥和林姐拿出身份证、户口簿、结婚证、收入证明、银行流水单等材料交给了工作人员，然后工作人员拿出几份厚厚的购房合同给他们签。训练有素的工作人员一边把主要的条款给他们解释了一下，一边告诉他们在哪些地方需要签字和按手印。其实王哥这时候头脑里一片空白，所以工作人员让他们签哪儿他就签哪儿，让他们在哪里按手印他们就在哪儿按手印。正规公司一般也不会出现问题，他想。

一会儿终于签完合同了，闻道和销售经理王艳站在一边和王哥握手，恭喜他如愿买到了自己心仪的房源。是啊！王哥觉得整个买房的过程就像是在做梦，太戏剧化了。不过还好，他们总算买到了这一批次里跃层户型总价最便宜的这一套房，虽然惊险但总算结果还好。走出售楼部，王哥和林姐都觉得有一点虚脱的感觉，但心里肯定还是高兴的。这个批次的房源将在一年以后交房，好好存一年钱吧，到时装修还得花不少钱呢，到时还得到处凑钱。售楼部外的等候区依然是人头攒动。看到他们俩走出来，还有不少等候的客户过来询问情况。小提琴声、人们的说话声、工作人员喊号的声音交织在一起，构成了一幅独特的画面。不过王哥此刻觉得心里特别的轻松，外面的这一切都已经与他无关了。现在就等银行放款了。好好回家睡一觉吧！

回家的路上，王哥打开汽车上的电台。电台里正好在讨论80后的问题。主持人感叹道，全国有2亿左右的80后，他们在即将或已经迈入而立之年的时候，真切地感受到了四个字：三十难立。50后、60后可以享受福利分房，70后很多也有福利分房，就算没有福利分房当时市场上的房价也不贵。80后呢？不仅大多数单位的福利房取消了，还赶上了飞涨的房价。其实80后的苦逼是有原因的。80后的父母都是50后，打小遇上三年自然灾害，青年时上山下乡，文化程度普遍不高，工作后孩子读高中或上大学的时候又赶上了"下岗浪潮"。自然作为他们后代的80后在整体上而言家庭条件不算好。据说60后很多当官去了，70后很多经商去了，所以他们的后代90后、00后整体上而言家庭条件比80后要好。

主持人激动地说："中国的80后是伟大的一代人，因为他们承担了改革的成本。他们用一代人的奋斗，三十年的时间，经历了其他国家几代人所经受的焦虑和困难。飞涨的房价,让80后离梦想越来越远,特别是在北上广深,买房就是一辈子最大的梦想和负担。"当然,同样苦的还有80后的父母50后,因为很多80后买房的首付款就是他们的养老钱。王哥自己也是80后,只不过是80后的"早期产品"而已。他对80后的压力深有感触。他曾在网上看到过一篇80后的生存报告,说十个80后里面有四个是房奴,三个是车奴,还有三个是啃老族。而王哥他自己既是房奴,又是车奴,同时也是啃老族,真是"说起都是泪"啊!2亿80后的生活现状大概就是这样的。还有人感叹80后真是尴尬的一代:钱都让50后、60后赚去了,而女人都给70后泡去了。根据这份对全国80后的抽样调查,八成80后的月薪没有过万元,有40%多点的人月收入在3000元至6000元之间,而将近一半人每月的存款在1000元以内。

　　主持人讲了一个最近他听到的段子,说的是90年代初,北京人老张卖掉了其在京城的房子远赴重洋到美国淘金。二十多年来他风餐露宿,大雪中送外卖,半夜背单词,在贫民区被抢过8次,还挨过4次打,其中一次还差点被流浪汉欺侮。二十年来老张从来只买超市临近过期的特价打折食品,辛苦积攒直到两鬓斑白,终于带着100万美元,衣锦还乡,准备回国享受荣华富贵。一回国,他发现当年他卖掉的房子现在中介挂牌价近700万元!刹那间,老张老泪纵横,感叹人生如戏,泪水飘散在雾霾中。

　　主持人又讲了一个段子。他说美国有一个功成名就的华裔教授,准备回国效力,去北京的一所高校当个院长。于是他卖掉了美国带大花园和游泳池的大房子,结果发现这些钱在北京连个套二的电梯公寓买起来都困难。主持人说做完这个节目他也要去看房去了,现在不咬牙买以后就更买不起了。那么现在问题来了,为什么我们的房价这么高呢?主持人激动地说:"今天我们非常荣幸地邀请到了西京市的著名经济学家、房地产研究专家陆珞竹教授来给大家解读房价为什么高。现在我们就电话连线陆教授。喂?陆教授好!""主持人好!"电台里传来了陆教授充满磁性的声音。主持人问:"陆教授,近年来全国房价飞涨,特别是大城市买房基本靠抢。我们西京市最近开盘的几个楼盘也是开盘当天就清盘,销售速度快得惊人。今天就请您来从专业的角度给我们的听众朋友们解读一下房价飞涨的原因。""好的。"陆教授回答道。

"当前我国一线城市房价甚至局部超过纽约伦敦，但收入从整体上来说还不及这些发达城市的十分之一。刚才主持人讲的美国教授回国买不起房的例子我也听过，这确实是真实的。在美国很多城市，40万美元的房子就算是比较好的住房了，而比较普通一点的住房一般在20万美元左右。我曾经粗略算过，在美国人均GDP约4万美元的地方，比较好的住房的住房单价为人民币6000元/平方米，而且这就是我们国内常说的独栋别墅，并且还是永久的土地产权，而我们的住宅只有70年土地产权。"陆教授顿了顿说，"这是目前我们能够看到的现象，但这背后的原因是什么呢？我们不妨先来看一看一些容易观察到的原因。首先，虽然中美国土总面积差不多，但是美国适宜耕作的面积高达90%，平原面积在70%以上；而我国平原仅占国土总面积的12%，丘陵和山地众多。也就是说，美国适合人口聚集和居住的土地比我们多得多。其次，大家都知道，美国人口3亿，中国人口13亿，这一对比自然是中国人多地少，房价比美国高也很正常。最后，美国早已完成城市化，而中国还处于快速的城市化进程之中，大量人口进入城市，楼市的新增需求大。"

主持人问："陆教授，您刚才说这是解释我国房价高的容易观察到的原因，那就是说还有不容易观察到的原因哦？""是的。"陆教授说，"我国房价高的背后肯定还有一些更深层次的原因。首先，美国的人口分布相对来说更均匀，不像中国的人口在大城市这么集中。人们都喜欢去大城市，而不喜欢去小城市，因为大城市既有更好的基础设施建设水平，又有更好的就业机会，这也是我国经济高速增长的缩影。根据相关统计，在1978年到2013年的三十多年中，我国城市人口从1.7亿上升到了7.3亿，城市化率也从17.9%上升到了53.7%。大城市的数量从193个增加到了658个，而城镇的数量则从2173个增加到了20113个。可见这是一个伟大的变革时代。目前，北京区域、上海区域、广东区域这三个城市群用我国2.8%的土地聚集了18%的人口，也贡献了36%的GDP。我们经常听见年轻人抱怨说北上广不相信眼泪。其实从这个数据就很容易看出来，北上广这三个城市群聚集的人口的确太多了，各种矛盾和压力大也是情理之中的事情。"

楼市与爱情

"哇噻，2.8%的土地聚集了18%的人口，难怪北上广深的房价这么贵啊！"主持人惊呼。"还有一个更重要的原因可以解释我国的高房价。"陆教授继续说道，"我国居民的投资渠道相当匮乏，很多人把房产作为主要的投资品种加以配置。根据美联储的统计，2010年美国家庭的总资产中37.9%属于金融资产，62.1%属于非金融资产。中国从全国平均水平看，在家庭资产中，金融资产仅仅只占总资产的8.76%，而非金融资产占比高达91.24%。我们可以把居民对住房的购买需求粗略地分为两大类，就是自住和投资。不管有一套房还是两套房，只要是自己要住的，就是自住性需求；而买来用于出租或纯粹是坐等升值的，就是投资性需求。""就是，我去楼盘采访时看到有'土豪'一来就买了好几套。"主持人说。

主持人又问道："那陆教授，房价是不是还要涨呢？请您给我们的听众朋友们提点建议啊！"陆教授回答说："我其实一般不太想回答这种问题，感觉像是在算命。我国现在正处于经济快速增长的阶段，货币政策也非常宽松，几乎所有的大宗商品和资产都在增值。如果没有严厉的调控政策，那房价估计还会再涨一会儿吧。""让子弹飞！听众朋友们，你们还在犹豫什么呢？快去售楼部吧，赶紧的！感谢陆教授今天为我们所做的精彩解读，下面插播一段广告。"陆教授："……"

王哥一边开车一边听着电台的这个访谈节目，越发觉得自己值得庆幸：幸好自己没有生活在北上广深啊！100多万元在西京的近郊还能买个不错的大房子，房价还没有夸张到要吞噬一个人20年奋斗青春的程度。要是在北京或上海，自己这辈子就拼命买个小户型安心住着得了。好歹自己现在也算是有两套房的人了！

第二十一章

光棍节

"守望郡"的一批次开盘大获全胜，所推出的200套房源半天就清盘！下午还有很多客户陆续赶来，都只能抱憾而归了。如果按照一套房100万元的总价来计算，这就是两亿元的销售额啊！当然，实际上有很多房源不止100万元的总价，所以总销售额肯定是两亿元还多的。闻道联系了各家合作的媒体，明天大版广告上"开盘劲销3亿元！Sorry，晚到的客户！"这条广告确实非常霸气，不过这也是目前市场上很流行的做法。"开盘劲销N亿！"是人们经常可以看到的广告词，目的就是要营造出一种抢购的氛围，让买到房的消费者觉得自己赚了，而还在犹豫的消费者也可以尽快下单。

今天董事长大牛总也来到了售楼部，给大家鼓舞士气。继续这样卖下去，多滚动几个项目，也许要不了多久，大牛总就可以上内地的福布斯排行榜了吧？但闻道相信此刻售楼部的所有人，包括他自己在内，都在算能拿的奖金数额。售楼小姐们平时的基本工资不高，就盼着销售的提成。他们公司给售楼小姐的提成比例在业内算是高的，可以达到千分之四。假设10个售楼小姐平均每人卖了20套，按照2000万元的总价来计算，则每人可以提成8万元。这还只是一个批次的开盘。试想如果今年多几次开盘，那售楼小姐们一年的收入还是很可观哦！当然，他们的这个销售提成也不会这么容易拿全。公司一般会留一部分当做客户维系的费用，因为一套房子并不是卖了就完了，售楼小姐们还需要维护各自的客户关系直到交房。如果中途售楼小姐离职了，这笔客户维系费是需要转给接手这个客户的下一个售楼小姐的。

闻道当然也在心里计算自己可以拿多少提成，这是人之常情嘛。闻道目前拿的提成是和销售经理差不多的，都是拿千分之三的提成。如果闻道升职成为总监，则可以拿千分之四。这千分之三可是全部销售额的千分之三哦，按照两亿元来算，就是60万元！当然这是需要交税的，显然需要上很多的税。大牛总怎么没有表示何时会发这些销售提成的意思呢？不会是要拖到过年吧？早发早享受嘛，拿来投资也行啊，真是的！期盼下一次开盘！能天天开盘最好！当然这还得取决于工程上的进度，这次放出的房源有一点多了，主要老板要求快点回款，不知道他拿这钱去干嘛。可能是要滚动开发嘛，老板在闻道的印象里一直是不差钱的。按理说分两个100套来放盘的效果应该会更好一些。

一晃光棍节到了，天气也越来越冷了。照理说"11·11"这算是个什么节日，但这现在还真的就被商家和媒体"造"出来了一个节日！特别是电商！光棍节一天就可以突破几百亿的销售额，这可让传统的商场受到不少影响。"单身有罪？那就疯狂的购物来发泄吧！"单身和网络购物这两者有逻辑关系吗？对商家来说，"有节过节，没节造节"才是销售手段。反正他们会变着花样让你掏钱消费。消费带动经济嘛！那三驾马车是怎么说的来着？投资，外贸，和消费。怎么老是把消费排在最后呢？这是因为我国经济增长的结构中消费占的比例还远远没有达到欧美成熟经济体约70%的这么高的比例，投资在经济中还是绝对的老大。从这个意义上说，电商的发展，对刺激经济发展还是有很大帮助的。

电商在中国的成功有其偶然性，也有其必然性。作为"师傅"的eBay和亚马逊这些只能感叹自己生不逢地，既没有中国13亿的人口，也没有泛滥盗版和山寨的"宽松"环境。东部沿海本来就是中国民营经济最发达的地区，大量的中小企业是孕育B2B电商发展的天然土壤。而庞大的人口随着经济发展所逐渐释放出来的消费需求，又成就了B2C平台的辉煌。借助人口红利和山寨完成了原始积累以后，中国的电商巨头也开始重视对知识产权的保护，当然这是登录纽约证券交易所这样的大雅之堂所必需的。闻道打开新闻网站，正好看到陆教授的一段采访。在这个采访中，记者问陆教授对电商成功的看法。陆教授说："我觉得电商对国内最大的贡献，是大幅降低了做生意的中间环节的交易成本，极大的影响甚至改变了做生意的方式。"这点闻道非常认同。当前，完全排斥电商的人，除了证明自己有钱，就只能证明自己傻。当然，不懂网络应用的人除外。除了更多的价格优惠以外，闻道是真的觉得电商很方便。比如要想买个家电，去商场还要开车、停车、逛半天还不见得能买到合适的。但是在电商网站上随便一搜索就能出来一大串，而且还可以根据自己的要求来筛选。更妙的是付款之后当天或者第二天就能送货上门。至于售后？反正家电都是厂家保修的，电商和商场都只是销售的渠道而已，并没有本质的区别。

闻道打开电商网站，买点什么呢？自己感觉也没有什么特别需要买的，就买了点生活日用品、卷纸、洗手液之类的，比超市卖得还便宜。对啊，给糖糖买个礼物呗！闻道在网上选了半天，送点什么好呢？闻道也不是那种经常给女人送东西的人，实在不知道选什么。鼠标点来点去的，闻道打开了项链的页面。咦，项链不错！糖糖脖子长，戴项链肯定好看。为什么脖子长的人戴项链好看呢？这个问题就如同为什么天鹅比鸭子漂亮呢？可能天鹅的脖子更长也是原因之一吧？闻道翻了很多页面，最后将目光停留在了一个一线国际大牌的一串紫水晶项链上。买东西是要讲究眼缘的！她戴起来一定很美！闻道想象着糖糖戴着这串项链的模样，那一定是极美的。买！虽然价格小贵，但只要她喜欢，就值得！

自从闻道上次向糖糖坦白了之后，这几天他们没有联系了。闻道天天盼着手机能够收到糖糖发来的信息，但是没有，一直没有。有的事情，也许还没有开始就结束才是最好的结局吧？相见恨晚，不如相忘于江湖。这也许注定是一段艰难的感情，然而它却又是如此的强烈。它烧毁了闻道心中所有的防线，让他无时无刻不在想着她。也许自己只应该默默地对她持有一份关爱，而不去打扰她。不打扰就是我的温柔吗？这算是自己内心最深的秘密吧……我其实就是一个"野的"师傅，闻道想。

爱是什么？这个问题其实闻道也思考了很多年。那天他闷在车厢里，又在雷雨中冒着被雷劈的风险，等了糖糖一个通宵，他以为是为了看她一眼，他觉得值。但他错了。当看到她疲惫的身影拖着箱子走来，闻道

第二十一章 光棍节

— 101 —

的心里有说不出的难受。是的，她当然可以喊其他"野的"师傅来接。但别人不知道她什么时候落地，也不可能一直在那儿等。她打电话让师傅来，还要走很远才能到大门外去。要等多久？可能10分钟，也可能半个小时甚至更久。她还胃痛，天空也随时可能再下大雨。而闻道那晚的作用，就是让她一下班车就可以迅速、安全、舒适的回到家中，不用等。哪怕她能早10分钟回家洗澡上床躺下休息，闻道等一晚上也是值得的。

爱不是你要向对方索取什么，而是你能发自内心的为她做些什么，哪怕是一些小事。是的，那天闻道去是值得的。

很担心糖糖的身体。闻道专门上网查了一下胃胀胃痛的治疗方法，发现这个问题还不能小视。胃痛胃胀都属于胃病的范畴，胃病的保养比治疗还要重要，所以人们在生活上应当做到：劳逸结合，保证充足的睡眠和休息，避免生气和情绪激动，饮食上禁辛辣、过酸、油炸食品，以及过热、过冷食品，禁喝咖啡、喝酒和吸烟。做到少吃多餐，定时进食，以营养丰富、高热量易消化、非刺激性食品为主。呃，禁喝咖啡……算了，网上的东西也不能全信。

糖糖的工作性质决定了她的就餐时间很难准时，这让闻道很担心。不过即使不能按时吃正餐，抽空吃点面包都比不吃好。还有，在之前的聊天中，闻道得知，她有时上午要补充睡眠，甚至睡到下午才起来吃饭，这很伤胃。如要补充睡眠，也要上个闹钟中午起来吃了再去睡。闻道浏览了糖糖的社交网络，非常仔细地浏览了每一条信息。对其他人闻道可从来没有这么关注过，最多看一两页就不看了。据闻道观察，糖糖喜欢喝冷的和吃辣的，还要抽烟喝酒！糖糖的社交网络上有很多她和其他空姐们聚会的照片。她们空姐是不是都喜欢抽烟喝酒泡吧啊？抽烟喝酒无疑又加重了对胃的损伤。希望糖糖在注意尽量保证三餐准时的同时，也要适当调整一下她的饮食和生活习惯。20多岁不养成健康的生活方式，以后身体会出很多问题的。

闻道把这些关切的话，写成一封邮件发给了糖糖。希望她不要嫌我啰唆，闻道想。那天糖糖说闻道是傻瓜，闻道其实心里是觉得很甜蜜的，而且这几天他都一直在回味……闻道知道当她看到这封邮件时，肯定又要说他是傻瓜吧？

第二十二章

"白富美"为什么会成剩女?

下午一点的时候,闻道收到了糖糖发来的短信,说前两天降温,她感冒了,在家休息。闻道回复道:"我以为你不理我了……希望你尽快好起来,不然一'飞'起来又都是在空调环境里,不利于恢复。真想去看你,就在一旁看着你静静地陪陪你。"糖糖回道:"这句话证明,想法和行动是有距离的。""那我来找你?"闻道马上回道。糖糖说:"不是此意,我只是在说这个现象,世间很多事都是如此。""是啊,人们总是面临很多约束,只能尽量把想法和行动统一起来嘛。"闻道说道。"我以前感情上受过伤,如果是我的,我可以慢点。"糖糖发来这条消息,就没有再继续发了。她以前在感情上受过伤?难怪感觉她在感情上这么谨慎了。闻道总感觉很难能打开她的心扉。闻道知道现在很多人在追求她,但她都没有答应。苗条淑女,君子好逑。单身美女的身边围满男人,这再正常不过了。经常都有飞机上的乘客给她送礼物,她的那些姐妹给她介绍的就更多了。时间不等人啊!闻道感到很大的压力。

闻道的这份爱也许注定是充满艰辛的,真不知道在他30岁的时候遇到糖糖是上天对他的眷顾还是惩罚?看到她的第一眼时,闻道愣了一下。当然她肯定是美女,但美女闻道也见得多了,不是这个原因。闻道吃惊的是那份熟悉的感觉,他确定他们以前肯定是不认识的。那这么强烈的熟悉感和亲切感是因为什么呢?说得悬一点,难道他和她上辈子是情人或者夫妻?或者上辈子他欠了她的情债,上天安排他现在来还?这肯定不是普通的一见钟情，闻道自己也不是小男生了。那她又会是怎么觉得的呢？

前几天闻道在网上看到一个帖子，有很多人在转发。这个帖子是这样说的：

"两个彼此相爱、喜欢的人，

彼此能找到踏实的感觉，

仍然会保持不隶属任何一种感情的关系。

但是彼此心底清楚，对这个人，比对朋友和家人还多了一份关心。

因为有了彼此，心里总是被幸福塞得满满的。

对方遇到困难时，会尽全力伸出援助之手，不会计较谁欠了谁。

对方生病了，会绞尽脑汁找药方，

恨不得变成护士，陪伴在身旁。

很多的感情，都败在了现实的面前，

友情可以演变成为爱情，爱情最终进化成为亲情，

彼此就将友情直接进步到亲情。

人生不过百年，

能牵手的时候，请别只是肩并肩，

能拥抱的时候，请别只是手牵手，

能在一起的时候，请别轻易分开，

能成为红颜知己，请别刻意离开！

珍惜彼此之间踏实的感觉，

你值得拥有！"

这个帖子还是很能给人启发的，看来这也不是闻道一个人在面对这种问题，这不都被人总结成规律了么？虽然看着特别难受，不过闻道觉得它说得还是有一些道理……但是，这个帖子不是说的是废话吗？要爱就爱，不爱拉倒。这个帖子所描述的这种状态，那得多折磨人啊？"慢点就慢点吧，我也可以等！不要说短时间了，就算是十年二十年我也等，哪怕是一辈子我也等！"闻道想。

正在感叹，糖糖给闻道发了一张图过来，是她做的番茄炒蛋。呵呵，糖糖还会做菜啊，但这盘番茄炒蛋怎么这么多水呢？"你是不是炒的时候

加了水?"闻道问。"嗯。"糖糖说。"番茄本来就有很多水啦,炒的时候就不要再加水了。很想给你露一手我做的番茄炒蛋,想看到你在我面前狼吞虎咽的样子……"闻道说。"但我想吃肉啊!"糖糖回道。"那我给你做肉菜嘛。"闻道说。"你真好,可是……"糖糖说。"哎……"闻道回了一个,然后糖糖就没有继续回复了。

今天售楼部内众人的感觉,就是绷紧的弦儿一下子放松了,大伙儿竟然有点无所事事的感觉,这真是太奢侈了啊!策划部的几个人也难得地闲聊了起来。孙磊正在看八卦新闻,突然他说道:"快来看,快来看!这个新闻太逗了!"原来这个新闻说的是一个"白富美"包养了一个天天在家玩游戏的宅男,却惨遭对方20多次提出分手。这真是天下之大无奇不有啊!反正闲着也没事,闻道和依依也凑过来听孙磊讲故事。据这个新闻说,这个"白富美"家境富裕,二十好几了,开玛莎拉蒂。她反正也不需要找工作,于是天天在家玩网游。据这个女孩说,她在和别人交朋友的时候从不在意对方有没有钱,因为反正对方一般都没有自己有钱。这个女孩在网游中认识了一个男孩,两人相谈投机,并在游戏中结为了夫妻。当然,很自然的,他们的恋情也从线上发展到了线下。这个男子也是属于游手好闲天天打网游的这种,女孩还经常给他生活费。但随后这个男子竟然以各种理由要求分手,包括说这个女孩游戏玩得差等。更神奇的是这个女孩对这个男子无比的喜爱,一直跟随,对方20多次提出分手她都还在坚持。

孙磊讲得津津有味,一直不停地感叹他自己为什么没有遇到这么好的事情呢?"编,肯定是编的。"策划部的高蕾蕾说。的确,现在确实有些媒体有时为了吸引读者眼球喜欢编造一些离奇的故事,反正这类八卦型的社会新闻也很少有人去核实真伪,大家看过乐了就行了。"依依,你觉得呢?"高蕾蕾问依依。"依依肯定也是'白富美'啊!"孙磊色迷迷地看着依依说。"我哪是什么'白富美'啊?我这不还在这里辛苦的工作吗?"依依回答。闻道盯了孙磊一眼,说:"我也觉得这个故事有点假,真要是像这个新闻说的一样的'白富美',那她的身后还不跟着一串的'高富帅'啊。""闻哥,你这样想就不对了,'白富美'才更容易成为剩女哦。"孙磊说。于是他又讲了一个故事。

楼市与爱情

孙磊说他常年坚持研究"白富美"的各种习性，他自己也以追求到"白富美"为人生目标。他看到的一个案例，是说有一个标准的"白富美"，开超跑，天天不是出席各种派对就是全国各地到处玩儿，但是就是找不到合适的男朋友。为什么呢？因为在她们这个圈子里，门当户对还是很重要的。据说有这么一条标准：男方要么家里有上千万元资产，要么自己每年能挣100万元以上，这是起码的要求。"既然她都已经是'白富美'了，为什么还要求对方这么有钱呢？"闻道问。"哈哈，闻总，你在我们眼里都已经算是有钱人了，但是还是达不到'白富美'的门槛要求啊！"高蕾蕾调侃闻道说。"我哪算什么有钱人啊，我只是一个打工仔。"闻道一边说，一边想那60万元的销售提成可什么时候能发下来啊。孙磊接着说："这还真的只是门槛标准哦。我看的这个'白富美'是这样解释的：'总不能两个人一起出国玩的时候，我坐头等舱，他坐经济舱吧？我买几万元块钱的包包和衣服，而他还在买几百块钱一个的嘛？我也相信爱情，但总不能找了男朋友之后我的生活质量反而下降吧？'"闻道觉得这个故事里的"白富美"说得其实也很实在，他在售楼部当然经常可以接触到很多"白富美"，多少还是有些了解的。正如他们做楼盘营销所讲究的一样，"白富美"这个群体也是很讲究圈子的。两个人交往得有共同语言，共同的娱乐方式，差不多类似的交际圈，说得再大一点得有共同的生活理念。这个"门当户对"其实也不光是钱的问题，至少两个人得有共同语言吧？如果女方天天想的是哪个品牌又出了限量版的包包，得去看看；而男方天天想的是怎么省几个菜钱，或者每天尽量在单位把手机充满电，那恐怕的确是很难谈得到一起的。

但现在问题来了：在当前的社会上，能挣到百万年薪的人毕竟还是少数。如果按照闻道这样的打工人群来说，那基本上都得是公司的高级管理人员才行了，中层都不行。能到这个级别的，只要不是大肚子秃顶的四五十岁的大叔或者长相太对不起观众的"土肥圆"，再怎么说也都算是青年才俊了吧？如果别人的个人条件没有什么太大的硬伤，那身边是根本不可能缺少女朋友的，估计潜在的女友都是排着队的。那这样的青年才俊会怎样挑选女朋友呢？孙磊看着依依说："这样的男人往往会选择外表漂亮但家境普通一点，特别是经历单纯一点的女孩。有一句话怎么说的来着？'若她涉世未深，你就带她看尽人间繁华；若她心已沧桑，你就带她坐旋转木马。'你想如果这样条件优秀但也算不上大富大贵的男人选择了一个大学刚毕业的女生，她是一个年轻漂亮、出身工薪家庭、性格好、会家务、人懂事，关键是还容易满足的女孩，那男人的幸福指数必然是很高的。两个人可以一起看电影、逛超市，一年出国旅游一次也可以，一年几次国内旅游那更是没问题，平时买点几千元偶尔上万元的衣服和包包也是可以的。关键是这样既能让女孩子高兴满足，男人也能承担得起。关键是这样还能照顾男人的优越感和自信心，满足他作为男人的荣耀感。"

"那要是他找了'白富美'呢？"高蕾蕾焦急地问。"你别急啊，听我慢慢说嘛。"孙磊接着说道，"要是这个男的找了'白富美'，从小锦衣玉食，LV包包当菜篮子用，坐头等舱就像打的一样，那怎么办呢？请刚才那个女生吃海鲜自助餐她就很高兴了，而现在这个得花个几大千上万元来吃一顿澳洲龙虾，她还表示一般般。以前开一般的奔驰、宝马、奥迪这些品牌的车，女朋友就觉得可以了，而现在这个必须得开超跑才行。以前偶尔送个LV的包包女朋友就很开心了，现在这个买爱马仕的限量版人家都不觉得稀奇。"孙磊感叹道："当男人累啊！你说'白富美'的光环虽然耀眼，但是找了'白富美'之后你天天穷得叮当响，又有啥意思呢？而且你们说'白富美'和'非白富美'，只要漂亮，不都一样么？"孙磊可能自己也觉得说得有点尴尬，于是又说："我不是那个意思，我是说人都是一样的，漂亮的美女可能有钱也可能没钱，但归根结底男人还是更喜欢美女。"

这又回到了看人还是看钱的问题上来了。这其实对男女都一样。女人找男人要看帅不帅有没有钱，男人找女人同样要看漂亮不漂亮和有没有钱。"性价比！找'白富美'的性价比太低。"孙磊接着说，"假设没钱的男人找了'白富美'，也不是图她的钱，就是单纯的喜欢她这个人，那就是一场悲剧。你一个月的工资给她买件衣服，她还不见得喜欢。你下个月吃啥？这不整得来生活质量急剧降低吗？"孙磊吞了一口口水继续说："但如果男人很有钱了，那'白富美'的有钱的这个优点也就荡然无存了。试想这个男人用他的钱去找比'白富美'漂亮得多的女人也是完全可以的，性价比更高啊！""那你这样说，'白富美'注定是要孤苦一生了哦？闻哥，你觉得呢？"高蕾蕾说。"我觉得还是看人吧？两个人在一起肯定是要有一方迁就另一方的。刚才孙磊所说的其实也有一些道理。超级有钱的人的确不大可能找'白富美'，如果找了那肯定是祝福他们。但相对穷一些的人和'白富美'在一起，那就要看谁迁就谁了。如果男方迁就女方的消费习惯，那肯定是一个悲剧，男方去卖肾都不够花嘛。但如果男方对女方足够好，那'白富美'降低一下消费水平其实也是可以的，这样才是幸福的生活嘛。不过如果男方的经济条件比女方差太多了，那的确容易出现问题。即使女方是真的很喜欢这个男方，但男方的自尊心往哪儿放呢？除非他安心当小白。""闻哥总结得相当有道理啊！"孙磊难得受到一次闻道的表扬，高兴地说。

"所以说，你觉得刚才那个新闻是真实的？"依依问孙磊。"真实，绝对真实！"孙磊说，"这肯定就是那个'白富美'憋急了，病急乱投医嘛！毕竟女人不管是从心理上还是生理上来说，最终还是需要男人的。""那你找不找'白富美'呢？"高蕾蕾问。"找啊！肯定找！我就要找刚才新闻里说的这种'白富美'。用炒股票的技术术语来说，这叫做'抄底'，你懂不？"孙磊得意地说道，然后大家都很鄙视地看着他。

第二十三章

依依的室友

这天,依依对闻道说,她想换个地方住,让闻道帮她找下房子。闻道问:"怎么,和你室友关系不好?""其实我和她相处得挺好的,只不过人家两口子,我觉得还是有很多不方便的地方……"闻道之前听依依说过,她的室友叫宋晓琳,一个80后女生,长得虽然没有依依这么漂亮,但也还过得去。

宋晓琳和依依算是远房亲戚,但她俩之前其实也没有见过面。宋晓琳比依依略大一些,在西京读了一个大专,毕业后就留在了西京工作。依依和宋晓琳住一块儿,主要还是因为宋晓琳的职业身份——房屋中介。依依不喜欢麻烦别人,网上租房信息多得很,但她的父母坚持让依依找宋晓琳帮忙找房,还直接帮她给宋晓琳打了电话。这个宋晓琳还挺热心的,立马说她住的地方正好有间房空出来了,那还找什么找呢,直接过来住不就得了。就这样,虽然依依心里不是很愿意,但是拗不过父母,而且宋晓琳也的确很热心,所以就来和宋晓琳一起合租了。依依的父母对此很满意,毕竟宋晓琳多少还算一个亲戚,依依和她住在一起好相互有个照应,他们也放心。可怜天下父母心啊!特别是自己的闺女一个人跑到人生地不熟的外地。

依依和宋晓琳合租了一段时间以后,很快发现了她们之间的差异。其实也还好,就是宋晓琳特别喜欢泡吧,基本上每天晚上都要去酒吧喝几杯。经常都有各种朋友约她出去聚会,因此她也经常抱怨钱不够用。

前阵，依依刚发了工资，还和她一起在家下厨庆祝了一下。和刚毕业工作的依依相比，这个宋晓琳显然对生活有着更多的感触。她经常给依依说："人的一生有三个阶段：凭着自身条件挣钱的'月光族'，叫一败天地；败完了自己又开始啃老的，叫二败高堂；到了年龄找了个和自己一样的伴侣，叫夫妻对败。"

依依租的这个房子每月的总租金是2500元，其中依依住一个较小的房间，给1000元的租金，宋晓琳住一个较大的房间，付1500的租金。这房子其实是宋晓琳先租下的，然后她又当了一个"二房东"。当时依依和宋晓琳谈的条件是两个女孩单独住，但实际上宋晓琳的男朋友经常来过夜，这让依依很不舒服。宋晓琳喜欢逛夜店，经常很晚才回来，甚至通宵不回来，而她上午则基本上都在睡觉，中午才去上班。宋晓琳上班的时间主要是下午和晚上。依依曾不解地问过她房屋中介怎么会在晚上上班呢？宋晓琳回答说："这你就不懂了，现在的人白天都要工作，晚上才有时间来看房和谈合同。"宋晓琳的业绩还不错，她说方圆五公里之内没有她不熟悉的小区。晚班下班一般都要9点半接近10点了，经常宋晓琳回家换个衣服就接着到酒吧玩儿去了。依依不知道宋晓琳的收入怎么样，应该不算太高吧，要不她也不会经常抱怨没钱花了。不过话又说回来，像她这样天天泡吧的，要挣多少钱才能算够花呢？这个问题宋晓琳也提到过，她说其实自己花钱也不多，她们几个女孩就坐那，经常有男人过来帮着买酒的。

有一次依依坐闻道的车回来，下车的时候正好被宋晓琳撞见，她就拉着依依问了老半天。其实按理说凭宋晓琳的姿色找个小老板应该也是没有问题的，但偏偏她又找了一个在电脑城打工的小伙子。宋晓琳的男朋友经常晚上骑电瓶车去酒吧门口接她，但她都让他躲得远远的。"真羡慕你，每天有奥迪接送上下班！"宋晓琳这样对依依说。依依只能无奈地回答："那是同事顺路啦，我男朋友在外地。""你这个同事可真好！那天我看到他还挺帅的，什么时候介绍给我认识认识啊？"宋晓琳凑过来说。"好吧……"依依不知道该怎么回答她这个问题。

宋晓琳说其实一点都不喜欢她自己的男朋友。他们的相识得也很奇怪。一次宋晓琳心情不好，一个人在酒吧喝闷酒。旁边有一大群聚会的年轻人，那里面很多人都起哄让其中一个男生去追她。正好有个卖酒女郎从旁边经过，于是她就对那个男生说，你把她那里的酒全买了我就答应你。其实她也是半开玩笑的，一看那个男生就不像是个有钱的。谁知这群人是刚发了工资来庆祝的，那男生找在场的所有人借钱，谁让你们瞎起哄。他还真凑了两万多元出来把那所有的酒都买了。这让宋晓琳的眼眶有一点湿润。当晚那群人全部喝吐了，宋晓琳和那个男生也就在了一起。

宋晓琳虽然也读过大学，但她读书那几年都算是疯玩过去了，她说她很羡慕依依这样的知书达理的有文化的女人。她经常给依依抱怨说，像你这样的从象牙塔里走出来的女孩没有体会过社会底层的悲哀。依依说她还不是刚毕业啊，再说，房屋中介哪算什么社会底层啊，这属于现代服务业，那可是朝阳产业啊。宋晓琳噘嘴说道："我每天带客户看少则几十万元，多则几百上千万元的房子，而自己只有微薄的工资，基本没有存款，只能租房住，这不是社会底层又是什么？"依依安慰她说，"你还年轻，慢慢来嘛。再说了，你管他们看多少钱的房子，只要成交，你就可以提成，这不挺好的么？"宋晓琳摇了摇头说："算了，那些'奇葩'的客户，不说也罢……"

虽然和依依算是远房亲戚，但是宋晓琳来自于西京市周边的一个县城，家庭条件不算好。她的男朋友来自外省，也上过大专。宋晓琳自己的底薪很少，全靠中介的提成。但这个中介的业务多少，不仅和经济环境有关，也有季节性的因素。比如春节后一般就是租房的高峰期，生意还不错。不过相比于租房，宋晓琳还是更喜欢买卖二手房的交易，这个佣金可比租房的佣金高多了。至于泡夜店的习惯是怎么养成的呢？可能是在上大专的时候就开始了吧。那时脱离了父母的管教，从叛逆变成了释放，跟着姐妹们就经常出来玩了。当年宋晓琳高考失利，考了个大专，让她不免有些自暴自弃。而且别人都在玩儿，她一个人去上自习好像也浑身不自在。

毕业以后，多少有了一些收入，宋晓琳去酒吧就更频繁了。依依也问过宋晓琳为什么这么喜欢泡吧，宋晓琳是这样给依依说的。当年高考失利，对读书的学校不满意。后来毕业了对工作也不满意，她不知道自己适合干什么，或者能干什么。交过几个男朋友，感觉没一个靠谱。她

第二十三章 依依的室友

觉得自己很迷茫，也很无聊。只有在酒吧，她才能暂时摆脱这些烦恼。说她有多喜欢喝酒呢？好像也谈不上。但在酒精的作用下，她觉得很舒坦。大声的音乐，嘈杂的环境，扭动的人影，虽然很多时候宋晓琳也只是静静地坐着，但她觉得自己很适合这样的环境，也许她喜欢的不是酒，而是夜店里的这种氛围。特别是时不时地就有男人凑过来帮着买酒，这让她觉得自己很受重视。换个环境，谁还会重视她呢？苛刻的经理，刁难的客户，算了，想起就心烦。当然，宋晓琳也有自己的原则，她一般是不会随便跟人走的。这不安全，她也知道。她其实骨子里是有点清高的人，她泡夜店不是为了找男人。她就是觉得自己是属于在黑夜里才能盛开的花，只有到了深夜以后，才会逐渐鲜艳漂亮起来。"这算不算是一种自我实现的心理呢？"依依想。宋晓琳也不是每次去都喝得大醉，有时只是去浅酌一杯听听音乐而已，而且经常有这个姐妹儿那个哥们儿的约着去坐坐。"白天不懂夜的黑。"宋晓琳这样对依依说。依依觉得宋晓琳可能就是去酒吧上瘾了，这和现在流行的"网瘾"其实是一回事。很多人坐在电脑前或者玩手机，也不是要真的上网查资料，有时就纯粹是一个习惯或者一种依赖。

　　宋晓琳白天上班时候的穿着打扮也挺正常的。房屋中介对员工的着装要求一般都是有规定的，需要穿正装。宋晓琳每天上班都穿着职业套装。最气人的是这虽说是他们公司统一订购，但其实是让他们自己花钱买的。但是每次去酒吧，宋晓琳都要先回家换上性感装扮，还要化浓妆，这一点让依依很是不解。开始她都是用价格便宜的劣质化妆品，那时她还不到20岁，什么都不懂，有粉就往脸上抹呗。但这样确实太伤皮肤了，而且晚上酒吧里的空气也不好，再加上该皮肤睡眠修复的时候她却在精神抖擞地喝酒嬉闹，所以据说经常泡吧的人皮肤真的是年纪一过三十就无可救药了。后来工作得久一点，经济上稍微宽裕一些之后，宋晓琳开始买进口化妆品，从粉底到眉笔、眉粉全部用进口的，而且卸妆水也用得非常高档，否则撑不了几年这脸就变成老菜皮了。她说她真羡慕依依，要么不化妆要么只化淡妆，皮肤还这么水灵。依依说："那你也可以不化浓妆啊？""夜店那种环境，那种灯光，不化浓妆就像个僵尸一样，还不把人给吓跑了啊？"宋晓琳说。

至于穿着性感，"难道我还穿着职业套装去泡吧吗？"宋晓琳这样反问依依。夜店里的女人，似乎天然的需要和性感画上等号。

　　宋晓琳对依依说，去酒吧玩最大的困难是被骚扰的时候肯定是很多的。这有什么办法呢？自己打扮得这么妖艳和性感，别人看了也难免不乱打主意啊。装清纯？那就别来这种地方。宋晓琳说，在夜店里待得久了，她也慢慢地总结出了经验。有男人凑上来，她们就凭感觉来决定怎么应对。没有兴趣的直接让他离开，有兴趣的也可以陪他闲聊几句，但她们一般也不会对有兴趣的人如胶似漆地贴上去。你越是表现得爱理不理的，那些男人越是争着给你买酒。要是遇到动手动脚的，她们一般也会以种种巧妙的动作来摆脱。当然，难免也会碰上难缠的人，那就得自己掌握分寸了，惹急了可以直接叫保安。

　　宋晓琳经常向依依抱怨说现在二手房不好卖，还是新房市场火，问依依有没有机会介绍她去做售楼小姐。的确，相比而言，在目前市场环境下售楼部的售楼小姐们的工作压力就小太多了，基本都是等着顾客自己上门来抢房，而且一买就是几十万元甚至几百万元一套的房子。这不说的是守株待兔么？对啊，目前卖房其实就是守株待兔，因为太好卖了！有传闻说市区一些热销楼盘的售楼部，保安都能卖房。依依说送她回家的闻总就是负责项目营销的，回头她问问闻哥有没有空缺的职位。"那天我看到的送你回来的那个男人是好男人。"宋晓琳对依依说，"我什么样的男人没见识过？我一看他就知道他是个好男人。"依依淡淡地笑了笑。闻哥的确是很好的，但他最近总是心事重重的，不知道他在想些什么？可能不单是工作忙的原因吧？

第二十三章　依依的室友

第二十四章

都是月光族

上次依依在参与筹备孝文化论坛的时候,回家时也和她的室友宋晓琳聊过这个事情。谁知说到这里,宋晓琳竟然哭了起来。她说她工作后没给父母寄过一分钱,每个月基本都是月光。依依觉得宋晓琳其实是个很孝顺的女孩,经常给她的父母打电话。当然,她不会提她经常逛夜店的事。相信在她父母的印象中,她应该一直是一个乖乖女吧。依依在一个网络的调查中看到,80后现在很多都是月光族。这个调查说,80后月光族的开支中,近40%都是房租,约15%是吃饭,约15%是娱乐,约24%是恋爱,还有约6%是购物。依依估计这份调查中北上广这些大城市的人填写问卷的比例要高一些,因为在西京房租占收入的比例一般是没有这么高的。最有意思的是这份调查中,恋爱的支出高达24%。如果假设"娱乐"这一项也都是和恋爱相关的,毕竟总不能恋爱了还自己一个人自娱自乐嘛,那么恋爱相关的开支可高达40%了!看来还是单身更省钱啊。

这个调查还问了80后月光族最怕遇见什么事。调查结果显示,超过60%的人最怕朋友借钱,约20%的人怕还不了朋友的钱。然后还有将近15%的人最怕朋友结婚,另外还有约4%的人最怕聚餐。"前半月,飞一般的感觉;后半月,死一般的感觉。"宋晓琳这样对依依说。她不是不想给父母寄钱,而是实在存不下钱来。房租开支确实很大,还想找体面一点的房子住,至少得在主流的居民小区吧。宋晓琳平时自己也很少做饭,都是在外面下馆子，这也是一笔不小的开支吧？然后化妆品和服装，还有烟，又基本上把她剩下的收入占去了。宋晓琳的男朋友胡杨情况比她更糟一些。他比宋晓琳还小一岁。拿他自己的话说，自从毕业之后，他手里就再没有零花钱了。以前读书时盼着工作，但工作了才发现还是读书好，至少学校里住宿和吃饭都比外面便宜多了。尽管他的着装比在校时看起来更成熟了一些，但他的生活处境让他觉得自己离成熟还很远。至于给父母寄钱回去，胡杨不是不想，而是实在没办法。

  胡杨在电脑城组装电脑，开始的时候每个月还挣得多一些，好的时候能挣个四五千。但后来购买组装机，也就是俗称的兼容机的顾客越来越少，因为笔记本电脑越来越便宜了，使用和携带又更方便，所以兼容机的市场每况愈下。到现在胡杨一个月只能拿两千多了。他的老板也在开始卖组装的笔记本电脑了，但来问的顾客都少。为什么这个市场就做不起来呢？他经常感叹。胡杨刚入行的时候，台式机是主流，笔记本相对小众。但现在完全掉了个头，笔记本成了主流，台式机反而成了小众。胡杨是很喜欢用台式电脑的，笔记本的性能相比同价位的台式机差了很多。他们所关注的电脑的最重要的指标就是3D性能，这主要体现在电脑的显卡上。台式机的好显卡都很大，性能好的同时散热要求也高，自然体积很难小得下来。笔记本的显卡算是个什么玩意儿？大多数都是集成显卡，少部分所谓的高端独立显卡其实也就相当于台式机显卡的入门水平，最多中端水平，而且价格还贵很多。胡杨和他的同行们经常感叹时代变了。目前，只有个别追求电脑性能的高端玩家才会考虑台式机，但关键是现在电脑游戏本身也在走下坡路，人们更喜欢玩手机上的小游戏，而对电脑上的大型3D游戏的关注程度越来越低了。"游戏弱智化。"这是胡杨和同行们交流时的心得。

  幸好前两年胡杨还办了一张信用卡，虽然额度不高，但毕竟可以缓解一下燃眉之急啊！但很快胡杨发现信用卡也不是个好东西。现在他每个月基本上都靠信用卡维持生活，不过每个月他还不起钱都只能还最低还款，约占欠款总额的10%的金额。后来胡杨听一个懂金融的朋友说这样不划算，利息很高，还不利于自己信用记录的维护。这个朋友建议他采用分期还款的方式。这分期还款可是个好东西啊！不仅最长可以分到

第二十四章 都是月光族

24期，甚至36期，就是两到三年，而且利息比之前的最低还款要低。当然，分期还款那不叫利息，银行把这个叫做"手续费"，但这对还款人来说有什么区别呢？分期还款还有一个隐形的好处，就是可以帮助提高自己的信用额度。这不，本来胡杨的信用卡只有几千元的额度，现在都可以透支两万元了！胡杨觉得分期还款对他来说，最大的意义就是可以把眼下最急迫的支出压力分摊到两到三年，慢慢还呗。但是眼看着每月累积起来的越来越高的分期还款金额，胡杨也是一筹莫展。自己会破产吗？胡杨还真不知道。有时胡杨还会做梦梦见自己还不起信用卡被银行起诉去坐牢了，醒来才发现幸好只是一个梦。

胡杨曾在一所不错的理工院校读本科，满怀着人生的理想。他们学校的宿舍资源比较紧张，所以一个寝室挤了8个人。其实虽然挤一点，但8个人有说有笑其实还挺有乐趣的。每天晚上，汗臭、脚臭还有各种"黄段子"充斥着那个不大的房间，当然还经常有别的气味。那是一个躁动的年龄。大二那年，胡杨的父亲突然生病，治病花光了家里所有的钱。虽然班上的同学为他发起了募捐，但是那和父亲治病所需的钱比起来也只能算是杯水车薪啊。学校减免了胡杨的学费，但是他想打工挣钱，只能退学。后来父亲的病情好转，于是胡杨换了一个城市在一个专科学校继续读书。

在一个城市生存下来，吃饭其实都好说，大不了天天方便面偶尔出去开个荤嘛，死不了人。最难的问题还是找个地方住，总不能睡大街吧？说起找房子，胡杨觉得这真是一场噩梦。房源其实很多，网上一搜一大把。但要找到位置好、条件好、价钱还便宜的可就太难了。胡杨工作的地点在电脑城，位于市中心。刚开始的时候他租了一个位于郊区的小房子，和另外一个同学合租。居住条件还算不错，但太远了，每天上下班单程得花一个半甚至两个小时。路上堵就不说了，关键公交还特别拥挤，挤上去困难，挤下来更困难。那滋味，谁体会过谁知道。所以，在坚持了半年之后，胡杨决定在市中心靠近电脑城的地方找个地方住，他不想把人生的大好光阴浪费在上下班的路上。回想起来，这只是噩梦的开始吧。

在市中心要租一个靠谱的房子太难了。其实这句话说得不准确，应该是说在市中心租个又便宜又好的房子太难了。开始胡杨还想找一个房子单独住，但小户型公寓很难找到月租金在 2000 元以下的，还不算物管费那些支出。看来只能合租了。无数次网上看信息，再去现场看房，然后又觉得各种不合适以后，胡杨已经觉得筋疲力尽了。后来他对地方已经不挑了，只要是一个离上班的地方近又能住的地方就可以了。最后，胡杨锁定了一个就在电脑城隔壁的居民小区的一套房。这其实是一个比较老旧的小区了，估计是 20 世纪 80 年代左右的单位职工宿舍。这套房其实就是一个 70 来平方米的套二，居然被房东称为"青年公寓"。这个房东自己也在电脑城做点小生意，这套房是他父母的老房子，现在被他用来创收。胡杨觉得这个房东很贼，因为他居然收 10 元一次的看房费！房东的解释是他的时间很宝贵，人家律师还按分钟收费呢。在胡杨表示不愿意给这个看房费以后，这个房东说："要不你先去看看别的地方吧，我这房源很紧张，不住的话随时没有空位，免得浪费大家的时间"。他说的话其实也有道理。这个房子的位置对于在电脑城打工的大量年轻人来说，属于"刚需"。

在网上帮房东充值了 10 元的话费以后，房东带着胡杨去看了房。这确实是一个名副其实的"青年公寓"！70 平方米的面积被紧凑的安排了 10 张床位！这是什么，学校宿舍吗？两个房间各自布置了 4 个床位，连阳台也被房东布置了一张上下铺的床。胡杨觉得这个房东还算有点良心的地方，是客厅他还留着，布置了一个老式的 29 寸电视和一套沙发和一张茶几。其实客厅他也完全可以再摆放 4 个床位的，估计是他怕被检查吧。房东甚至还专门拿了一个房间当做"女生公寓"，据他说这样可以增强住房的吸引力。不过暂时还没招到女生来住，里面目前依然被男生住满了。房东介绍说这里的铺位特别抢手，一般他把房源放到网上一天之内就可以租出去。"你要清楚，你租的不是房子，是床位！"房东看到胡杨有些犹豫，语气强硬地说，"年轻人不要那么讲究，在电脑城打工的都是怀揣着创业激情来打拼的人。"胡杨不得不承认他说的这话也有道理。毕竟便宜嘛，400 元到 500 元一个的铺位，你还能要求什么呢？不过房东肯定还是赚了。他这个房子比较旧，全套出租的话一般也就 2500 元最多 3000 元，被他包装成这样一个"青年公寓"以后，他每个月可以多赚差不多 2000 元。

　　反正也就是一个睡觉的地方罢了。除了床铺是个人使用外，其余的设施如卫生间、洗衣机均是公用的，电费按人头平摊。"选择住在这里就是想要省钱，说不定以后你就是呲诧 IT 界的大老板！梦想还是要有的，万一实现了呢？"房东拍了拍胡杨的肩膀说。胡杨只能苦笑，先填饱肚子再说吧，哪有那么容易当大老板的呢？由于能够利用的空间有限，每个房间公用的小桌子上都放满了各种日常用品，衣服有的堆在床上，有的放在行李箱里。客厅的茶几上摆满了啤酒瓶和烟头，以及没有吃完的外卖盒子，其中有的已经发黑了。阳台有防盗网，但与隔壁转角处住户的阳台的距离非常近。由于不提供厨具，厨房的灶台上摆了五六个电饭煲，有的积了厚厚的一层油，有的则已废置而布满灰尘。看了一圈，胡杨一咬牙说："订那张 400 元的！"其实也就只有阳台那两张床位是 400 元，其余房间里的床位都是 500 元。"好眼光！这是整套房里日照和采光最好的地方，刚空出来，再晚就没了！"房东赞许地说。

第二十五章

憧憬

　　胡杨的生活是忙碌而拮据的。刚在电脑城上班的前半年处于考察期，月薪只有1500元，这能干什么？基本就是房租和吃饭、交通和通信这些基本生存花费就没了。后来他搬到市中心的这个"青年公寓"来了，情况稍微好点，但钱总是不够花。他每月除去房租400元，早上一个包子、偶尔一份粥，中午盒饭，晚上一碗面，一天大概20元。但盒饭涨价涨得快，现在基本上一份稍微有点肉的盒饭要20元了，15元的都少。也许那段时间最大的乐趣，就是下班后10个男人挤在客厅里看片吧。电脑城买碟非常方便，有时他们看正规电影，但更多的时候是看他们称之为"好片"的电影。10个人男人挤在一起看好片的场景，胡杨只能说那画面太美，让人无法直视，想想也是醉了。

　　直到宋晓琳的出现。她就像个天使，一个只属于黑夜的天使。胡杨也知道凭他自己现在的条件，是绝对配不上她的。那天在酒吧，一群同事起哄，他才鼓起勇气向宋晓琳表白。虽然终于抱得美人归，但代价也是沉重的。那天晚上买酒，他找众人凑了两万多元。但怎么还呢？自己每月还信用卡都艰难，他只得向家里借了两万元，谎称是做点小生意。胡杨家里也没什么钱，这两万元都是从父母的养老钱里扣出来的，这让胡杨深感不安。但是已经这样了，又有什么办法呢？这几年他不仅一分钱都没给父母寄过，还从家里倒拿了这么多钱。自己真是不孝啊！胡杨其实知道宋晓琳看不上她，每次去接她的时候她总是让他在远远的地方

楼市与爱情

等她。看着酒吧门口迎来送往的豪车，开始的时候他也很生气，但后来也想开了，站远点就站远点，有什么关系呢？只要自己能和她好就行。至于买房、买车、结婚这些，胡杨觉得这些还都很遥远，就连什么时候能给她买个戒指都不知道。

不过即使这样，胡杨还是给自己买了一个iPhone 5S的手机，他用信用卡分期买的。起码的范儿还是要有的。别人不知道自己住在什么地方，也不知道自己有没有车，但手机一掏出来别人就能看到这是一个iPhone。也许这就是很多年轻人倾其所有买iPhone的心态吧？至于和宋晓琳约会，偶尔也一起出去逛街，但较少购物，即使购物也基本上都是宋晓琳自己掏钱，胡杨虽然尴尬但也没有办法。他们很少去看电影，宋晓琳晚上喜欢去酒吧玩，他也没办法。说过几次，但宋晓琳说她都是跟她的闺蜜们去，她就是喜欢，怎么了？胡杨明白他只有两个选择，要么接受，要么分手。他也陪宋晓琳去泡过几次吧，但他确实不喜欢她的那些闺蜜，而且去了不抢着买单又显得不大气，抢着买单呢自己怕是天天喝稀饭都不够。所以后来胡杨干脆不去了，等宋晓琳去泡她的吧，他自己则在家里打游戏。但是胡杨也担心宋晓琳深夜回家不安全，所以经常凌晨挣扎着从床上爬起来去接宋晓琳回她家。他们俩这样算是爱情吗？胡杨不知道。宋晓琳住的地方还有一个合租的女孩依依，很多的事情都不方便，什么时候他才能和宋晓琳有一个单独的小窝呢？

依依搬走了。闻道帮依依找了一个市区的小户型电梯公寓，1300元一个月，其实就只有一间房，相当于酒店的标间那种户型。这个公寓的位置是很不错的，位于商业区，逛街买东西那肯定是很方便的。离地铁站也比较近，交通自然算方便，不过去他们项目仍然不方便。他们项目太远，住哪儿都不方便，这个没办法。美中不足的是，这个小户型公寓里夹杂了好几家经济型酒店。这在西京市也算流行的做法。很多投资了小户型公寓的人把房间整租给经济型酒店打理，获取稳定的租金收入。这种投资方式的好处是方便，缺点是一般要签10年的约，这十年没法根据市场行情调节租金。依依还挺喜欢这个房子的，租金和以前比也提高得不多。但闻道说这种小户型公寓由于有经济型酒店进驻，人太杂，品质低，而且有安全隐患。不过由于依依急着搬家，所以暂时也只有先这样，闻道说以后再帮依依看。依依刚来西京不久，也没多少行李，找搬家公司不划算。闻道就用他的奥迪A4L帮依依搬了家。帮依依把行李提上楼，闻道在房间里帮依依检查了一下，说这个阳台是没有封的，容易被人翻进来，晚上一定要把落地窗关好。依依说请闻道吃饭，但闻道说她这里收拾还要花时间，改天吧，然后就走了。就像宋晓琳所说的，闻道真的是个很好的男人。可他最近越发心事重重了，有时甚至在走神。依依真想问问他到底怎么了，但又不太好问。以后有机会一定要问！

依依搬走之前和宋晓琳好好聊了一次。依依觉得宋晓琳可以把晚上的时间好好利用起来，看点书考点证，这样对自己的长远发展也好。宋晓琳说她看几行字就坐不住了，实在没办法。正好前段时间有新闻说夜店里有人给女士下药，依依出于好心就把这个新闻转给宋晓琳看。宋晓琳看了后有点不以为然地说她知道，所以她一般不去包间里喝酒的。依依叹了一口气说："你知道就好，自己多小心。"

依依搬走了。宋晓琳觉得有些空荡荡的，她反复回想依依的话，觉得自己是该多充点电，提升自己，不能总是这样有事没事都往酒吧跑。宋晓琳觉得有些沮丧和迷茫。宋晓琳没有要让胡杨搬过来的意思，这让胡杨的不爽与日俱增。直到有一天宋晓琳准备又把依依那间房的出租房源信息挂到网上，胡杨终于发作了。他大声对宋晓琳说："我租你这间房！我每个月给你1000元的房租！"胡杨心想依宋晓琳的性格，肯定会对他发脾气。分就分！谁离开谁还不是一样的过吗？没想到宋晓琳不仅没发脾气，还低下头温柔地说："我还不是想我们多挣1000块钱啊……"在胡杨的印象中，这是宋晓琳第一次用"我们"这个称谓。最后二人说好胡杨搬过来和她一起住一间房，而依依那个房间还是租出去，但是胡杨每个月要给宋晓琳1000元的房租。别说1000元了，让他给1500元也行啊！第二天胡杨就搬了过来，正式开始了他和宋晓琳的同居生活。离开那个"青年公寓"的时候，他得意地对其他人说："哥走了，过二人世界去了，你们就继续住吧！"

就这样他们二人过了一段时间的"小夫妻"生活。那可能是胡杨一生中最甜蜜的一段时光。虽然宋晓琳住的地方离胡杨上班的电脑城有一段距离，但还在胡杨的电瓶车的"射程"之内。宋晓琳甚至学着开始给

第二十五章　憧憬

胡杨做晚饭了。每天晚上胡杨下班以后就第一时间冲回家,和宋晓琳一起吃晚饭,而宋晓琳去泡吧的时候也越来越少了。胡杨觉得,一切都在向着好的方向发展。他开始憧憬以后的生活。他觉得随着网上购物的兴起,电脑城正在走向衰落。相反,社区服务的机会越来越大。胡杨准备存点钱以后就在宋晓琳住的地方附近租一个小的铺面,一边卖些电脑零配件,一边维修电脑。胡杨想随便你的电脑在哪里买,这电脑总有坏的时候嘛。就算硬件不坏,软件出问题也是常事,所以社区服务应该大有前途,这就是所谓的赚"最后一公里"的钱。当然,他的店铺也可以做点手机贴膜的生意,听说贴膜利润很高的。

在这份朴实而美好的憧憬中,胡杨似乎看到了未来他和宋晓琳的家:一个不大的房子,一起做饭,一起看电视,简单而温馨。宋晓琳去酒吧明显去得少了,但有时拗不过姐妹们的邀约,也去一下。有天晚上宋晓琳让他不用去酒吧接她了,说她和一个住附近的姐妹打车回来。但似乎出于一种奇怪的直觉,胡杨站在小区门口等着,亲眼看见宋晓琳从一辆奔驰跑车里下来。宋晓琳解释说另外一个姐妹被人接走了不回家,她就搭了一个和她们一起喝酒的人的车回来,那人叫的代驾。她以前偶尔也搭别人的车回家的,这胡杨知道。但那天他不知道就怎么的醋坛子打翻了,一怒之下打了宋晓琳一个耳光。也许在胡杨的心里,宋晓琳的行为已经触碰到了他的底线。当晚没有温存,只有冷战,胡杨睡的沙发。第二天宋晓琳睡了一整天,饭也没吃就去酒吧喝闷酒了。胡杨也赌气没有去接她。但是,一直到天亮了胡杨去上班,宋晓琳也没有回来。

白天,胡杨觉得整颗心都是悬起的。难道是宋晓琳赌气跟哪个男人跑了?如果是那样自己别无选择,只有和她分手了。但越想越觉得没对,于是胡杨给依依打了一个电话,看宋晓琳是不是跑到依依那儿去了,之前宋晓琳给过他依依的电话。但依依说宋晓琳没有去找她。胡杨想了半天不知道该找谁,打宋晓琳的电话一直是关机的。终于,胡杨想起他还有一个宋晓琳的姐妹的电话。拨通之后,这个姐妹说昨晚看见宋晓琳和一些不认识的人一起走的,看样子她是喝多了,走路有点歪歪斜斜的。胡杨开始紧张起来,要不要报警?胡杨计划下班后先回家看看,如果宋晓琳还没有回来他就报案。

后来宋晓琳回来了。第二天早上，趁着胡杨不注意的时候，宋晓琳跳楼了。

　　胡杨发现宋晓琳跳楼的那一刻，他明白什么叫"万念俱灰"，他虽然一无所有，但多想和这个叫"宋晓琳"的女人在一起，多想给她一个家，一个不大的房子，一个让她可以依靠的肩膀……

第二十六章

有人悲来有人喜

　　宋晓琳的葬礼办得很简单。她的父母去了,胡杨去了,还有她的一个姐妹去了,依依在闻道的陪同下也去了。虽然只和宋晓琳合租了一小段时间,但毕竟她们还算远房亲戚,而且一个曾经熟悉的人就这样突然消失了还是让依依非常悲痛。宋晓琳的父母,早已哭得不成人样。还有什么比白发人送黑发人更悲痛呢?依依和宋晓琳的姐妹不敢去看火化,闻道和胡杨陪着宋晓琳的父母去看了火化。不管人活着的时候再美再帅再有钱再风光,进火葬场都是一样的。人生就是这样,来时一丝不挂,去时一缕青烟。闻道看着宋晓琳的遗体被送进了焚化炉,她的母亲哭得昏了过去,被她的父亲搀扶着勉强没有摔倒。走出火化室的大厅,依依问胡杨有什么打算。胡杨满脸胡碴,一下子就像老了十岁,他低沉不语,后来他淡淡地说他打算回他老家,这里已经没有什么值得他留念的了。

　　离开火葬场,闻道先把宋晓琳的父母送回他们住的宾馆,胡杨也下来了,说再陪陪他们。闻道接着送依依回家。一路上,依依一言不发,心情很沉重。闻道安慰她说,人死不能复生,节哀吧。活着的时候就珍惜自己所拥有的。依依点头,转过头来说,闻哥,你真好。闻道专心地看着前面的道路,但是还是转头看了一眼依依,她的眼眶还含着泪花。到了依依家楼下,闻道停好车对依依说:"好好回去睡一觉吧,明天还要上班,睡一觉就好了。"依依说:"嗯,你也要回去好好休息一下,今天起来得早。"依依确实觉得头重脚轻的,浑身无力。生命之轻,还是瓦罐之重？可能只有经历过生死才能知道。昨天还是一条鲜活的生命，也许第二天就会阴阳两隔。你永远不知道命运会如何捉弄人。有人说过，和生死这个问题比起来，一切问题都是小事。但闻道觉得他把真爱看得甚至比生死更重要。每个人终其一生都在寻找自己生命的意义，这绝不是来人间看一看这么简单。遗憾的是，可能很多人还真的只是来看了一看。

把依依送到家后，闻道给糖糖发信息，问："你还好吗？"糖糖很快回了："还好。"闻道说："和生死相比，其余都是小事。""怎么今天这么哲理？"糖糖问。"我刚参加了一个葬礼。"闻道说。"朋友？亲戚？"糖糖问。"都不是。正是因为站在旁观者的角度来看，所以才更有感触。"闻道接着说，"我今天也思考了我们的问题。时间终会冲淡一切，那些恩怨情仇，最终都会消散在风中。任何激情最后都会退去，能变成亲情，就是一种幸运。我现在这种情况，也不敢对你有任何奢求，我甘愿和你直接到亲情。""诗人，乘客要上来了。"糖糖说。"嗯，你忙。"闻道说。

闻道正在沉思，销售经理王艳打来电话，向他请假，说是要到北京去提车。王艳可真够疯狂的，闻道想。反正最近暂时也不忙，闻道当然同意了王艳的请假。上次开盘以后，王艳就在计算今年的奖金。如果永生之城今年能再开一个批次并且也能卖两亿元的话，那她今年税前的奖金可以拿到120万元，扣了税几十万元也是随便有的。换车！王艳早就想换车了，家里的轿车已经开了几年了，这次想换辆SUV。王艳之前的车是一个国产品牌，这次下定了决心要上一个豪华品牌。选车是个痛苦的过程。宝马车呢，当然好，但觉得太张扬了一点，老公在机关上班，给予否定。奔驰GLK呢，感觉外表太硬朗，内部以拨片换挡代替传统换挡杆也不习惯；奔驰ML300缺少大的全景天窗，后排空间和奥迪Q5差不多，当然主要还是太贵了。沃尔沃XC90很早时曾感觉不错，但XC60出来后感觉内部还是赶不上奥迪。奥迪Q7感觉太大，Q5又感觉后排空间偏小。王艳两口子先是重点看了大众旗下的途锐，车不张扬，试驾后感觉其动力、空气悬挂、操控感、内部装饰和后排空间都挺满意。但问题是太贵，纯进口车。最近新闻在说进口车的国内售价比国外的售价高得多，甚至可达几倍。万一哪天发改委对进口汽车进行反垄断调查和罚款，那这边刚提途锐几个月那边就降价十几万元，岂不吃亏大了。看了半天，

楼市与爱情

王艳两口子锁定了奥迪的 Q5，觉得后排反正很少用到小点也无所谓，又感觉 Q5 比途锐的外表更帅气。

但奥迪 Q5 这个车其实也是很有争议的。优点就不说了，那肯定是一大堆，缺点除了"烧机油"以外，主要是有一部分车主认为买 Q5 性价比不高。在 30 万元以上 40 来万元这个价格，除了传统的配置和性价比之外，品牌是非常重要的考虑因素。豪华车在购买价格上必然是贵的，这屏蔽了大部分的买家。其次，豪华车在养护费用上也是高昂的。人们买车是有很多原因的，绝对不仅仅是为了当交通工具那么简单，车子和人们对社会地位的印象是密切相关的。说到底，买豪华车的人为了让自己的座驾和社会身份、经济地位来个匹配。社会上的人们看你开什么车，车开差了会被认为没有实力，特别是在生意场上尤其如此。但为了这个匹配，人们需要承担高额的价格和日后的费用。虽然说一分钱一分货，但豪华车并非完全可靠。相对那些构造简单的车子，豪华车的大小毛病都特别多。发动机烧油，车身致癌这些事情都有报道，在豪华车上哪个没有点毛病、没有点脾气呢？

有偏激的车友认为，买奥迪 Q5 反而会降低你的社会地位。这个道理和抽烟是一样的。有点钱的人喜欢的香烟是中华，普通人可能抽双喜之类的要多一些。中华烟很贵，虽然就烟本身来说，效用和双喜没有太大差别，但价格是其好几倍。中华分为软盒和硬盒的两个品种，软盒硬盒只是包装不同而已，硬盒的要便宜很多。但做生意的人一般不会抽硬盒的中华。为什么？香烟不仅仅是给自己抽的，也是给外人看的。在吸烟领域，中华软包就是标杆，就好像奥迪的 A8 和 Q7 一样。如果你用了硬盒中华，周围人会觉得不对劲，那你还不如换成双喜，瞎摆谱会被人笑话："那个抽硬盒中华的人"。同样的道理，既然奥迪 A8 和 Q7 是标杆，那你开奥迪 A4 和 Q5 就有问题了。这说明你实力绝对不够，至少自信心也不够，格调还比较低。其实就说明你还没有那么多钱和主流富人站在同一个位置但你又非常想向上发展。简单地说，这就是装。

这个偏激的观点认为，深入剖析下来，奥迪 Q5 属于贫民上层的最爱，梦想之车！买了这部车，说明这个贫民终于迈入了中产阶级，实现了一个自我认同。据说，社会中的每个阶层都会按照自己的想象去模仿上一个阶层。Q5 虽然也是奥迪，但这是一厢情愿的贫民上层的想法，它不是 A8，也不是 Q7。就像一个刚入商海的年轻人兜里揣着硬盒中华一样，老练的人一眼就能看出他的稚嫩。这些车友甚至认为，买奥迪 Q5 不如干脆买一个同价位的 A6，给人的感觉还实在一些。

　　王艳觉得这些偏激的说法其实也有一定的道理。平心而论，在目前国内的汽车市场，同品牌同价位的车型相比较，轿车是要比 SUV 的舒适性和配置都要高得多的，这明显和国外不一样。没办法啊，国人心中都怀揣着一个"说走就走"的旅行梦，所以 SUV 目前在国内的热销虽然有不理性的成分，但却也很好地体现了国内消费者的一种情怀。说 Q5 是一辆贫民偶像的车也罢，说它有各种问题也罢，这并不能妨碍它成为国内车市的"神车"。"加 5 万元等半年"，是当前西京车市上 Q5 的普遍行情。是的，加价 5 万元！一般车商都会在厂家给出的指导价的基础上按照一定的优惠折扣来销售，但这不适用于 Q5。加价买车，这不傻么？但就是喜欢，想买，这又有什么办法呢？认宰！其实这就是一个简单的供需经济学原理，想买 Q5 的人太多了，就图两条：奥迪，SUV。这可能注定会载入国内汽车消费发展的史册，成为国内车市发展的最疯狂的注脚。

　　经过多方打听，王艳了解到北京的一家 4S 店 Q5 有现车销售，颜色都已经不重要了，能买到就行。最关键的是，这家北京的店虽然也要求加 3 万元，但只是要求选 3 万元的装饰，而不是纯粹的加钱。这简直太好了啊！虽然选装的报价很昂贵，但毕竟不是直接白给钱嘛，心理上还是要舒服点。电话详细咨询了购车流程以后，王艳决定去北京提车。但如果异地提车的话办理按揭有点麻烦。和老公商量了之后，王艳准备一次性付款，反正年底就要发奖金了。有钱，就是这么任性！但问题是老公这几天走不开，于是王艳准备千里走单骑，自己去北京把车提了再开回西京！这是真正的女汉子啊！闻道听说后对王艳说："加价 3 万元买车太不划算了。"王艳回答说："加价 3 万元算什么？你知道不？路虎也新出了一款 SUV 车型叫极光，比奥迪 Q5 还小一点，60 万元的车直接加价 20 万元还要等半年提车，一样有很多人买。那你说这些人是怎么想的呢？"闻道确实不知道该怎么回答这个问题了。难道这就是传说中的"有钱任性"吗？或者也可以看成是"人傻钱多"呢？反正自己喜欢就行吧，买东西不都是这样吗？一个愿打一个愿挨罢了。

　　第二天王艳就飞到了北京，带着银行卡。在4S店办完手续驱车出来已经是下午3点过了。由于王艳的预算有限，只能买低配的Q5，但这并不能减少她的热情。根据朋友的介绍，王艳去了一个汽配市场给她的"新欢"Q5涮胎压监测，又调了别的隐藏功能，像什么运动指针和锁车自动收后视镜之类的。奥迪Q5的外观、动力、音响、内饰都不错，油耗比较低，晚上行车灯光也很亮，有点意外的是在高速路上方向盘有点偏硬，但Q5的性价比王艳是很满意的。

　　折腾完毕，已经到了下午6点，由于怕晚上开车危险，所以王艳在北京睡了一晚，第二天直接上京石高速。王艳自早晨6点出发，过石家庄、邯郸、进入河南段，中午12点过到了河南郑州，在郑州服务区吃了中午饭并趴在餐桌上小睡了一会。日渐西沉，进入西安段了，当晚只有在西安住。第三天，王艳继续开车往西京赶，终于在晚上回到了西京。看到高速出口的"西京"两个大字时，王艳忍不住哭了出来。她这么折腾究竟是为了什么？正如一句电影台词："喜欢，那就是放肆！"

第二十七章

美女的烦恼

初冬，也许是西京最美的时节之一吧。遍布全城的银杏树叶全变黄了，金灿灿的非常好看，用满城尽带黄金甲来形容也不为过。说来也怪，树叶为什么黄了反而比绿的时候更好看呢？每年深秋和初冬都会有那么一片一片的金黄闯入人们的眼睛，比"乱花渐欲迷人眼"更能迷惑人们的心。一片片黄色的银杏叶，犹如一串串金色的风铃，挂满树梢，沙沙作响，摇曳生姿。这些深秋里的可爱精灵，就如同风中金色的蝴蝶翩翩起舞，装点着人间秋色，演绎着金色浪漫。西京的银杏树在全国可都是出了名的，因为西京的气候、湿度、温度和日照，使得银杏树会很频密的、很大范围的在市内出现。每年叶子黄了的时候，两边的银杏树在阳光的照射下，都闪着金光。也许在一个拐弯处，也许在一抹红墙边，也许在一摊活水里。在西京，你不用刻意寻找，银杏树往往会与你不期而遇。

然而，令人惊奇的是，西京的银杏树叶并不是同时变黄的，这跟海拔、温度和光照都有关。郊县的银杏叶已经变成一片金黄，而市区的银杏树叶变黄的节奏似乎非常缓慢，有的甚至还是绿绿的。进入秋天，银杏树叶变黄的速度主要和光照、温度有关系，海拔越高温度越低，银杏就黄得早点；同一个道理，郊县的温度比市区要低两三度，所以就黄得早一些；而有的银杏作为行道树在路灯光照下的时间过长，也会减缓其变黄的速度；另外，没有低温的连续刺激也会减缓银杏叶秋天变黄的进程。

永生之城地处郊区，此时银杏早已一片金黄。项目为了提升绿化的档次，栽种了大量的银杏。目前，这些银杏显然已经成了一个重要的景观。项目的售楼部周边，其实已经被打造成了一个约4000平方米的银杏园，以银杏树为主要景观，栽种了银杏树50余株，形成了西京城北最大的一处银杏林。在项目入口处的道路两边全是银杏树，树的直径和脸盆口径差不多，植株高大，枝叶繁茂。几百米的距离密密麻麻地排列着直径在四十厘米左右的银杏树，树高十几米，树顶都连在一起了，搭成了"棚"。此刻，永生之城的银杏已经变黄，加上路边的草坪芳草萋萋，兼有多种植物，景观层次很好。为保留美景，项目物管方并没有清扫凋落在路边和草坪上的银杏树叶。很快，这里的地上就累积了一大片银杏树叶。风一吹过，银杏叶随之"翩翩起舞"，美得如痴如醉，浪漫指数那必然是满满的。

每到这个时节，西京市内只要是银杏聚集的地方，那必然会云集众多"长枪短炮"的摄影爱好者，而支起画板的"画家"们也不少。即使不拍照和画画，在一片片金黄的树叶下晒晒太阳，那也是一种惬意的享受。这么好的机会，闻道自然觉得不能浪费了，聚集人气是营销的第一要务。先把人带过来，买不买再说嘛。王艳从北京开着她新买的爱车奥迪Q5回来以后，第二天闻道就召开了一个会，部署了一下和银杏主题摄影有关的活动。其实很简单，稍微宣传一下即可。本来这个时节人们就喜欢到处摄影，闻道他们需要做的，只是提供一个场所而已。相对于市区那些银杏聚集的地点而言，他们项目的优势是银杏集中，而且环境比市区要好，停车也方便。当然，人们总是喜欢去更新的地方，这可能是一种猎奇的心态吧。

任何营销事件都需要炒作，这次银杏摄影的活动也不例外。找来广告公司和活动公司商量以后，闻道决定把这次摄影活动取名为"很黄很好摄"，这名字当然还是非常吸引眼球的。除了给摄影爱好者提供场所以外，活动公司还找来了专业的模特供人们拍摄，这自然满足了很多摄影爱好者的某些心理。据说，现在拍摄模特已经成了一种产业，俗称"私拍"。有专门的人和公司召集美女供人们拍摄。这些美女大多是兼职的模特，也有少数是专业的。这种拍摄有时在室外，有时也在室内，或者按次收费，或者计时收费。至于这些"摄影师"们，则大多数都不是专业的摄影师，就图个好玩，或者是为了满足某种特殊的需求。

当然，闻道项目售楼部举办的摄影活动肯定是正规的拍摄活动。在一个周末，永生之城的售楼部引来了人潮。这里俨然变成了摄影爱好者的天堂，扛着"长枪短炮"的摄影爱好者们痴迷在金黄的"海洋"中。不少市民专程拿着相机来到售楼部外，踏着已经飘落的黄叶，感受落叶纷飞的景色。因为银杏，人们在阳光下兴奋着，在一行行的金黄大树下穿梭，惊起一地落叶在空中飞旋。可以想象，在金色"蝴蝶"翩翩起舞的小路上，一个清纯的女子从此处经过，那该是多么动人的一幕画面啊！除了提供场地供人们自由拍摄之外，售楼部也向人们开放，供人们休息的同时，也顺便展示沙盘和户型图从而宣传项目。

虽然前来拍摄银杏的人众多，但是大多数人只是找找感觉罢了。要想拍得好，拍出既文艺又有大片范儿的照片，那当然还是很考手艺的。闻道自己也算小半个摄影爱好者，知道银杏其实并不是那么好拍的。通俗易懂的说，银杏拍摄是一种典型的户外拍摄。这还不是最关键的。虽然人们都冲着银杏金黄的树叶而来，但银杏只是背景，拍摄的主体还是在于人。户外人像摄影是有很多小窍门的，比如要手动对焦、对焦点放眼上、用RAW档拍摄、携带灰卡校出正常白平衡、学会处理较强较硬光线、注意被拍摄者脸上的光影呈现，等等。可见，要想把美景美人收入相中，拍摄出专业级别的"黄金大片"，没有一定的技巧是不行的。当然，大多数来的人也就是凑个热闹。

除了市民拍摄，这次活动的亮点自然还有闻道让活动公司请的专业模特，当然这是要给钱的，算是营销费用嘛。这七八个女模特还真是敬业。虽然天气很冷，但这些模特们依旧用暴露的穿着吸引着"摄影师"们的闪光灯。闻道真担心她们今天回去以后都会感冒，为了艺术，她们还真是蛮拼的。

在这些模特中，有一个女孩吸引了特别多的"摄影师"围着她拍照。将近170厘米的身高再配上前凸后翘的身材，不知道耗光了多少相机的电池。这些围着她疯狂拍摄的"摄影师"们也真是专业，有的抵得很近拍，

第二十七章 美女的烦恼

有的垫了凳子从上往下拍,有的趴在地上从下往上拍。闻道看在眼里笑在心里。但这个模特的表情却非常的淡定,看来这种场面她也是见得多了。只见她目光落向远方,脸上露出职业化的微笑。拍了一会儿也许是冷了,这个女模特回到售楼部的休息室,披上大衣坐着休息。这时依依正好看到她,就给她倒了一杯热咖啡端了过来。于是两个女孩就聊了起来。

"我其实很想靠自己的才华生活。"她叹了一口气说,"但没办法,这个社会就这样。自己没钱,就只有靠男人,不外乎就是靠一个还是靠很多个的问题。"她对依依说,她每天都得抵住来自各个方面的诱惑,真担心自己有一天会被这些诱惑击垮,真的去做第三者或者做情人了。靠当模特能挣多少钱?辛辛苦苦的赚钱总也抵不过那些男人开出的价钱。虽然很多时候她都装作很高傲,很不以为然,但其实谁不缺钱呢,特别是她这种家庭经济条件不好的女孩子,有时候她真的很苦恼。"那你有什么打算呢?"依依问她。"走一步看一步吧。"她叹了一口气。她说她其实真的希望凭自己的能力去做成一些事情,不希望靠走后门或是潜规则。但在这个竞争激烈的社会,真的太难了。她很多时候都觉得,父母虽然没有给她优越的家庭环境,却给了她姣好的面容和身材,这也算是一种恩赐吧。她虽然不认同,但也许最后她还是会找个有钱的男人嫁了吧。她也追求真正的爱情,希望以后能找一个爱她的男人,不是因为她的身材,而是爱她的一切。"我去摆造型去了,你看那些男士在寒风中等着也不容易。谢谢你的咖啡。"看着她远去的背影,依依觉得心情很沉重。漂亮女孩的生活真的会有这么难吗?

第二十八章

择一城终老，遇一人白首

闻道举办的"很黄很好摄"的银杏摄影活动再次取得了圆满的成功。项目人气爆棚，售楼部里咨询的人也很多，售楼小姐们口水都说干了，楼书户型图等资料也发完了，需要立即加印。"守望郡"的一批次物业的热销，给了闻道信心。毕竟，在当前的市场环境下，卖什么、怎么卖，其实不太重要。只要有供应，就不愁没有人接盘。人们似乎都疯了，迫切地想把手里的现金变成房产。没钱的人借钱都要买房。这样做有什么意思呢？本质上房子不过就是一个住人的地方而已。对接下来的销售安排，公司产生了分歧。当然，营销的节奏需要根据工程来安排，并不是想卖就能卖。在早年行情不好的时候，楼盘都是现房销售的。后来行情越来越好，开发商根本不需要把房子修好就能销售。这其实是从香港传到内地的，香港叫"楼花"，内地叫"期房"，和"现房"相区别。

买期房当然是有风险的。毕竟你交钱的时候看不到房子本身，只能听开发商说。而且不同性质的产品，其预售条件对工程进度的要求也是不一样的。比如低层住宅需要主体断水，也有地方要求封顶的；高层住宅需要地下室地面盖板，也就是俗称的"正负零零"，等等。现在摆在闻道面前的问题是，从工程上看，高端的小独栋组团和低端的小户型组团都已经就绪了，但是先开盘哪一个组团呢？上次"守望郡"的开盘已经体现了市场对永生之城这个项目的认可和期待，如果顺势开盘高端的别墅，那无疑是再下一城，可以把项目的调性推得很高。但问题是别墅由

— 133 —

于总价很高，所以客户数量肯定是很难提高的。目前永生之城的人气很旺，非常适合走量，至于高端牌可以留到以后再打。几番讨论以后，闻道提出先开盘小户型产品的建议得到了通过。

按理说小户型这种产品更适合设置在市区，在郊区一般都是舒适居住类型的产品。但是近年房价上涨很快，"刚需"也在向郊区转移。几年前3000多元的单价就能在西京的市区买房，还是好位置，而现在这个价格在郊区都买不到了。年轻人的收入这几年涨了吗？也许有涨的，但工资上涨的幅度和房价上涨的幅度相比那可能算是龟兔赛跑吧？"刚需出城"，这也是很多购房者没有办法的办法。无奈也罢，谁让他们早几年没买房呢？现在只能以距离换价格了。

话说当初永生之城在规划这个刚需组团的时候，那还真是费尽脑筋。一般来说，一个楼盘里的产品不能太杂，要避免差别太大的客户住在一起。比如有的业主开玛莎拉迪，有的业主又骑电瓶车，这样大家都不舒服，也必然会影响销售。但问题是永生之城的规模太大了，"大而全"也是一个现实的选择，企业都追求利润最大化嘛。设置一个纯刚需组团公司内部倒没有太大异议，但问题是把这个组团摆放在哪里合适呢？闻道他们修改了很多次方案以后，最后的解决办法是把这个纯小户型组团摆放在项目的主入口处。一方面，项目的主入口处人员和车辆进出都很多，难免灰尘和噪音都大，把高端产品放在这里肯定会降低品质。另一方面，项目也需要一定的人气支撑，总不能每天晚上黑灯瞎火，连一盏灯都没有嘛。对于郊区的项目而言，人气的支撑尤为重要。没有一定的人气，就没有人敢在这里开店，附近的商业配套也就很难发展起来，于是就更没有人愿意来住，这是一个恶性循环。所以，永生之城把项目主入口处的10亩地拿来修了两栋高耸的塔楼，每一栋都有将近500个住房单位，这样加起来就是1000户了。这1000户人住进来，当然社区自然就热闹了起来。那他们为什么会住进来呢？买大户型的一般都是多次置业的人，房子多，也不急着住进来。但来这买小户型的一般都是初次置业的人，买了就要住的。当然，不排除也有投资型的客户，买来先暂时放那儿。但这种房子相对好租，一般也不会空置太久。

除了挡灰、挡噪音和提升社区人气外，小户型产品对利润的贡献也是很大的。正是由于面积小而总价低，所以单价其实可以卖得贵一点，也一样会有人来买。闻道就这个问题请教过陆教授。陆教授回答说，一种商品是提价还是降价对卖家更有利，主要是看这种商品的弹性。弹性是一个微观经济学的术语，简单地说就是销量对价格的敏感性。如果一种商品的弹性小，那么涨价可以带给卖家更高的利润。相反的，如果一种商品的弹性大，那么降价可以带给卖家更多的利润。通俗的说，弹性小，就是消费者没得选，尽管涨价他们还是只有买。弹性大，就是消费者买不买无所谓，或者他们有更多的选择，那这个时候谁涨价谁傻。

由于之前永生之城的调性都定得很高，为了不吓跑潜在的消费者，这一次小户型产品的宣传闻道准备走亲民路线。"经济适用"是现在很流行的一种说法，大概是源于"经济适用房"，后来则衍生到了很多领域。虽然从字面上理解，"经济适用"就是指够用就行，但实际上"经济适用"可不是乱说的哦，它有着很高的门槛。最早流行起来的概念应该是"经济适用男"吧，咱们不妨来看看条件。第一，从"硬件"来看，身高必须要168厘米以上，不高于182厘米，太高了也不好，虽然换灯泡的时候会方便一点；体重也要合适，介于65公斤到85公斤之间，这其实就规定了身材要合适；长相要求不高，发型也要普通，那种发型特别怪异的就算了。第二，文化程度要求至少是本科以上学历。第三，收入要求月薪3000元以上10000元以下，关键是要无偿上缴给老婆或者至少是AA制吧，谢绝小白脸。这一条中，甚至对职业也有要求，指出一般是从事教育、文化创意产业等职业的男子。第四，性格要求要温和，要谦虚、谨慎、稳重、大方，还要有爱心、有耐心、有上进心，不能说粗话、脏话。第五，生活习惯上要求不吸烟、不喝酒、不泡吧，还不能随便关手机玩消失。第六，要适当地做家务，关键是要会烧得一手好菜，满足老婆的胃。最后，还不能花心，对待爱情要忠贞不渝，还得有担当。

网友们纷纷表示这个要求太高了，满足一条或几条容易，要同时满足可能只有在小说或电视剧里才有。对这个标准，争议还是很大的。网友们觉得，虽然由于地域差异，各地女性对男方身高体重等"硬指标"的数据认同并不一致，但不变的是钱要交给老婆打理、烧得一手好菜等指标，看来这算是"经济适用男"的基本标配吧。但也有很多女网友觉得,这个标准估计是男人定的,否则如果月薪只有3000元的话,只靠自己哪里来的首付能力啊?还房贷也不太现实。还有很多网友表示对职业要求的标准太过偏颇,照这种要求,从事金融、行政、设计等良好职业的男生都没法入围了,太不科学。

有"经济适用男",自然就有"经济适用女",这是相匹配的一对概念。经济适用女的概念存在着明显的模仿经济适用男的提法,但却更让人喷血。除了对身高158厘米到169厘米的要求以及体重43公斤到58公斤的要求之外,还特别提出了对胸的要求,一定要是"B2C",就是B罩杯或C罩杯,大了小了都不行。这确实……外形要求一定要披肩长发,那人家短发的女生怎么办呢?对学历的要求降了一点,要求专科以上就可以了。工作上要求月薪3000元到6000元。可能不算高薪,但有稳定的收入。性格上要求知书达理,不拜金、不花痴。家务上要求必须要会洗衣做饭。此外,专一勤快、不离不弃是必需的。这个标准被不少女网友吐槽条件"太严苛"。很多女生对这份标准只想说"呵呵",表示这哪叫经济适用女啊?除了学历那项标准略低之外,简直是标准的"白富美"了!大多数女生表示按照这个"经济适用女"的标准,"经济适用男"完全配不上。这样的女生,找对象起码得是月薪1万元以上,有两套以上市区大户型住房,父母最好是企事业单位退休,身高要180厘米,长相要中等偏上,座驾也要30万元以上的才行。

这些争议让闻道非常头痛,他可不想产品推出来迎合了一部分人而又排斥了另外一部分人,最好是能有一个大多数人都能接受的提法。而且,千万不要让客户误认为他们这里卖的是"经济适用房",那可就惨了!不过闻道觉得追求"经济适用"是一个很好的社会风气。以前很多男性都喜欢漂亮的女性,可现在越来越多的男性开始选择有持家能力、不奢侈的女性为伴偶。以前很多女性都喜欢找大款,现在觉得还是要综合考虑,钱不是唯一的要求,关键是要找靠谱的人。"经济适用"直接反映了人们看待问题的深刻性,也间接说明人们思想觉悟的提高及社会的进步。闻道给陆教授打了一个电话想咨询下"经济适用"有没有什么学术上的解释。陆教授想了想,觉得这可以用"约束条件下的最优化"来解释。他说,理性的消费者会根据自己的预算约束来进行消费,优化配置各种资源，以实现自身效用的最大化。通俗地说，就是有什么样的钱就过什么样的日子，奋斗但不做不切实际的奢求。"经济适用"其实是一种生活理念，把这个理解应用在找对象上也是一样的。不要非找"高富帅"和"白富美"不可，只要是对自己"合适"的就行，择一城终老，遇一人白首。

闻道觉得陆教授说得太好了！这次的主推广语就是"择一城终老，遇一人白首，寻找你的经济适用爱巢"。这样既避免了说"经济适用男"，又避免了说"经济适用女"，用一个"经济适用爱巢"就很好地体现了所需要表达的全部含义。陆珞竹觉得闻道的这个想法挺好的，发了条短信鼓励闻道，说："想象力比知识更重要（Imagination is more important than knowledge）。"

第二十九章

边买房，边相亲

由于永生之城本身已经有不小的名气了，所以这次小户型产品的销售并没有做太多宣传，只需要把"择一城终老，遇一人白首，寻找你的经济适用爱巢"这句主推广语在各大媒体和户外广告牌中投放出来就可以了。同时，闻道意识到网络推广越来越重要了，于是找了网络推广公司把这个题材在网络上再炒作一下，反正也花不了多少钱。闻道迅速联合广告公司的人一起讨论以后，闻道觉得干脆把这个小户型组团的推广做成年轻人关于寻找"经济适用爱巢"的相亲大会。这样，年轻人们既把对象找了又顺便把房买了，这不也是做了一件好事吗？

很快，西京全城的各大论坛都是铺天盖地的关于经济适用爱巢的讨论。首先咱得有爱，其次还得经济适用。现在单身的青年男女买房大多数需要或多或少的依靠父母赞助一点首付。但是他们如果在看房的时候就擦出爱的火花，然后大家搭伙一起把房买了，这肯定也是更有利于资源整合的。或者男女各买一套小户型，以后再换个大户型。甚至可以两人买紧挨着的两套小户型，装修的时候把隔墙打了就连成一个中等户型了。反正现在都是框架剪力墙的结构，只要不伤及承重墙，隔墙是可以打掉的。万一，当然只是万一，以后哪一天两口子闹分手了，只需要把打掉的隔墙又重新用砖头砌起来，那又可以各过各的了。总之，自由组合，灵活搭配。

目前相亲交友类的电视节目十分火爆。并且相亲本来就是一个社会热点问题。闻道迅速联系了一家知名的相亲交友网站，由他们组织会员来售楼部举行相亲活动。这其实是一个一石二鸟的高招。首先，这节省了很多营销费用。闻道甚至不用在各大媒体上打太多广告，因为相亲交友网站本身就有着庞大的注册会员。更为关键的是，这些会员已经是被相亲网站甄别了一遍的，他们来该网站的目的性很强，这效果肯定比满城无特定对象的投放广告效果好。其次，闻道甚至还不用给相亲网站费用，他们来这么高端大气上档次的售楼部里做活动自然是求之不得。很快，项目就和相亲网站达成了协议，他们每个周末来售楼部里举行青年男女的相亲活动，如果能通过在售楼部举行的相亲活动认识、结婚并购买小户型产品的，项目就送爱琴海蜜月之旅的双人往返机票。

相亲活动本来就有相对固定的参与人群，把他们的活动安排到售楼部来，这使得普通的看房活动具有了特定的功能性。闻道觉得这种方式很好，以后应该多尝试。不要为了营销而营销，而是应该把营销融入生活当中，使之成为生活的一部分。别人来交男女朋友，顺便就可以看房，觉得合适就买了，多好！看着很多青年男女来售楼部相亲，闻道觉得这真的非常有趣。以前自己不是很理解相亲这件事儿，闻道很相信缘分，遇到就遇到了，这是自己的事，那又为什么非要把不认识的人撮合在一起认识呢？但看过几场相亲活动以后，闻道改变了这种看法：眼下相亲活动盛行，的确是有群众基础的。

这个例子就非常典型。来售楼部参加活动的人群中有一个姓黄的小伙子给闻道留下了深刻的印象。他身高174厘米，在西京工作三年，典型的工科男，日子如流水账一般，每天上班、下班。功夫不负有心人，他经过三年的奋斗，终于买了车。再加上家里的支持，他也凑够买房的首付了。但他转眼到了而立之年，仍然单身一人，家里早就催了，心急如焚。他单身的原因非常典型：由于平时工作比较忙，周末又只休一天，本身圈子也比较小，再加上在男人扎堆的软件园工作，遇到女孩子的机会不多。虽然小黄很想摆脱单身，但他一直对感情比较执着，奉行宁缺毋滥的原则。小黄感叹人的一辈子很漫长，要找一个可以过一辈子的老婆，真不容易，而要找到合适的就更不容易。他不抽烟，不喝酒，不视频聊天，也无不良嗜好。由于大学在外地读书，所以许多以前的老同学都没有联系了，现在联系人家都已经有了家室，就更不会联系了，不方便嘛。父母由于生活圈子的局限，给他介绍的女朋友大都是初高中生，小黄觉得缺乏共同语言，也不了了之。所谓，人在江湖，身不由己啊。有时，他也在想，由于种种原因，缘分就像赶火车，错过了这班还有下班。平时下班之后，他一个人在窝里宅着，很难受、很沉闷。"难道我就这样一辈子孤单下去吗？"他常常这样问自己。最让他委屈的是，别人以为他条件不错，见面就问他啥时结婚，每次他都是笑笑，其实他还是单身，有时"皇帝的女儿也愁嫁"。这道理闻道也知道，最怕的就是别人以为你这样的人不会是单身。

当然，现在条件还不错的青年男女单身的一个重要原因就是：喜欢的人不出现，而出现的人不喜欢。要遇到一个喜欢你而你也喜欢的人，太难了。很多男人有这样的想法：总想出人头地以后再和别人好好谈恋爱，一步到位。小黄就是这样的人。但随着时间的推移，他发现如果他不成功，那难道这辈子就不结婚了吗？有时，还是需要适当的主动。据说，成功往往偏向主动者。这些年，小黄一直被动，他觉得要找到两个相互珍爱的人确实很难得。现在，他也想通了，他要真实地面对自己的感情，可以失败，但绝不后悔。他说等他老的时候，他也要有回忆。那时，他可以骄傲地说，哥生活过，工作过，恋爱过。正所谓，有花堪折直须折，莫待无花空折枝！

人这辈子就怕一直比较忙，而错过了沿途的风景，那就成了瞎忙。成家立业和事业同等重要。人们都希望在对的时间遇到对的人，但那真的太难了！很多人历经了生活的磨难，才渐渐明白平平淡淡才是真，工作与生活要保持个平衡点。俗话说：宁可低调发霉，也要大胆恋爱。其实，找对象不应该被这么多的条条框框所束缚，条件再好，长得再漂亮，不跟你一起过日子，又有什么用。两个人过日子，就是要考虑柴米油盐，生活就是由许多琐事构成的。小黄说女方要是特别娇贵的话，跟他在一起也不会幸福，毕竟他不是"富二代"。他想找个能一起相互珍惜、相互尊重，共同创造美好未来的人。闻道问小黄为什么他这么年轻就有这种想法。他说他30岁了，不是才25岁。小黄说他只是个平凡人，只想追求稳稳的幸福，平淡的生活，毕竟平平淡淡才是真。她若不离不弃，我必生死相依。他说不以结婚为目的的恋爱,他耗不起。女人的青春宝贵,但男人的青春也同样宝贵。对于这一点,闻道不是很认同。闻道也是30岁,但毕竟闻道结过婚,知道这围城内外的感觉。虽然油盐柴米是很现实的生活,但在闻道的内心深处,他还是希望能拥有轰轰烈烈的爱情,以及爱得死去活来的那种感觉。当然,如果是和最爱的她在一起,那即使天天油盐柴米也是幸福的。

　　闻道问小黄想找一个什么样的女孩呢?他说他要找个可以相守一辈子的女孩,要求学历大学本科及其以上,身高160厘米以上,对感情执着,有稳定工作,对爱投入,三心二意的请绕行。此外,他还希望双方能一起做家务,可以增进感情。哈哈,这要求其实不低哦。来售楼部相亲的队伍中,闻道觉得有个女孩和小黄就蛮般配的。这个女孩叫菲菲,23岁,在一家外企工作。她身高165厘米,体重50公斤,本科毕业。由于刚工作不久,月薪3000元左右,除了不会做饭,其余都达标了。虽然闻道也看过一些关于婚恋的科学分析,说是要进行一种精确的"匹配",但其实找对象除了各种量化的分析之外,最主要的还是得看双方的感觉吧。闻道看他们两人还挺聊得来的,便走过去半开玩笑半认真地说:"要是你们俩能成,凭结婚证我给你们向公司申请最高折扣!"

　　感觉,这是很奇妙的。一见钟情,这闻道是信的。电光火石之间,你深爱我而我也深爱你,这其实是一种化学反应。日久不一定能够生情,但却一定可以见人心。但是,要双方同时一见钟情,这个概率有点小。有人说,爱上一个人,那就是亲手交给对方一把刀,捅不捅你就看运气了。飞蛾扑火知道吗?就是这样的感觉啊!人生中大多数事情都可以通过努力获得成功,但感情除外。至于他和糖糖,闻道真的不敢多想,他不知道他们会怎样发展,或者应该怎样发展。他只想一心一意地对她好,就算不能和她在一起,也要默默地关心着她、守护她。哎,要是人没有七情六欲就好了,就没有这么多烦恼。闻道每天随时都想给糖糖发信息,又随时都在翻看手机希望能收到糖糖的短信。他自己都觉得自己有点神经质了。愿得一人心,白首不分离。但如果有了一人心了,那又该如何去争取和她在一起,又如何才能白首不分离呢?

第二十九章　边买房,边相亲

第三十章

大学生就业难

　　永生之城的刚需组团的销售情况还不错。虽然没有像"守望郡"那样一开盘就被抢光，但销量还是可以的。郊区的小户型本来就不好卖，闻道也没有指望一开盘就能清盘。能这样四平八稳的走量就可以了。倒是每周末的相亲会把售楼部的人气带旺不少，不仅真的促成了刚需组团的一些交易，还顺带把项目其他产品的销售带动了一些。毕竟，来相亲的也不一定就是小青年，离婚的或者钻石王老五之类的也有。

　　这天，依依找到闻道，问他需不需要实习生。原来她有一个小她一届的学妹，明年要毕业了，也想来西京找工作。闻道这才反应过来，又到了一年的招聘季了，学生们为了找个好工作，往往先要争取好的实习机会。这一方面可以更好地了解企业，也可以让企业更好地了解自己，实习干得好能显著增加找到好工作的筹码。如果实习企业正好是自己想留下来的企业，那实习结束留下来也正好合适。闻道觉得这点小忙他肯定是可以帮的，于是给人力资源部经理美美说了这件事。美美说这种实习公司以前也有过，但一般是不给工资的哦。闻道说能不能多少给一点嘛，美美想了下说工资肯定是没法给的，没有签劳动合同不能发工资，但可以发一点交通补贴。闻道问"一点"是多少，美美说500元，如果干得好你们部门可以报销一点通信费什么的，但总额不能超过1000元。好吧，闻道直接给依依回复说可以来实习，给1000元。闻道觉得500元有点说不出口。"哇，还给1000元！我以前实习的时候都没有给工资呢！"依依高兴地说。闻道很想问问她以前是在哪里实习的，但一忙又忘了。

自打上次举办完孝文化论坛以后，闻道经常向陆教授请教一些问题，两人一来二往成了朋友。虽然陆教授经常在家闭关不出门，但闻道还是逮着机会就找他一起吃饭。据说陆教授是很反感饭局的，但是和闻道吃饭他看成是朋友聚会，所以一般闻道约他他都会欣然前往，两人还经常抢着买单。这天，闻道接到陆珞竹的电话，问他晚上有没有时间一起吃个饭，聊聊最近的房地产形势。闻道当然高兴啊，正好看见依依，便想叫上依依一起去，不然她晚上还得一个人回去。虽然闻道觉得陆教授对依依是有好感的，但出于礼貌，他还是先问了陆教授带上依依一起如何。陆珞竹爽快地说了句"当然好啊"。不知为何，闻道承认自己是很关心依依的，但却是那种大哥哥式的关心，也想她能有一个好的归宿。依依的男朋友闻道也听她提起过，总觉得不靠谱。嘿嘿，闻道觉得其实如果陆教授和依依要是能在一起还挺好的。于是闻道对依依说，晚上他要和陆教授一起吃饭，问依依想不想一起去。依依也高兴地说"好啊！"哈哈……多给他们制造机会吧，怎么发展还是看他们自己了，闻道心想。

由于闻道他们项目在城北，陆教授住在城南，所以他们约在市中心的一个地方见。陆教授找了一家私房菜，在一个高层电梯公寓项目的顶层，一边吃饭还可以一边俯瞰西京夜景。闻道带着依依赶到这里，发现这其实就是一个住宅楼盘，当然是很高档的那种。这个私房菜其实就是一个约200平方米的大套四户型的精装公寓，被老板租下来以后布置了桌椅就开成了私房菜。他们到的时候，发现陆教授已经坐那了。闻道连忙走上前去说道："哎呀，陆教授，还让您先到了啊！""我也怕堵，先过来踩点嘛，哈哈。这家私房菜是我在网上看到的，评价很高。我一看位置离我们都合适，所以就订了。"陆珞竹说。"嗯，不错不错！环境挺好的。依依你说呢？"闻道看了一眼依依说。"陆教授好！这里环境挺好的，就是不知道菜的味道是不是和环境一样好。"依依看到陆珞竹高兴地说。闻道能看出来那是一种发自内心的开心。"You kown？"陆教授高兴的时候喜欢说英语，这闻道是知道的。看来今天陆教授的心情也不错。在"豪宅"里面做商业，真的可行吗？这进进出出的人流所带来的嘈杂和安全隐患，对居住品质的损害自然是不言而喻的。但存在即合理，业主可以去投诉，但作为顾客来说觉得在这里吃饭挺不错的，反正顾客又不住在这里。

三人找了一个靠窗的桌子坐下。这是一个标准的四人桌，闻道本来想让依依和陆教授坐在一排，但又觉得太突兀了，怕他俩不自在，于是还是他和依依坐在一排，而陆教授坐在自己对面。自然就好嘛。这家私房菜的菜品主要是中餐，但是居然还能做牛排，大家只能说这里的大厨真牛。混搭着点了几个菜，上菜还算快，菜上来大家立即吃了起来，都饿了。外面早已华灯初上，闻道透过窗户看出去，大街上满是汽车红红的尾灯。西京市区上下班高峰期，太堵！陆珞竹问了问闻道项目销售的情况。闻道说那当然是好啊，又顺便问了下陆珞竹这个行情还能持续多久。陆珞竹想了想：“不可能有永远单边上行的市场。目前国内的房地产市场处于供不应求的状态，但随着需求的不断消耗，总会有一个拐点出现的，这就是供需达到均衡的那一个状态。如果未来出现供过于求的状态，那房价还会下跌。”闻道问那会出现供过于求吗？陆珞竹说：“目前我国的经济虽然高速增长，但从结构上看，主要依赖投资拉动增长。什么是投资？概括地说，投资就是牺牲现在的消费从而换取未来的更多消费。落实到生产上来看，投资必然会增加产能。当产能累积到一定程度，就会出现产能过剩。”陆珞竹夹了口菜接着说：“如果现在的经济结构不改变，那么未来中国一定会出现全行业的产能过剩，房地产也不例外。”

依依认真地听着陆珞竹讲话，似懂非懂，但她觉得陆珞竹说得很有道理。她突然问道：“陆教授，那你觉得现在大学生就业难也是过剩的体现吗？”依依心想自己找工作的时候就不顺利，现在她的师妹找工作更艰难，感觉就业市场的行情一年不如一年了。依依看新闻说，明年夏天全国将有700多万大学生毕业，号称"史上最难"就业季。陆珞竹说：“这个问题你还真问对人了，我前一段时间正好在做这方面的研究。”陆珞竹喝了一口水，接着说：“其实现在大学生就业难的问题，并不是一种绝对的劳动力供给过剩问题，而是一种相对的过剩，这是一种结构性的问题。”陆珞竹反问闻道和依依："我们一方面看到目前大学生找工作难这个现象的确存在，但另一方面我们也看到农民工、保姆就业很容易，而且现在新就业的大学毕业生的工资甚至比农民工和保姆都要低。这些是我们能观察到的现象，但你们觉得这反映了什么问题呢？""我觉得说明社会对农民工和保姆的需求比大学生多。"闻道觉得从供需来考察市场总是没错的。"依依觉得呢？"陆珞竹看着依依说。"嗯？哦，我想的和闻哥想的差不多……"依依有点脸红地低下了头，她刚才其实走神了，她太喜欢看陆珞竹分析问题时的样子了。

　　陆珞竹和闻道都笑了起来。陆珞竹接着说："这确实反映了我国经济的结构问题。长期以来，中国经济的增长方式创造更多的是生产性岗位，给农民工提供了大量的就业机会，而即使是在经济增长形势较好的年份，大学生的就业岗位供给也不是很好。这说明，我们的经济结构还停留在比较低端的层次，所以就业市场往往出现农民工、技术工人的'用工荒'，大学生却出现了'就业难'的现象。中国的服务业增加值占GDP总量的45%，美国的这一占比接近80%，而服务业是大学生就业最多的领域。""那也就是说，大学生就业难主要是因为服务业没有发展起来？"闻道问。陆珞竹说："其实也不是说我国的服务业不多，而是现代服务业还发展得不够好。民以食为天，你们说我国的餐饮业发达不？但是像金融、贸易、咨询、顾问、设计等需要'白领'的行业发展得还不够好。加入WTO以来的这十年我国飞速发展以加工贸易为代表的制造业，成为了'世界工厂'，这需要大量的产业工人，俗称'蓝领'。而城市化的飞速发展又需要大量的建筑工人，这就是农民工。所以目前给人的错觉是技工和农民工比大学生还吃香。当然，近十多年来高校扩招，造成大学生毕业的人数大大增加，也加剧了这种供需不平衡的状态。"

　　陆珞竹说："前段时间我还专门去沿海城市做了调研。在沿海城市的工业园区，不少招聘大专甚至职业中专生的熟练技术工种月薪高达6000元，并长期招工。相反，能提供给大学生或更高学历的人的工作岗位却相对较少。就拿我自己装修房子时的装修师傅来说吧，那个电工师傅的收入最高，就是装修的时候改电线什么的。他多做几个项目，一个月收入两万多元。这可是纯收入哦，还不交税的。"依依吐了吐舌头。陆珞竹接着说："'Made in China'体现了中国制造业的全球性地位，也反映出

— 145 —

我国产业发展现状所决定的对技能型人才巨大的需求量。所以高校毕业生的就业困境其实就是这个就业的结构性矛盾的突出体现。"

"那这种情况会一直持续下去吗?"依依关切地问。"当然不会啦,我们国家经济的发展不可能永远靠低端的加工制造业和城市化的投资来推动啊,到一定程度必然会转型的。经济结构的转型和升级才是从根本上解决大学生就业难的必然要求,不过可能在较短时间内这种供需矛盾都还会存在。"陆珞竹说道。"哎,好难……以前的大学生被称为天之骄子,毕业不愁找工作学校包分配,为什么我们都赶不上好时代啊?"依依感叹道。陆珞竹和闻道都笑了起来。闻道说:"你现在的工作不是挺好的吗?正在逐渐走上正轨。"陆珞竹也说:"就是,不要气馁嘛,每个时代都有那个时代的特征,有危机也有机会。我也觉得你现在发展得挺好的啊,加油!"他们三人一起笑着碰了下杯。陆珞竹不喝酒,一是酒精过敏,二是据说酒精会降低智商。所以他们点的是一种无醇的起泡葡萄汁,反正不论从瓶子的外观还是液体的颜色都和红葡萄酒差不多。"来,祝依依工作顺利,也祝闻总的项目大卖!"陆珞竹说。"祝陆教授论文发顶级期刊,股票天天涨!"闻道说。"这个我喜欢!"陆珞竹说。"祝陆教授身体健康!工作劳逸结合嘛。"依依也说。"你看依依多会关心人啊?哈哈哈!"闻道调侃道。三人都笑了起来。

第三十一章

心动就像过山车

　　陆珞竹、闻道和依依三人边吃边聊着天，这顿饭吃得还有点久。依依问道："陆教授，你说现在什么行业最赚钱呢？"陆珞竹思索了一下说道："你这个问题不太好回答，一般来说任何行业的老板都比打工赚钱。所以我只能从行业的平均工资来回答你的问题。""对对，我就是这个意思。"依依说。陆珞竹拿起酒杯，把里面的无醇起泡葡萄汁摇晃了一下，喝了一口，说道："我前段时间和一家招聘网站一起做了一个调研，所以比较清楚现在西京市各个行业的薪酬分布情况。"闻道的兴趣也来了，说："快，说来听听！""你们都是在准备跳槽吗？"陆珞竹笑道。闻道嘿嘿笑道："了解一下行情嘛。"陆珞竹说："专业服务和咨询行业是平均薪酬最高的，就是财会、法律、人力资源这些。""那就是律师事务所、会计师事务所这些吗？"依依问，她想起她有个同学毕业去了四大会计师事务所，起薪都是8000多元。"是的，这些行业从平均来看收入的确很高。"陆珞竹回答。

　　"那陆教授，我卖房的时候觉得西京的人都像不差钱一样的，而且平时路上看到各种豪车也多，到底西京的收入水平在全国来看如何呢？"闻道问了一个非常专业的问题。"西京的收入水平还真不算低，平均月薪差不多在全国前十的位置，大概5000元出头的水平。上海的平均月薪最高，7000多元。北京和深圳紧随其后，接近7000元的水平。"陆珞竹说。"我拖后腿了。"依依噘着嘴说。"你哪里拖后腿了呢？你转正以后不正好

5000元吗？而且还没算销售的奖金。"闻道反驳她道。依依有点小调皮地说："人家说的是拿到手的嘛，而且这奖金不是还没发吗？"陆珞竹说："我说的可是税前工资哦。"依依微微吐了下舌头。闻道说："陆教授，你说咱西京的平均收入没比北上广深低多少，但房价可比他们便宜太多了啊，那他们那儿的人们日子可咋过呢？""这的确是个问题，所以说西京比较宜居呢。和西京平均薪酬相近的很多城市，比如南京、厦门等，房价都比西京高很多的。"陆珞竹说，"当然也不能光看平均薪酬，决定一个城市房价的因素有很多，比如经济规模、人口数量、城市面积、外来人口比例、产业结构，甚至地形地貌，等等。不过总的来说，在一个房价不高而平均收入较高的城市生活，性价比是很高的。"

　　依依问："陆教授，那是不是真的学历越高收入就越高呢？""你觉得硕士毕业生找工作相对于本科毕业生找工作如何呢"陆珞竹笑着反问依依。依依很高兴陆教授还记得她是硕士毕业的，想了想说："我大四时主要在准备考研，没有主要把精力花在找工作上，感觉可能差别不是很大吧。"陆珞竹说："这个问题的确个体差异很大：有本科生找到七八千的，也有硕士生找两三千的。但是从平均数据来看，硕士的收入是最高的，这个不仅在国内，在国外也一样。""那博士呢？难道硕士的收入比博士还高吗？"依依不解地问。"是啊！博士的收入应该更高吧？"闻道也问。陆珞竹笑着说："不知道你们听说过一个说法没有，叫做'读博穷三代，科研毁一生'。哈哈……"闻道和依依都笑了起来，闻道说："这个说法我倒是没有听说过，但是我听说过'摄影穷三代'的说法。""差不多嘛。"陆珞竹接着说："读个博士要花少则三年，多则五年的时间，虽然多学了东西，但是也少了很多工作经验的积累，这就是时间的机会成本。从国内外就业市场的大量数据可以发现，硕士是学历和工作经验最平衡的一种学历，所以不仅在国内，在国外也具有最高的平均收入。"

　　"以前不都是说学历越高越好吗？"依依问。"以前还真是这样。"陆珞竹说，"但是现在的企业都很实际。用人单位的招聘观念由以往'重学历'到'重实用'的转变也是促成就业率与学历'倒金字塔'现象出现的重要因素。读了博士以后，除了工作经验不足以外，普通企业不需要用到多么高深的知识，这也限制了博士的就业面。当然，科研院所、高校这些地方很多时候博士是门槛条件，所以这也不能一概而论。"闻道问："您刚才说的这个'倒金字塔'现在是普遍现象吗？""也不能说普遍，但还的确比较常见。学历越高，就业率越低，这肯定不是一个好现象。就业供求结构失衡、毕业生择业心理预期不同、企业招聘趋于理性化等都已经成为了助推这一现象的主要因素。一些企业反而更倾向于招收本科毕业生。不少企业从职位需求角度认为本科生已经能满足岗位本身的要求，而学历越高，招工成本越高。"陆珞竹说，"我经常给我的学生说要注重研究的实用性，指导他们写论文时也尽量做一些和社会生活结合比较紧密的选题，而避免研究一些较空的题目。当然社会发展也需要基础理论的推动，但就我们这个财经类的专业来看，总的来说还是实际一些的研究更好，毕竟学生都有现实的就业压力嘛。现在受全球经济环境影响，国内大型企业招聘需求明显下降，而中小企业高精尖技术岗位偏少，销售、基层管理等通用类岗位偏多。用人单位推出的岗位质量不高、规模不大、待遇偏低、压力较大的情况普遍，大学生们就业主动性和稳定性都有所下降。"陆珞竹喝了一口饮料接着说道："现在很多学生考研其实是被动的考研，是想回避一下暂时的就业困难，也许等毕业以后经济形势会有好转。这样做当然有道理，但经济结构转型非朝夕之功。所以与其寄希望于宏观环境的改善，不如努力让自己去适应当前的环境，提高自身综合素质。"

　　时间不早了，他们三人准备回家。陆珞竹把单买了，闻道也没和他抢，毕竟今天是他约的嘛，这也是一种礼貌。依依住的地方在陆珞竹回家的路线上，所以陆珞竹送她更顺路一些。下楼各自取车后，闻道就自己开车走了。陆珞竹把依依带到车前，为她拉开了副驾驶的车门。真绅士！依依心想。陆珞竹今天开的又是那台特斯拉纯电动轿车。一上车，依依就说："哇！好大的屏幕。"确实，这就是这车的特点之一，中控台有一块硕大的立式屏幕，占了很大面积。陆珞竹一边发动汽车一边说："当时买这车就是看中了这块屏幕，可以一边开车一边上网看股票。当然，我是在等红灯的时候看哈。虽然这车有一定的自动驾驶功能，但人还是专心开车更把稳一些。这不仅是对自己负责，也是对别人负责。""怎么个自动驾驶法呢？"依依好奇地问。陆珞竹用手指了一下后视镜那里的摄像头说："这里有一个摄像头，在车头的正前方还有一个红外扫描器，可以探测到前方的人或车。然后在车头和车尾的左右都有雷达，以及车道偏离报警等功能。但我觉得这些还是辅助驾驶的功能，主要还是得靠人自己开车，毕竟道路上的情况是瞬息万变的。"

缓缓驶出停车场，此时的街道已经很空旷了，依依坐在车里觉得非常安静。"那您现在是两辆车换着开吗？"依依第一次单独和陆珞竹坐得这么近，有点紧张，这话她自己都觉得问得有点没话找话。"我其实现在进市区的话一般都喜欢开这辆车，纯电动嘛，低碳环保，现在咱们西京的空气已经够差了，作为一个非重工业城市，还经常上全国城市空气污染排行榜的前十名，也真是醉了。"陆珞竹回答道。这个陆教授说话还挺潮的，真有趣，这句"真是醉了"可是现在很流行的网络用语啊，依依心想。"想听点什么呢？我这里有流行歌曲，也有钢琴曲，当然，你要听电台也可以。"陆珞竹问。"钢琴曲吧。"依依头脑有点懵，随口说了句。"好品位！我这里有李斯特的钢琴曲。说起钢琴曲，人们一般喜欢听莫扎特的，但我偏偏喜欢听李斯特的，有一种别样的情怀在里面。当然，肖邦我也喜欢，维也纳也不要那么悲伤嘛，哈哈。"陆珞竹微笑着说。钢琴曲的声音缓缓响起，陆珞竹安静地开着车，没再说话。"陆教授，您平时忙吗？"就这样坐了一会，依依打破了沉默。"反正就是天天在家写东西嘛，有课的时候就去学校上课。"陆珞竹回道。"还要炒股！"依依笑着说，她想起陆教授家里的显示器阵列。"对，对！一边写东西一边看股票嘛，也不是随时都需要操作。所以每个交易日的下午3点以前我都不想出门。"陆珞竹也笑了起来。

"陆教授，能讲讲您以前的女朋友么？"依依小心翼翼地说。她也不明白为什么她这么想知道这个问题的答案。这一次，陆珞竹没有像上次一样眼中闪过一丝尴尬，可能大家都很熟了吧。陆珞竹平静地说："以前我交往过一个女孩，我以为她是我的女朋友。但后来她告诉我她有一个女朋友，所以不能和我在一起。我用了很多办法也没能改变她的取向，所以只好作罢。我出国读博可能也算是一种逃避吧。这10年来我一直忙于学习和工作，你说我一天十几个小时对着电脑，哪有时间去谈恋爱嘛。其实以前也给你提到过，我也希望遇到自己的灵魂伴侣，可能她还没出现吧？"陆珞竹顿了一顿又说："其实这事对我的打击挺大的，我一般不想提这事。后来我看了很多感情经验、爱情鸡汤之类的书，我觉得现在我都快成情感专家了。以后你有什么感情问题可以找我咨询。"陆珞竹挤出一个笑容，说："我的故事简单吧？其实也没什么好说的。"依依听完后觉得，这个故事，太复杂了！

很快就到了依依家楼下。距离太短！此时如果能堵一下车，其实也挺好的。陆珞竹靠边停好车，看了看依依小区的门口有一点暗，说："上去要注意安全哦。""嗯，没事，里面有保安的。谢谢陆教授送我回家！"依依说。"没事啦，我反正顺路。"陆珞竹说。"那您也早点休息。"依依说罢打开车门，又补了一句，"到家了给我发条消息。""好！"陆珞竹微笑着说，目送依依下车向着小区大门走去。

话说闻道想到让陆教授送依依回家就忍不住发笑，以后要多给他们制造点机会单独相处！哎，不知道糖糖现在在做什么啊？又在哪里"飞"呢？只要闻道知道糖糖在哪个城市，他都会马上查一下当地的天气，看看气温是多少度，有没有大风暴雨之类的恶劣天气等。虽然他随时都想给她发信息，但还是觉得不要打扰她太多，就这样安静地关爱着她就好。不打扰就是我的温柔，不是吗？当然，他随时都要掏出手机或电脑刷下糖糖在社交网络上发的状态，那是必须的。想着想着闻道就打开了糖糖的页面，一看，哟，她发了一条"万米高空的思念。"下面配了一张从飞机机舱拍出去的有云的画面。这是用手机飞行模式拍的？不是飞机上连飞行模式都不让开的吗？先不管这个了，闻道看到这条信息很激动，是糖糖发给他的吗？于是闻道用颤抖的双手给糖糖发了一条短信，说："我自作多情的问一句，你是写给我看的吗?"然后闻道又发了一条："很想你……"

过了许久糖糖都没回，闻道都准备洗了睡了。突然糖糖给他回了一条："你自私！"闻道傻眼了，她不是发错人了吧？没想到糖糖又发了一条来："真想不理你了！"这下闻道可真的傻眼了！心情瞬间从山顶跌到了山谷。这必须得问清楚啊！于是闻道给糖糖回了一条："我怎么么嘛？我哪里自私了？"一边发闻道一边在想，自己没做什么啊，怎么会和"自私"二字沾上边呢？而且自己为了糖糖愿意付出一切，这可真的是真心

第三十一章 心动就像过山车

— 151 —

话啊，他又怎么可能会自私呢？这可太冤枉自己了！过了一会，糖糖回道："你和你的前妻有两年之约，你让我怎么办？你不仅对你的前妻自私，对我也自私。""我哪里对你自私了??"闻道回到，用了两个问号。"守在你的关爱里，我就无法前进。"这下闻道彻底傻眼了，不知道该怎么回她了。

第三十二章

公交车惊魂

糖糖的话让闻道如遭雷击。震撼之余,他却又无法反驳。正好公司要安排人到外地出差考察楼市,闻道便主动报了名。本来闻道是不喜欢出差的,哎,当散心吧。公司组织了一批人去青岛考察,据说当地同行有很多值得学习的做法。这次考察由公司负责销售的副总裁,也就是闻道的直接上级,小牛总带队。据传小牛总是公司董事长大牛总的亲戚。虽然小牛总经常否认这层关系,但这个姓无疑就出卖了他,要不然大伙儿也不会大牛总、小牛总的叫了。小牛总这人,怎么说呢?他继承了大牛总喜欢女人的特性,但相比于大牛总喜欢追求出名的女人而言,小牛总更"亲民"一些。闻道早就觉得他对依依有意思了,所以这次特意给依依安排了很多事情做,不让她一起来。依依还噘了下嘴。哎,她以后就知道自己的良苦用心了,闻道想。小牛总除了好色以外,还特别贪财。由于董事长大牛总专门安排小牛总负责营销相关的签约,包括广告投放的媒体和合作的广告公司什么的,这让自己没有一点油水可捞。上次墓地闹鬼那事儿,闻道引荐了一个网络推广公司的白总和他签约。后来白总私下向闻道抱怨说:"你们那个小牛总索要回扣太狠了!如果不是想到你们的项目大以后单子多,真不想和他合作!"闻道听罢只能耸耸肩。

闻道要出差一周左右的时间,如果小牛总玩高兴了,估计还得再延一周。闻道走后,依依只有自己先坐公交车再坐班车了。依依以前搭闻道的车还不觉得累,现在连续挤了几天公交车才体会到上班远了确实很辛苦。其实坐公交车本身挺好的，低碳环保，但在上下班高峰时段坐公交那就是另外一回事了。第一，上下班高峰期，街道上特别堵。虽然宽一点的大道上都有公交专用道，但如果路口都堵死了，那公交车也过不去啊。所以在公交车站等公交车，而公交车能不能有规律的到达，就全靠运气了。经常坐公交的人都有这种体会，基本上是你要等哪路车，那一路车就总是不来，而你不等的车又一辆接着一辆的来。第二，即使公交车在你望穿秋水的注目中来了，你会发现在高峰期公交车基本上是趟趟爆满的，除非你是在始发站。于是，在一大堆等候的人群中，能不能挤上本来就已经拥挤不堪的公交车，这又得靠运气。如果你想保持矜持，那还是等下一辆吧。第三，当你终于挤上了公交车之后，真正的考验才开始。先找地方抓紧站稳，然后祈祷不要遇到两种人。第一种人当然是小偷，这几乎无处不在，公交车上特多。稍微一不注意，你的包就被划破了，手机不翼而飞，钱包会在某个公共厕所的下水道出现。运气好的时候小偷会打电话给你让你拿钱去换回身份证等证件。第二种人，就是让众美女闻风丧胆的变态吧。挤一下摸一下的"咸猪手"都算普通了，运气不好的涂抹胶水在你的秀发上。看来现在的社会压力的确太大了一些。总而言之，在非高峰期坐公交那不仅低碳环保，还可以体会一座城市的美。但如果在高峰期坐公交，那真的是靠运气了。所以说很多并不是很富裕的人也非要买一辆车去添堵呢，至少，你有一个属于你的私人空间吧。

这天晚上，依依稍微加了一下班，坐班车到市区已经9点了，幸好公交还没有收班，要不然就得打车了。坐上高架的快速公交，终于不挤了，依依找了一个座位安静地坐着。不知道闻哥在青岛怎么样？总觉得他心事重重的，而且还日益严重了。这次他回来一定要好好问问他。闻哥是个好人，希望他能过得快乐。坐了一会，突然一声巨响，公交车的一扇窗户破碎了，玻璃溅得到处都是。公交司机立即紧急刹车，乘客们前俯后仰的，好几个人还摔倒在了地上。大家惊魂未定，待车停稳，发现一位中年妇女捂着头倒在地上，血正从额头流出来。大家马上叫了救护车。只见地上有一个巴掌大的鹅卵石。难道是其他车辆驶过碾压激起的飞石吗？公交车车窗玻璃被砸的一边靠外，而外侧没有车辆通过。大家都怀疑是人为破坏，有人故意扔石头砸了公交车。于是大家又报了警。

等救护车赶来把那位受伤的中年妇女接走以后，警车也赶到了。于是警察叔叔给车上的乘客做了笔录。"当时天很黑，只听得到声音，根本看不清楚飞石是从哪来的。""当时右侧后门的玻璃破碎成网状，出现了鸡蛋大小的洞。"大家七嘴八舌地说。依依也做了笔录，说她当时正在想事情，突然就听到"砰"的一声响，然后司机就急刹车了，幸好她抓了扶手，要不然头肯定碰到前面的座位去了。做完笔录都10点半了，受伤的公交车还能开动，时间也晚了，所以司机还是继续开，把大伙送到站，但是就不继续上客了。

依依回到家，还觉得惊魂未定。是什么人会向公交车扔石头呢？刚才进小区的时候，依依看到物管在单元门口贴了通知，说近期在西京多个小区都有人尾随单独行走的女性进入电梯抢劫和施暴的，让大家注意安全。依依不禁打了一个冷战，这个小区该不会有吧？晚上睡觉的时候，依依老觉得那个落地的推拉窗外有人影晃动，害得她把灯开了一晚上，人也没有睡好觉。

过了几天，依依渐渐淡忘了那件公交车的事。这天下午，依依突然接到一个陌生电话，居然是派出所打来的。原来那天依依做了笔录，留了电话，这是派出所的警官来通报案情进展的。这么快就破案了！依依不禁感叹警方破案的神速。原来这几天警方在那天公交车被砸的现场附近埋伏，看到一个男子向公交车扔了石头以后快速离开，便将其抓获了。据说，该男子是因为没有找到合适的工作压力太大，于是扔石头发泄。依依不免感慨。正好闻道打电话来问工作上的事情，依依便向他大概说了这事。闻道也很感慨，不过好在依依没事。依依又给闻道说了一下她小区的那个告示，闻道说要不你在阳台上装一个报警器吧，这样如果真有人爬上来马上就会响，可以把坏人吓跑。依依说好啊，但怎么安装呢？闻道问依依还记得上次去陆教授家看到的那种红外线安防系统不？依依说好像有点印象。"那你去问问陆教授吧？你有他的电话嘛？或者我先给他说一声也可以。"闻道说。"噢，不用麻烦你，我自己给他打电话就好了，我有他电话的。"依依说。挂了电话，闻道怎么觉得自己都想笑呢？抑郁的心情好像也好了一些。

第三十三章

单身是会上瘾的

公交车被石头砸的事情算是暂时告一段落了，但是小区的告示还贴着，这让依依很有心理阴影。每到夜晚，看着窗外摇曳的灯影，总让她心里觉得不踏实。你说现在的电梯公寓，不装防盗护栏吧，小偷轻易就能从外面爬进来。装了吧，又确实很影响美观。而且这是出租房，房东才懒得给你装呢，他还要增加成本。此外，像这种落地的推拉式门窗，也很难装防盗窗啊。依依每天都把落地的推拉门关得很紧，但这样既不方便室内换气，心里也不踏实，毕竟和外面只隔了一层玻璃。依依想：这种户型在设计的时候考虑过住户的实际居住感受了么？虽然依依反复对自己说"不会有事的，不会有事的"，但是几天下来，依依觉得自己都有点神经衰弱了，老是睡不好觉。依依想到闻道说的陆教授家安装的那套红外线安防系统，于是想问问陆教授在哪里可以买到。

这天上午，依依终于鼓起勇气给陆教授打了一个电话。不知怎么的，她有点不好意思和陆教授单独联系。"陆教授，您好！我想向您咨询一下您家里安装的那套红外线安防设备的事。您现在有空吗？"依依说。"我有空啊。依依，你怎么了？"陆珞竹关切地问道。于是依依大概给陆珞竹说了一下情况。陆珞竹问道："依依，你的房间是什么形状，有多大面积呢？"依依说："就是30多平方米的单间嘛，一个落地的推拉窗，外面是一个小阳台。""明白了。你下午几点下班呢？大概多久能回家？"陆珞竹问道。"我们可能要6点才能下班，回到家估计7点过了。我得先坐班车再坐公交。"依依说。"要不这样,我白天帮你把设备买好,今晚就来给你安装。"陆珞竹说。没想到陆教授的效率这么高,但他可是大忙人。"这样会不会太耽搁您的时间了啊?"依依问。"没事的,你这比较急嘛。不如我到你班车下车的地方等你,接了你然后再送你回家,这样更方便一些。"陆珞竹说。于是依依把班车下车的地点告诉了陆教授,双方就挂了电话。

快7点的时候,依依坐的班车才到达市区的上下车点。路上很堵,依依有点焦急的不时看看手表。陆教授可是大忙人,这次可让人家等久了啊。一下车,依依忙问陆珞竹在哪儿,陆珞竹说他在旁边的一家星巴克咖啡厅。陆珞竹从落地的橱窗看见依依走过来,高挑的身材、飘逸的长发、精致的脸庞,让人看得也是有些醉了。陆珞竹推门走了出来。看着陆珞竹拿着一个纸杯装的咖啡,依依笑着问:"陆教授,这儿的咖啡怕没有您自己做得好喝吧?"陆珞竹看了看手里的咖啡杯,轻微的耸了耸肩说:"确实……""陆教授久等了吧,真是不好意思啊……"依依说。"没事的。设备我已经买好了,但如果要等到别人上门安装的话,最早都得明天了,而且你又在上班。所以我带了工具,待会我自己给你安装好就是了。"陆珞竹说。"啊……那可真是太麻烦您了啊!安装这个危险吗?"依依心乱如麻,这真是太麻烦陆教授了。"很简单的,就是要在墙上钻几个孔,其他就是一些简单的设置。"陆珞竹接着说,"刚才我实在找不到地方停车了,就把车停在了旁边的一个商场的停车场里。要不咱们先去吃饭吧,这个点儿街上正是堵得最厉害的时候,我们吃了晚饭再回去正合适。""好啊,那我们去哪里吃呢?"依依问道。陆珞竹看了看旁边,说道:"要不咱们去那家吧,看起来还不错。""好!"依依回答。于是两人向着旁边的一家餐厅走去。

一边走着,依依一边说:"陆教授,这顿饭可一定要我来请啊,今天可真是太麻烦您了!"陆珞竹微笑着说:"行!"二人来到餐厅门口,迎宾的礼仪小姐把他们带到电梯门口,说道:"请上三楼。"这里装修得还有点金碧辉煌的感觉。陆珞竹说:"早知道我就直接把车停到这里来了,这家餐厅门口有停车位。不过也没什么,待会我们就当散步走回去开车就是了。"依依说"嗯!"出了电梯,又有服务员把二人带到用餐区,二人选了一个卡座。没有靠窗的位置了，二人就找了一个靠墙的位置。这是一家中餐酒楼，装修还比较有档次，适合拿来做婚宴。服务员拿来菜单，依依说："陆教授，要不还是您来点菜吧？""行，那我就不客气了。"说罢，陆珞竹接过菜单。现在稍微好一点的餐厅都用 iPad 来点菜了，非常流行。陆珞竹大概看了一下，这家店的菜还有点小贵呢，动不动都是两、三百的菜品。"要不我还是按照凉菜、热菜、汤和小吃来点吧？"陆珞竹问依依。依依笑着说："好啊！我都可以的！"于是陆珞竹点了一个凉拌菜，两个热菜，一份小点心，然后给两人各点了一小盅汤。"我点了山药炖排骨汤，天冷给你补一补。"陆珞竹微笑着说。依依对这份菜单很满意。其实陆珞竹都挑的比较便宜的家常菜，总不能让人家小姑娘请客请得心痛嘛，哈哈。

酒楼里空调开得挺热的，二人都把外衣脱了。依依还穿着一件毛衣，但陆珞竹只穿了一件衬衣。依依留意到陆珞竹好像挺喜欢穿衬衣的，都是那种英式修身风格的，而且每次见到他绝不重复。依依知道这种衬衣的式样叫 extra slim fit，即紧修身型，身材稍微偏胖一点的人是穿不上去的。"陆教授，您是'衬衣控'吗？好像每次见到您时您都穿着不一样的衬衣。"依依问道。"我有吗？哈哈，也许吧。"陆珞竹笑道。"您一定有很多衬衣吧？"依依继续问道。"我想想呢？其实我也没有仔细数过，但估计几十件还是有的吧，哈哈。"陆珞竹笑着说。依依觉得虽然陆教授平时看起来都是酷酷的，但其实熟了之后还是有些萌的，特别是他在说"哈哈"的时候。他虽然总体来说话不多，但说的话都是那么真诚。要是自己……唉……

二人边吃边聊。依依突然问了一句："陆教授，那您这么多年就一直没有遇到过让您心动的女人吗？"问了之后依依又觉得有些唐突，便补了一句："我是随便问问哈，如果您不想回答就算了，咱们继续吃饭吧。"陆珞竹停下筷子，说道："可能单身是会上瘾的吧。一个人时间长了，久而久之就会变成习惯。会懒得恋爱，对爱情越来越挑剔，对朋友越来越重视，比以前更珍惜亲情，更爱父母，会越来越喜欢听歌，或者做自己喜欢并且能让自己专注的事情。对所有的节日大多没什么期待，觉得日子过得无拘无束且自由自在。这样不也挺好的吗？"依依没有再问。她其实也不知道她心中希望陆珞竹怎么来回答这个问题？"那您……现在是还在想着您交往过的那个女生吗？你们还有联系吗？"依依心想反正都问开了，干脆再把那些她一直想问的问题都问出来算了，陆教授感觉还是一个非常好说话的人。

这一次，陆珞竹完全放下了筷子。完了，依依心想，陆教授肯定是生气了，准备好道歉吧！"哎……"没想到陆珞竹叹了一口气，说："其实我一直不想再提起她。已经都这么多年过去了，我现在觉得很平静了，当年心中确实是波涛汹涌的。这事其实对我造成了很大的伤害，我甚至曾经还去看过心理医生。记得那个医生说：'时间终会冲淡一切，那些爱恨情仇，最终都会消散在风中。'我觉得他的话说了等于没说啊。后来那医生又说：'忘记一个人最好的办法，就是爱上另外一个人。'这句话我觉得还稍微靠谱一点。有时我觉得我可能没勇气再爱了，心死了。"依依小声地说："那应该也有很多人爱慕您吧？"依依此时不觉脸红到了耳根。陆珞竹被她突然的娇羞给弄懵了，一下子释怀了，说："倒是经常都有人给找介绍对象，有些我实在推不开的关系，我也去相过几次亲，但实在找不到感觉，爱不起来。为了不耽搁人家，我也没有继续发展下去。而且你也看到了，我确实很忙，真没时间去谈恋爱啊。""好吧……"依依心里很感谢陆教授对她这么坦诚，这些可都是心里话啊。"我只知道她在上海。没有联系了，也没必要再联系了。有时不打扰，也是爱的一种表现。"陆珞竹说。这句话让依依听了觉得感觉很复杂，五味杂陈的，难道他还爱着她？陆珞竹好像也觉得这句话没说对，忙补充道："我意思是说，爱不是占有，而是让对方过得更好。"这句话依依非常认同。她想到自己的男朋友，唉，说不出来的味道。依依小心翼翼地问陆珞竹说："陆教授，那你这么多年都一个人，会觉得'空虚寂寞冷'吗？"陆珞竹知道这是现在网上流行的说法，微笑着说："我借用《百年孤独》里的一句话来回答你的这个问题吧：生命中曾经有过的所有灿烂，原来终究，都需要用寂寞来偿还。""哈哈……"随后两人都笑了起来。

"陆教授，如果当年你们没有分开，我想你们一定都在一起幸福的生活了。就像您刚才所说的，既然您为了她的幸福甘愿放手，那您自己也应该走出来寻找属于自己的幸福啊。"依依说道。"我走出来了啊，早走出来了。这些年我还看了很多情感方面的书呢，快成半个情感专家了，哈哈哈！"陆珞竹笑道。"A man can fail many times, but he isn't a failure until he begins to blame somebody else."陆珞竹又说，"所以我从不抱怨她或是其他任何人，这些都是命吧。""真的吗？那我可要考考您哦！"依依看到陆珞竹笑了起来，她也很高兴。"欢迎！你想问什么？今天咱们就来上 lesson one。"陆珞竹说道。"哎哟，陆教授您上课我可是请不起的啊！"依依知道陆教授给商学院讲课是以美元计算课时费的，这是听闻道说的。在西京业内关于陆教授的传说有很多。依依还听闻道说过，有传闻说陆教授在美国读书时，还有中东地区石油国家的公主追求陆教授，想招他回去当驸马，但被陆教授婉拒了。后来闻道还向陆教授求证过这事，陆珞竹说这也太夸张了，他从来没有过阿拉伯国家的同学，印度同学倒是不少。"你今天不是要请我吃饭吗？正好我给你讲课了啊，哈哈。"陆珞竹说。"好啊好啊！那我们今天讲什么呢？"依依有点兴奋起来了。"要不，我们今天就来讲讲同性恋吧。"陆珞竹说。

"啊？好突然的话题。"依依傻头傻脑地笑起来。"怎么？老师教什么，学生还挑来挑去的啊？"陆珞竹笑着问。"没有没有，陆教授讲的依依都爱听。"依依说。一股甜蜜的味道悄然而至。

第三十四章

安防系统

这时，服务员把账单拿了过来，依依拿过她的包准备付钱。突然，依依说道："遭了，我的钱包放公司了！中午付了盒饭的钱就忘了装回包里了……"陆珞竹微笑着说道："没事啦，我来付就是了。"依依尴尬地说："哎，太不好意思了……"陆珞竹说："真的没什么，幸好你的钱包不是掉在外面了。里面有证件吗？""有。"依依回答。"那明天一早去了就赶紧把钱包收好。"陆珞竹说。这时服务员问："先生，请问您是刷卡还是付现金呢？""刷卡吧。"陆珞竹打开钱包，拿出一张信用卡。服务员接过卡片看了一下说："先生，您的这张黑钻信用卡在我们这里是可以打折，可以享受8.5折优惠。""是吗？那正合适。"陆珞竹看了一眼依依微笑着说。依依这时只能不好意思地笑了一下。

二人出了餐厅，走了一小段路才到旁边商场的停车场。今天陆珞竹开的是那辆鱼子酱色的捷豹XJL。依依笑着问他今天怎么没开电瓶车呢？陆珞竹笑着说昨天忘了给电马儿充电了。来到依依家楼下，都快晚上9点了。陆珞竹找了一个地方把车停好，从后备厢拿出一套红外线安防设备，和一个小工具箱，就和依依一起上了楼。这里是类似酒店的走廊式布局，进进出出的人其实对住户的影响挺大的。但这也没办法，价格和品质只能取一个平衡吧。依依打开门，领陆珞竹进了门。进到屋里，依依慌忙把被子整理好，早上出门急了没有理。边理依依边说："热烈欢迎陆大教授光临寒舍，这里和您的大别墅可没法比啊。"陆珞竹笑着说：

"房子不论大小，也就是一个睡觉的地方罢了，最重要的是要有家的感觉。"环顾四周，这里除了一张双人床，一个小沙发和一个小茶几以外，好像也没有其他什么家具了。电器就一个挂在墙上的电视，可能就32寸那种。此外进门那儿有一个电磁炉和小冰箱。幸好还有一个空调，不然依依天天晚上不开门不开窗的可太难受了。

"陆教授，我去给您烧点水喝哈。"依依说着去拿电水壶烧水。"好的，谢谢。"陆珞竹说着打开安防系统的包装盒子，拿出一套装备出来。根据依依在电话里描述的情况，陆珞竹配置了6个设备，包括3个广角式红外发射器和一个幕帘式红外发射器，以及2个门磁。当然，还有一个系统的主机和警报器。陆珞竹一边看说明书，一边组装和调试着设备，这6个设备都需要先和这个主机进行匹配才行。看着陆珞竹在那忙，依依的心里突然涌出一股暖意。都说男人专注地做事的时候最迷人，依依似乎看得有点发神了。接着，陆珞竹又变戏法式的拿出一个手机卡，插入到了主机后面的一个插槽中。他对依依说："这个主机需要接一个手机的GSM卡，这样你不在的时候如果报警，这个主机会自动给你打电话，播放你预先设置的语音。你可以看着说明书多操作一下。""嗯嗯……"依依也觉得自己刚才有点失态了。这时水烧开了，依依忙给陆珞竹倒了一杯水。

陆珞竹开始安装了，他在进屋的大门和靠阳台的推拉门处各安置了一个门磁，只要门磁没有合上，就会触发警报。这个门磁可以用双面胶条粘在门框上，所以安装最简单。接着，需要安装红外线发射器，这个当然直接放地上也行，但如果要保证最好的效果，则最好安装在离地约2米高的地方并朝着斜下方向。这个就需要用电钻了，稍微麻烦一些。但问题是够不着，需要垫高才行。幸好依依家还有一个小凳子，陆珞竹站上去勉强够得着。依依怕陆珞竹摔着了，过来扶着陆珞竹的腿。陆珞竹说："依依，我要开始钻孔了，你把头转一边去，有灰。"依依听话的把头转了过去。陆珞竹钻了三个孔，然后把膨胀螺钉敲了进去，接着就可以把幕帘式红外线发射器用螺钉安装上去了。接着陆珞竹又打开推拉门来到阳台，在两边墙上各安装了一个扇形的红外线发射器。最后一个好像有一点多余，但陆珞竹还是把它安装在了室内对着进屋的大门那个位置的墙上,说是双保险。

这就安装完了!"看吧,真的不复杂。"陆珞竹边说边揉眼睛。"怎么了?"依依连忙关切地问。"好像眼睛进灰了。今天我也大意了,我家里有个防风护目镜,今天忘带了。"陆珞竹回答。依依笑着说:"哈哈,你家里的这些小玩意儿还真多。来,我给你看看。"依依让陆珞竹在沙发上坐下,然后让陆珞竹把眼睛掰开看看。"好像是有点粉尘。"依依弯下身子看了看说,他看到陆珞竹的眼眶里都要有眼泪水出来了,一下觉得心疼。"别动哈,我给你吹吹。""嗯……"陆珞竹"嗯"了一声算是回答。依依轻轻地向陆珞竹的眼睛吹了一口气,然后又吹了一口。她觉得自己很紧张,呼吸都急促了起来,她也能感到陆珞竹的呼吸也有一些急促。这气氛……"好些没?"依依问。"好像好些了,你可真厉害。"陆珞竹转了转眼球说,"没事,我回去点下眼药水就好了。"吐气如兰,陆珞竹的头脑里想到了这个词。

"来,我给你演示一下这套系统怎么操作吧。"陆珞竹说。"好啊!"依依也很高兴。陆珞竹带着依依走到阳台的推拉窗那里,对依依说:"你的这个阳台是布防的重点,因为这里最容易被人爬上来。"依依嘬了一下嘴,表示担心。陆珞竹接着说:"因为贼可能从这边也可能从那边爬上来,所以我在两边都设置了一个扇形的红外线发射器,只要有人来,必然会触发警铃。"陆珞竹走进屋,指着这个门磁说:"假设那人设法从外面把那两个发射器都破坏了,他只要来开门,这个门磁一开,警铃一样会响。这也会提醒你不要忘了关门。再万一他敲碎你的玻璃进来,这个安装在室内的幕帘式的红外线发射器也会让他无处遁形。"陆珞竹又指了指进屋的门,说道:"大门那边的情况也差不多。"依依不停地点头,觉得这些真奇妙。陆珞竹又说:"当然,我们的首要目的是把坏人吓跑。所以我把报警器放在靠推拉窗这里,要争取让坏人刚爬上阳台,警报器就响,一般来说他就会被吓跑了。""嗯嗯,就是,可千万别进来……"依依担心地说。

接着,陆珞竹从包装盒里拿出两个像是钥匙扣一样的东西,说道:"这是遥控器,其实主要就是布防和解锁这两个功能。来试试?""好!"依依兴奋地说,她也想看看这套设备的效果,很期待啊。陆珞竹按下遥

第三十四章 安防系统

— 163 —

控器上的"布防"按键,由于二人就站在推拉窗边上,所以立即触发了警报。只见红外线发射器一闪红光,然后同时警报器就呜呜呜地响了起来。响声之大,让陆珞竹都觉得刺耳。只见依依"哇"的一声,扑到了陆珞竹的怀里,她被这警报器的声音吓到了!陆珞竹慌忙按下"解锁"键,让巨大的警报声停了下来。"不好意思,我刚才忘了调整音量了……"陆珞竹说。"嗯……就是,响声好大……"但问题还不仅仅是那个巨大的铃声,而是依依还在他的怀里,淡淡的发香飘进他的鼻中,而他的手不知道该往哪里放……于是陆珞竹轻轻地拍了拍依依背上披肩的秀发,轻声说:"没事,我把音量调小一些就可以了。""嗯……"依依也轻声说。

陆珞竹走到安防系统的主机前,调小了警报器的音量。然后陆珞竹说:"这下好了。"陆珞竹看了看表,说:"额,时间不早了,我得回去了,我还有点东西要写……""我在说什么?"陆珞竹心里在说。"好吧,好像是不早了,今天耽搁你太多时间了,真不好意思……"依依一边送陆珞竹出门一边说。"没事。你知道怎么用了吧?"陆珞竹已经走到了门口。"知道了。改天一定要请你吃饭啊!"依依说。"好啊!今晚你可以好好睡了。记得还是要把门关好。再见!"陆珞竹回头看了一眼依依,就走了。"再见!"依依关上门,觉得心跳得很快,这就是所谓的心如鹿撞吗?

陆珞竹来到车上,收到一条依依发来的短信。依依说:"你真好!到家给我发条信息哈。"陆珞竹深呼吸一口,回道:"我以前以为我的心已经死了。不知道还能不能活过来。""好好开车。"依依回了一条。陆珞竹发动汽车,驶入了夜色之中。他打开天窗,让冷风吹了进来。今天月亮还不错。

第三十五章

应酬

闻道和小牛总一行从青岛考察回来了。据说他们这一次考察最大的收获，就是看到有楼盘的售楼部请穿比基尼的模特来迎宾。一看到依依，闻道就关切地问："怎么样，你家里装安防设备了吗？""都装好了，陆教授亲自来给我安装的。"依依高兴地说。"那就好，这下你可以睡安稳觉了。你可得好好感谢人家陆教授啊？"闻道嘿嘿地笑了一下。"就是啊，我还说找时间请他吃饭呢？"依依说着微微低下头，自己都觉得有点不好意思。"还找什么时间，就今晚，我请客，正好有事情要向陆教授请教。"闻道说。这是真的，他听到坊间传的一些风声说可能政府快出调控政策了，想问问陆教授的看法。但他也想赶紧吃了找个借口先走，让他们两人继续吃，哈哈。

中午的时候，闻道正准备约陆教授吃饭，他知道陆教授上午一般都要专心做研究和看股票，中午是个空档。没想到小牛总召集开会，说今天有重要的客户要来，晚上营销策划部全体人员参与接待。他特别强调了"全体"，还看了依依一眼。闻道突然有种不好的预感，以前小牛总几次让闻道带着依依出席应酬的活动，都被闻道以各种理由推托了。"哎，也罢，该来的终究会来，一直躲也不是办法，还是让依依学会面对这个复杂的社会吧。"闻道心想。开了会闻道才知道，来的是辊州一个炒房团的几个代表。辊州炒房团在全国可都是如雷贯耳啊！他们买房，不是以套计算的，而一般都是以栋来计算的，至少也是以"单元"或"层"计算的。闻道也不敢怠慢,今年的年终奖就指望他们了。他马上在西京最好的夜总会"西京天堂"订了一个豪华大包间。

下午,小牛总亲自开着他的白色宝马7系和公司的奔驰R系商务车一起去机场接辐州炒房团的人去了。闻道叫上策划部的孙磊和高蕾蕾,销售经理王艳和今天值班的5个售楼小姐,当然还有依依,大家分别乘坐几辆车提前去"西京天堂"等候。售楼部今天看来只有提前关门了。下午5点闻道一行就已经到了会所了,但6点过小牛总才到。一进门小牛总就对闻道抱怨说:"今天路上太堵了!"然后又转过身一脸堆笑地对着身后的人说:"几位贵客,你们看,为了迎接你们,我把我们售楼部的美女们悉数叫来了,今天各位就先吃好耍好,然后明天到我们售楼部现场考察!"只见6个男人,鱼贯而入。闻道忙招呼他们坐下。

闻道订的是可以坐20个人的大包间,一张硕大的圆桌摆放了20张椅子。闻道一边引他们进屋,小牛总一边笑呵呵地说:"我必须要把6位男士先分开一下。今天我们间隔着坐,我在你们每位的身边配一位美女。"说罢他向闻道使了一个眼色。闻道把5个售楼小姐分别安排在5个辐州客人身旁,但还剩一个怎么办呢?众人自然把目光投向了依依。闻道忙说:"这是我的助理,我待会还要问她工作上的事情,她挨着我坐方便些。"说罢把依依拉到自己旁边。小牛总白了一眼闻道,说:"待会我也要坐依依旁边,听听你们的工作。"闻道说:"好。"说罢闻道对着高蕾蕾说:"蕾蕾,你陪下这位先生,好好给他介绍一下我们的项目。"高蕾蕾张了一下嘴巴,但"啊?"字没有说出来,她还是走到剩下的那位辐州客人身边坐下。孙磊自己走过去坐到了高蕾蕾的另一边,看来他似乎挺紧张高蕾蕾的。闻道带着依依也坐了下来,小牛总跑到依依的另一边也坐下,王艳则在他的另一边坐着。

场面稍微有一点冷,那几个辐州客户总体来说还比较正常,但其中有一个矮胖的"张总"特别活跃,喊在场的每一个女生都喊"媳妇",不停地说:"瞧瞧,我的媳妇们多俊俏啊!"大家只有当他在活跃气氛。坐在他旁边的高蕾蕾只有不作声,偶尔陪几个笑。闻道心想,他如果只是占一下口舌上的便宜,倒也无妨,怕的就是那种喜欢动手动脚的人。但还真的是说什么就来什么啊,这个张总刚坐下来没多久就开始左拥右抱的，一会儿搂下左边坐的高蕾蕾，一会儿又摸下右边坐的一个售楼小姐的手。他还说他特别会看手相，边说边拉着高蕾蕾的手来看，说高蕾蕾即将要走桃花运了，说她命中的贵人就快来了，等等。不仅是高蕾蕾，那5个售楼小姐的手被他全看完了，幸好依依这边隔得远一些。

酒，是饭桌上必不可少的元素。这是中国的文化，无酒不欢，似乎不喝醉就不是朋友，不是朋友当然就谈不成生意咯。这种场合一般啤酒不怎么上得了台面，小牛总直接叫了高档白酒。小牛总是副总裁，自然由他先代表公司敬这几位贵客。小牛总酒量好，这在公司是出名了的，据说他喝1斤白酒都可以。太夸张了！闻道想，敢情他这副总裁是喝出来的？不过还真有这个说法。据说当年大牛总创业的时候，小牛总就跟着他鞍前马后的，来酒挡酒，来人挡人，为大牛总立下了汗马功劳。所以现在公司步入稳步发展期了，大牛总便给了小牛总一个肥差，这也算是一种奖励吧。他的上司小牛总都去敬了酒了，闻道自然也只能去挨个敬这6个人一轮。之后王艳也代表销售部去敬了一轮。然后这6个人身边坐的美女们再各自敬自己"负责"的那个客人。

看来是美酒养了身子，美女又养了眼，这些人开始吹牛了。那个张总看来还是这6个人里面带头的，口气真大。他说："哎呀，你们西部的房价就是便宜啊。我们在北京上海，4万元一平方米的房价我们都是一层一层的买，你们这里的房价才几千元，那我们不是只有一栋一栋的买了，要不然这钱怎么花得出去啊？哈哈哈！"小牛总听了可不乐意了，说："张总，咱们西京虽然房价低，但人们的收入可不低哦，我们每次开盘都是几个亿几个亿的在卖。是不是啊？依依，你来给张总说下我们这几个月的销售数字。"说完小牛总把他的手放在依依的大腿上拍。依依想起前几天还在整理资料，便说："两个亿吧。"但是小牛总的手还放在依依的腿上，依依推也不是，不推也不是，于是她看了一眼闻道向他求助。闻道接过话说："加上前两个批次开的盘，今年10个亿是随便有的。"其实根本没有，吹牛谁不会呢？反正这几个人又无法核实。

看到小牛总还没有把手拿开的意思，闻道便举起酒杯，对小牛总说："小牛总，我敬您一杯，感谢工作上的指导和支持。"然后闻道另一只手搂了搂依依的肩说："虽然依依是我的助理，但实际上我们都很感谢您的帮助，没有小牛总的关心我们是肯定完不成销售任务的。这一杯我干了，您随意！"闻道特地强调了"我的"这二字。说罢闻道双手举杯一饮而尽。小牛总也喝了一口酒，意味深长地看着闻道。闻道此举等于是在向他暗示依依是闻道的人。群居动物中的雄性都会用各种方式划分势力范围，抢地盘、抢食物等。人其实也一样。闻道竟敢抢他小牛总看上的猎物？这是在宣战吗？刚才小牛总把手放在依依的腿上，一方面是习惯了，另一方面也是在试探闻道的反应。小牛总当然不怕闻道，但是眼下他也需要能干的人来做事，闻道可是做营销策划的高手。算了，不就一个女人嘛？他小牛总染指过的女人还少了？这次就算让给他，这也算是笼络人心吧。小牛总没有再把手放在依依的腿上，而是转身继续和张总他们交谈去了。依依感激地看了一眼闻道。闻道刚才搂着她肩膀的举动让她也挺诧异的，认识闻道这么久，闻道从未对她有过任何形式的肢体接触。

　　在场的几个售楼小姐里面，有一个叫肖紫雯的，属于特别放得开、会来事儿的那种女孩。其他几个售楼小姐都不怎么敢接那个张总的话，只有这个肖紫雯敢大方与他"实质性的互动"。后来她和张总干脆就"老公""老婆"地叫了起来。"放得开"是销售成功的重要技巧，虽然不是唯一的技巧。肖紫雯在售楼部可是很有名的，一方面因为她的业绩突出，另一方面就是因为她"放得开"。据说有一次，一个开着保时捷的"富二代"来看房，本来其实也就是看着玩的，也不是很想买。肖紫雯下午接待了他，当天晚上就在一起了。第二天那个"富二代"就带着他的父母来买了三套房。"富二代"不停地给他的父母说这个楼盘怎么好怎么好，反正父母就掏钱了。有这么既漂亮又放得开的下属，小牛总必然是兔子先吃窝边草。反正他不吃别人也会吃，还不如他先吃，所以小牛总当然早就已经吃过的了。这次肖紫雯和张总"老公""老婆"地喊着，也有想气气小牛总的意思。但小牛总什么场面没有见识过的啊，他压根就没往心里去。

　　他们饭吃得差不多了，自然是下一轮，转战KTV！

第三十六章

耳光

众人此时已经喝了很多酒。虽然闻道为依依挡了很多酒，但她多多少少还是喝了一些。闻道知道，作为应酬来说，吃饭其实还不算什么，真正的考验是在后面——KTV 这个环节。"西京天堂"是一个娱乐综合体，里面什么都有。众人从吃饭的包间走回 KTV 包间，很多人已经偏偏倒倒了。张总不知道是真醉还是装醉，一路搂着高蕾蕾在走。孙磊眼睛都要绿了，他也走过去帮着扶了一下那个张总。闻道想，如果孙磊确实是喜欢高蕾蕾的，那自己今天安排高蕾蕾坐在这个张总旁边确实有点对不住他。但他又有什么办法呢？难道让依依去陪吗？这不是羊入虎口吗？至少，高蕾蕾相比依依来说更有社会经验一些吧？这样想闻道心里稍微好过一些。

到了 KTV 包间，众人中的大多数男人要维持得体的坐相已经有一些困难了，女人要好不少。这是一个豪华包间，光 60 寸的电视屏幕都有两个。服务员又拿了很多酒上来，这次拿的是洋酒。闻道知道这些人"应酬"的标准步骤是"吃饭→KTV→开房"，当然酒是必须贯穿始终的。哎，这风气。他个人无力对抗这种不好的社会风气，今晚他能保护好依依都不错了。一般这种场合都会有几个"麦霸"，由"麦霸"领衔，其他人附和着唱几首就行了，反正只要有"麦霸"在就肯定不会冷场。小牛总发挥主人家好客的精神，先吼了一首，虽然难听，但至少还是歌。之后张总开始拿着麦克风连唱了三首。哈哈，闻道一看他就觉得他是"麦霸",还果不其然!他虽然是麦霸,但他唱得……那能叫歌吗?说是鬼哭狼嚎还更贴切一点!由于小牛总坚持要求"保持队形",所以刚才陪坐的售楼小姐们现在仍然陪着刚才的客户在坐,有一句没一句的闲聊着。客户去唱歌的时候,她们就两三个人的坐在一起,这也算是一种自我保护吧。小牛总今天没女人抱了,只能和王艳坐在一起。王艳三十好几快四十岁了,自然没有这些二十几岁的小姑娘们抢手,但也还看得过去。小牛总还和王艳对唱了两首歌。

这种场合,其实不外乎就是几个人守着麦克风唱歌,另外的人玩色子输了的喝酒。搂搂抱抱那是难免的。闻道其实很不喜欢这种场合,但他也不是刚踏入社会的小青年了,也变得麻木了。他努力隔在依依和那些人中间,不让那些人有机会碰她。哎,难,真的难!张总这时可能是真的喝多了,他靠在高蕾蕾身边,头不时地倒向高蕾蕾,然后高蕾蕾又只有扶他一下。孙磊虽然在一边玩色子,但眼睛还不时地瞟向这边。这个张总不时地说他一见高蕾蕾就喜欢什么的,说他一个人就要买这个项目的一栋楼,他们炒房团的其他人还可以再买几栋什么的。小牛总那可是听在耳里喜在心里。虽说现在的行情好房子不愁卖,但是如果遇到这种大客户,那意味着可以大大地加快销售速度,根本没有必要面对散客了。钱是有时间价值的,越早拿到手里越好!

高蕾蕾平时就比较喜欢穿低胸的衣服,人家条件好,没办法,就是任性。虽然她也不是天天穿,但恰好今天就穿了一件低胸的毛衣。虽然她也披了一个围巾遮掩一下,但毕竟这包间里空调开得太热了,她不经意间也把围巾松了一下。这张总的眼睛就时不时地盯着她的胸看。刚才吃饭时他还只是搂搂高蕾蕾的肩膀,现在在KTV的包间里他就更加放肆了,借着酒劲双手搂着高蕾蕾的肩,头也倒在她的肩上。高蕾蕾也还算镇定,每次他倒过来,高蕾蕾就把他的手掰开,把他扶正靠在包间的沙发上。然后过了一会儿他又倒了下来,高蕾蕾接着又把他扶回去。这样一来二去的多来几次以后,大家也没当回事了,甚至高蕾蕾自己也在笑。这一次张总又倒在高蕾蕾身上,高蕾蕾又像前几次一样把他的一只手拿开。谁料,他的这只手突然顺着高蕾蕾的脖子滑过她的胸口伸了进去!是的,他的整只手都伸到了高蕾蕾的内衣里面去了!只见他还在呓语,说:"哇!"这下众人都傻眼了!

  高蕾蕾脸色一变,一把把他推开,一个耳光扇了过去。"啪!"众人又傻眼了。这下怎么收场?高蕾蕾拿起包和外衣,哭着冲了出去。孙磊恨了张总一眼,也跟着冲了出去。张总挨了一个耳光,似乎也清醒了一些,但他举着手还在喊:"我买你一栋楼!"这个人确实太过分了!别说高蕾蕾了,就连闻道都想冲过去抽他几嘴巴子!闻道当然想趁机结束了,但小牛总似乎还没有走的意思,可能他根本不在乎高蕾蕾怎么想,他只在乎得罪了大客户影响销售。肖紫雯还算机灵,她主动坐到了张总的身旁说:"哟,张总,这就是你不对了啊,你怎么能把手伸到人家姑娘的内衣里去呢?"张总本来还正在懊恼,但一看又来了一个更漂亮的,还是主动型的,自然又高兴了起来,笑呵呵地说:"呀,是我媳妇儿来了啊,还是我的媳妇儿好!来,把哥陪高兴了,哥买你一栋楼!"于是他和肖紫雯又喝了起来。闻道转过身去对依依说:"依依,你去看看高蕾蕾怎么样了?"这句话是说给小牛总听的,同时他给依依使了一个眼色。依依本来坐在那就难受,这下心领神会,拿起外套和包就跑了出去。闻道看了一眼小牛总,他也没说什么,毕竟这个理由非常恰当。一会儿,依依给闻道发来短信,说:"闻哥,我没有看到高蕾蕾呢?怎么办?"闻道回道:"没事,肯定是孙磊带着她离开了,他俩可能在谈朋友。你先回去吧,自己打个车,好好休息。""噢,好吧,那闻哥你也小心。今天谢谢你帮我挡了那么多的酒。"依依回道。"我没事,你快点走吧,路上注意安全。"闻道回道。依依走了,他在心里舒了一口气。没人愿意让自己在乎的女人来应酬。刚才他还在盘算,要是再拖得久了,干脆发信息让陆教授来接依依。但他又觉得这样太唐突了,也不好,毕竟他也不清楚依依和陆教授现在到底发展到什么样的状况了。

  就这样又过了一会儿,张总说:"没意思。小牛总,我觉得你们这儿的姑娘放不开。"小牛总不解地问:"为什么呢?"他心想人太过分了,刚刚才占了便宜。张总说:"在我们那,一般喝酒的时候喜欢玩脱衣服的游戏,谁划拳输了除了喝酒以外还要脱件衣服。"众人这下又傻眼了。这时除了肖紫雯以外的其他几个售楼小姐都看着闻道,一脸的求助。王艳到还是一如既往的镇定,闻道早就觉得她是个狠角色。这次闻道实在是

第三十六章 耳光

— 171 —

看不下去了，他走到小牛总身边，耳语了几句。小牛总轻声说了声"行"，然后对着张总他们说："张总，这样，姑娘们明天还要上班，要不然我们售楼部没法开张了啊。我们让她们先回去，我们继续玩点更刺激的。"售楼小姐们求之不得，一下子就都逃之夭夭了。肖紫雯也起身准备离去。张总拉着她的手说："媳妇儿，你这就丢下哥哥走了啊？"肖紫雯转过身在他耳边轻声说："你在我这真买了一栋楼，本小姐就让你行使老公的权利。"说罢转身离去，留下张大了嘴巴的张总。小牛总也凑到肖紫雯身边轻声说："乖乖，今天感谢你了哦！改天我们好好叙叙旧！"说罢他在肖紫雯的臀部轻轻捏了一下。"讨厌！"肖紫雯轻推了小牛总一下，然后拿起她的 LV 手包和巴宝莉的大衣走了出去。

　　在外面，售楼小姐们七嘴八舌地说开了。有的说："老娘今天真是被摸惨了！"有的说："那个坏蛋把我背后胸罩的扣都按开了！"不过她们还是一致觉得今天高蕾蕾最惨，唉！王艳没怎么说话，出了门后她还得找代驾。

　　包间里面，小牛总按了"服务键"叫来服务生，说："把老板娘叫来。"服务生说："明白！"少顷，风韵犹存的老板娘带着一队年轻女孩走了进来。只见她们在电视墙前站成了一排，造型风格各异，有性感型的，有清纯型的，有"cosplay"型的，等等。众人一人找了一个，闻道给张总安排了两个，都是性感丰满类型的，他就好这口！这种场合闻道自己不叫肯定也不行，于是他看都没看就随便指了一个。这下张总来劲儿了，不仅左拥右抱，还可以左边亲一口右边吻一下的。那两个女孩看来也是老手，不停地给他灌酒。隔了一会儿，闻道收到依依的短信，说她已经到家了。这下闻道放心了，就猛喝了一口酒，然后就靠在沙发上装睡。迷迷糊糊耳边不时传来嬉笑打骂的声音，划拳的声音，碰杯的声音，还有干吼唱歌的声音。

　　不知过了多久，小牛总把闻道推醒，他刚才还真的睡着了！原来他们终于要结束了，闻道一看表都凌晨两点了。据说他们刚才真的玩了脱衣服的游戏，那画面真的是不忍直视。小牛总说："你结下账哈，我把客人送出去。他们要带女孩出去，记得给服务员说把女孩的费用开成餐饮发票，费用从你的营销费用里出。"不过后来他一想，这确实也算是营销费用，和打广告的本质作用是一样的，都是为了卖房嘛！随后小牛总又对闻道说："刚才你睡着了是对了的，那张总……我在那简直太尴尬了。"闻道心想，你都觉得尴尬，那可能是有点过了。小牛总出门的时候又说："我觉得这笔单很有可能做成，回头你好好跟一下。"我跟？我怎么跟？闻道在心里骂小牛总。不过也没关系，他可以让肖紫雯去跟嘛，这些事情其实就是一个你情我愿的问题。

结账的时候，闻道看到陪张总出台的那两个女孩回总服务台拿东西，便对她们轻声说："晚上把他往死里整，小费我这给够！"

第三十六章　耳光

第三十七章

"土豪"的世界你不懂

　　第二天闻道一觉睡到11点，起来简单收拾了一下就往售楼部赶。依依早来了，正常时间上的班。王艳也来得比他早一些，闻道让她安排一下，下午那几个辐州炒房团的代表还要来项目现场参观。孙磊和高蕾蕾也早来了。闻道安慰了一下高蕾蕾，说下午接待的时候你就不去了，免得尴尬。高蕾蕾表现得还算正常，没有暴跳如雷的骂闻道安排她去接待那个张总之类的。在卫生间里看到孙磊，闻道说："昨晚……"闻道本来是想说昨晚不好意思，让高蕾蕾去陪了那个张总之类的话。没想到孙磊抢先说："闻哥，昨天可感谢你了！"闻道一下愣住了。原来孙磊追高蕾蕾有一阵了，高蕾蕾一直对他爱理不理的，但昨晚这事以后，孙磊追着高蕾蕾出去好好安慰了她一阵，高蕾蕾在他怀里哭了。然后，然后他们就到酒店去了！这样看来孙磊确实应该好好感谢闻道，是闻道给他创造了机会啊！孙磊一脸满足地说："哎哟，昨晚可太销魂了……"高蕾蕾其实人还不错，以前对闻道表示过好感，但被闻道冷处理了。"好好对人家高蕾蕾！"闻道叹了一口气，孙磊是什么人他太清楚了。"闻哥，我这次可是认真的！"孙磊说。哎，便宜了这小子！

　　下午小牛总带着辐州炒房团的那几个代表来到售楼部，闻道安排售楼小姐们夹道欢迎。其实昨天陪他们的这5个售楼小姐今天不当班的，有另一组人，但是总不能昨天陪了客今天换其他人来接待看房嘛，那不是被白占便宜了？所以虽然昨晚那么累，但今天她们没有一个人请假，这就叫"跟单"。闻道看到辐州炒房团只来了 5 个人，没看到张总呢？于是他"关心"的问了一下："张总怎么没来呢？"小牛总咳嗽了一声，说张总今天身体不适，就由其他 5 位贵客来项目实地考查一下。闻道差一点笑出来，昨晚找的这两个"公主"可真厉害啊，不知道她们后来是怎么"款待"张总的？其实看房相对来说是很简单的，都是走流程的事情。闻道先用投影仪放了 PPT 给他们介绍了项目的基本情况，然后售楼小姐们带着他们看沙盘、看样板房。在售楼部这样的公共场合，他们的举止也都还算老实。不过那个张总没来，真不知道要是张总在这里会是怎么一种情况？

下午看完样板房，公司的商务车就送辐州炒房团的人去了机场，张总直接在机场和他们会合。据说他们先不回辐州，而是继续去西部的另一个城市考察。这次公司也是拿出了最大的诚意，直接给他们九二折的团购价，这种优惠在当前的市场环境下是罕见的。小牛总让参与接待的售楼小姐们一定要用心跟单，如果成了显然她们的提成是相当可观的。闻道私下对肖紫雯说："那个张总的单，如果你愿意的话，就还是你来跟吧。但他是什么样的人，昨晚你也看到了。"肖紫雯微笑着说："没事的，他这样的男人我见多了。闻哥，要是这单做成了，我可要好好地感谢你哟。""你请我吃顿饭就可以了。"闻道也微笑着说。他在心里叹了一口气。不得不承认，肖紫雯的微笑是非常迷人的，但可惜他不是那种"放得开"的人，所以她的好意他也只有心领了。"那好啊，你想吃什么都行！"肖紫雯说罢转身离开了，还妩媚地给闻道眨了一下眼睛。

辐州炒房团的事暂时告一段落，据说那个张总是小牛总的一个"土豪"朋友引见的，难怪他最近这么得意。以前，大牛总是非常赏识闻道在营销策划上的才干的，但小牛总经常颇有微词，觉得这些来得太慢，他总觉得营销应该另辟蹊径。现在看来，小牛总所指的捷径，就是做类似辐州炒房团这样的"'土豪'营销"吧？这天，小牛总让闻道举行一个营销策划部全体人员参加的内部学习会，专门研究"土豪"营销，说他也要来参加。于是闻道布置了下去，每人都提前做一些功课。他也不能否认小牛总的这一套方法还是有效果，反正房子能卖出去就行，怎么卖不重要，都是拿提成，他又何必和小牛总这么较真呢？

第三十七章 "土豪"的世界你不懂

175

楼市与爱情

下午，营销策划部的全体人员加售楼小姐们齐聚公司的会议室，连今天休假的售楼小姐都被叫来了。不过，这事关她们的提成，这可是大事，她们也没有抱怨。开会本来是很烦的事情，但和这么多美女在一起开会，好像也不是那么心烦了？大家闲聊着等了一会儿，小牛总带着一脸倦容走进了会议室。闻道开始主持这个讨论会，他说："好吧，咱们开始今天的讨论会。大家先来说说什么是"土豪"？你们对"土豪"有什么样的认识呢？"于是大伙儿七嘴八舌地说开了。毫无悬念，大家一致认为"有钱"，必须是成为"土豪"的先决条件，没钱装什么装呢？但显然光有钱还不行。如果光有钱但人很抠门，那也不是"豪"。要成为"土豪"，除了有钱，还必须"任性"。什么叫任性呢？售楼小姐小丽说，她前阵子去参加初中同学会，她的一位初中同学给每个来参会的同学发了一个最新的"iPhone 5S"。大家都"哇"了起来，好羡慕，感觉要是有这样一个同学就太幸福了。大伙儿一致同意这就是"任性"！小丽接着说："以前他还追求过我，被我拒绝了。那时他成绩又差，家里也穷，长得也一般，哎……"有人安慰她说现在还有机会，同学会不就是"拆散一对是一对"么？

另一个售楼小姐小娟说："你那个送手机的故事还不算什么，我这个案例才叫绝。"小娟说，前阵她有一个客户来看大户型，看了觉得很喜欢，但是觉得住起太孤独了，本来就在郊区，不好玩。那天天气特别冷，衬托着这个客户的话，显得特别应景。这个客户对小娟说："你看这种天气住这么大的房子，连个牌友都找不到，那多难受啊……"眼看就要失去这个客户了。这时，小娟灵机一动，想起她以前接待过的一个客户，好像也提过打牌的事情，便说："哥，我有一个客户也喜欢打牌，要不我给你们约约？"随后，小娟抱着侥幸的心情给那个客户打了一个电话，其实她也没有抱希望这个客户会来，毕竟这也太唐突了。没想到这个客户听了很高兴，马上开着他的豪车就要赶过来。这连小娟自己都惊呆了，于是和正在看房的这个大哥在售楼部里一边喝咖啡一边等。一会儿以前那个客户来了，他们相聊甚欢，说"正好我也找不到牌友，以后咱们上下楼的方便！"于是两人定了同一个单元的两套房，刷了订金以后这两人互留了电话，开开心心地走了……看着他们离去的背影，小娟突然觉得牌友是如此的重要啊!

闻道觉得小娟的这个案例非常好!他高度肯定了小娟的做法。闻道说:"虽然现在的市场行情很好,但咱们不能总是守株待兔,不然一旦行情下行就只有等死,一定要有忧患意识!"的确,现在国内的房地产市场行情那是高歌猛进,但闻道其实心里一直是悬着的,他总觉得不可能有单边上涨的市场,何况现在已经有国家将出严厉调控措施的传闻了。未来行情如果变差,那又应该怎么卖房呢?闻道接着说:"大家平时在接待客户的时候,一定要注意这是一个双向的互动过程。咱们不仅要向客户介绍项目,也要了解客户的需求和特征。刚才小娟讲的这个案例,就是一个典型的客户特征的匹配。虽然她可能只是无心插柳地说了一句话,但已经显示出了客户爱好匹配的威力,毕竟这一下子就促成了两笔大户型的成交啊!"大家纷纷向小娟表示祝贺,小娟自己也很得意,感激地看着闻道。

讨论继续。王艳显然是做了充分的准备,只见她打开笔记本电脑,说道:"'有钱'和'任性'是'土豪'的基本特征,但还不是唯一特征。据一些社会调查显示,'土豪'们最喜欢找公务员和老师当老婆,最排斥从事销售、公关、模特职业的女性。"听到这个售楼小姐们纷纷噘嘴,表示不满,闻道示意她们保持安静。王艳接着说:"至于要有多少钱才叫'有钱'?这个没有一个定数,但一个通行的说法是至少要有几百万元的现金或等价的股票等流动性强的资产才行。光有房产等固定资产还不行。"大家纷纷表示不解,有个几百万元的房产不也是一回事吗?王艳解释说:"从家庭资产的角度看,有几百万元现金和有几百万元房产的确是一样的。但站在咱们做销售的角度来看,这可就大不一样了。北京、上海的房价贵,那里有一套房的人多了去了,家家的房子都值几百万元。但他们有多少消费能力呢?我们需要的是他们的消费能力,而不是他们账面上的固定资产,所以现金或等值有价证券的价值更大。"闻道虽然不能完全认同王艳的观点,因为也有卖了房来换房的人,但你不能否认她说得很有道理。闻道知道王艳说的其实就是所谓的"高净值人士",即有大量可供投资的流动性资产的人。"至于'任性',这体现了一种消费的随意性,简单地说就是不把钱当钱。比如看到新闻说另外一个城市的一家餐厅味道好,马上就订机票'飞'过去吃。显然,'任性'的客户对我们来说更有价值,因为你更容易打动他,让他买单。太过精明的客户什么都要精打细算,他们来售楼部时其实什么都已经想好了,你花再多时间给他介绍项目什么的都没有用。"闻道不得不承认,王艳信奉的就是超级实用主义。简单地说,就是对她有用的,她才会花功夫。

闻道也补充了一句,他说:"现在的'土豪'的特点正在发生深刻的变化,这其实也能反映出我们这个时代的特征。具体来说,有以下这么几点需要我们注意:第一,从戴金项链变成了戴佛珠;第二,从喝白酒转变为喝红酒;第三,从西装领带变成了麻衣布鞋;第四,从'搓'麻将改为打高尔夫。"闻道顿了顿接着说道,"大家别着急,还有几条。第五,从开奔驰改为骑自行车;第六,从投资夜总会变成投资拍电影;第七,从结交狐朋狗友变成了参加EMBA同学会;第八,从流里流气变成得佛里佛气。"大家都鼓掌表示说得太精辟了!其实闻道在说的时候心里一直想着大牛总,他不就是一个标准的新时代"土豪"吗?

这时,小牛总发话了,他说:"你们说了这么多,究竟怎么才能促进我们的销售呢?"小牛总环顾了一下四周,严肃地说:"我看这样,就在我们售楼部旁的恒温游泳池搞一个'土豪'派对,把西京的'土豪'们都请来!"游泳池……闻道心想:这个滑头的小牛总肯定是想把在青岛学到的经验"移植"过来了。

第三十八章

一夜劲销5个亿

依依从回忆中回过神来。这一切仿佛就是在做梦啊！

晚会的自由活动时间自然是饮酒狂欢。在一堆穿着比基尼美女中，公司的售楼小姐们身着得体的职业套装，认真的为客户介绍着项目，并适时地催促其下单。期间，有的模特们跳下泳池玩游戏，有人一不小心把红酒倒在了模特的身上，然后找来纸巾帮她们擦干，引来一阵阵的"讨厌"声。闻道觉得他让售楼小姐们今晚穿正装的决定太英明了，"土豪"们的注意力都在性感的泳装模特身上去了。此时售楼小姐们的职业套装就是对她们最好的保护，反正今晚闻道还没有看到哪个"土豪"去骚扰公司的售楼小姐们。大牛总果然把那个25万元拍下的手包送给了电视台的女主持人，然后让司机开着他的宾利先把她送走了。

那个开辉腾的大哥还真的下了订单，认购了一套500平方米的独栋别墅。但是当在确定两个参加爱琴海豪华游的人的名单的时候，大哥犯难了，因为他今晚可是邀请的两条"美人鱼"啊！好在闻道反应快，他对大哥说这个都是由旅行社负责统筹的，大哥自己可以再补一个人的钱。这下就把这事情解决了不是？大哥一左一右地搂着换好衣服的两条"美人鱼"走到门口，保安已经为他找好了酒后代驾。再高兴也不能酒后驾车啊！只是不知道他们会开到哪里去？闻道看到蜜蜜也在向售楼小姐了解情况，便走过去和她聊聊天。蜜蜜说："闻哥，你们这个400平方米的小独栋别墅我好喜欢，但是我还需要和我父母商量一下。""那好啊，不过这个限时优惠只限今晚哦，这是公司定的政策，我也不好随便改变。"闻道这确实说的是实话，如果销售政策随便变，那不就乱套了吗。"啊？这……"蜜蜜好像有点不高兴了。闻道又说："如果你确实喜欢我们的这个小独栋产品，我建议你今天先交订金，反正如果不喜欢订金是可以退的。"闻道知道蜜蜜也不是在乎今晚的这一点小优惠，但是小女生的心理就是喜欢占一点小便宜吧，这其实和钱无关，就是一种占有欲的心理罢了。"那要交多少订金呢？"蜜蜜问。"一般是20万元，但你给10万元就可以了，实在不行5万元也行。"闻道说，这个订金的金额他还是可以做主的。"那就10万元吧。"蜜蜜从她的爱马仕手包里掏出钱包，拿出一张信用卡来刷了。"信用卡可以吗？"蜜蜜又问。"可以的。"闻道微笑着说。他觉得这个蜜蜜挺可爱的，今晚一直很安静地在看演出，有"土豪"和她搭讪她也没有理。

把蜜蜜送到停车场，闻道又问了一次："你没有喝酒啊？要是喝了我帮你找代驾啊。""谢谢闻哥，我没有喝酒，我没事的。"蜜蜜微笑着说。"那就好，今晚我实在太忙了，照顾不周啊。"闻道有点不好意思地说，今晚他确实没有怎么招呼蜜蜜，他自己忙得来晕头转向的。"没事啊，我知道你忙。回头一起吃饭吧。"说罢蜜蜜就走了。今晚这活动尺度有点大，不知道蜜蜜心里会怎么想啊？她会不会给糖糖说自己的生活很混乱呢？闻道还真有点担心，那自己可就太冤枉了。

客人们陆续走了，今天代驾的生意太好了。闻道问了问财务今天收订金的情况如何，财务兴奋地比了四根手指头说："四十组！"天啊，一晚上卖四十套别墅，这注定将成为西京楼市的传奇！如果按每套1000万元算，40套可就是4亿元啊！当然，肯定会有人来退订金的，特别是那些"土豪"今晚把模特办了以后，明早起来后悔的人必然是有的。但就算有30%到40%的人来退订金，这也是不错的成绩了。而且他们项目的产品本身不错，估计退订的人不会有那么多。活动公司杨总的人留下来继续收拾会场，他们也真够辛苦的。不过办这场活动公司给了他几十万元，这可远超几万元一个活动的行业水平了。闻道今天也喝了一点点酒，虽然很少，但最好不要开车，于是他让依依开车。依依有驾照，但开得不熟练。闻道让她开慢一点。一路上，两人都没有说太多的话。闻道目

— 180 —

光空洞地看着前方,可能真的是太累了。依依问闻道:"闻哥,你喜欢这样的生活吗?""喜欢?呵呵。"闻道转过头看了看依依说:"现实就是这样的。我无力改变,我只能做到不参与罢了。"

　　来到依依家楼下,依依就回去了,闻道自己再接着开回去。依依问:"闻哥,没事吧?要不我帮你找代驾?"闻道说:"我没事的,其实就只喝了一口红酒。你快回去休息吧,今天辛苦了!""嗯,闻哥也早点休息。"依依说。她心想,工作能遇到闻道这样的上司,真的是一种幸运!工作能力强,对下属照顾,能帮助你进步;人帅却又不拈花惹草,体贴你却又不骚扰你,简直可以说是满足了一个刚毕业的女孩子对其好上司的一切想象。只是依依经常觉得闻道都在若有所思。在他俊朗的外表之下,似乎藏着一颗忧伤的心。虽然他有时也笑得很爽朗,但更多的时候他的眼神都很忧郁,特别是在他忙完闲下来的时候。从这一点看,依依觉得闻道和陆教授真的很像。他们似乎就是两兄弟,只不过一个去教书,一个去卖房。有好几次依依都看见闻道静下来的时候,一个人坐在办公桌前出神。好一个忧郁的男子!依依承认闻道忧郁的样子看起来真的很像偶像剧的男主角?她希望闻道能快乐,她也希望陆珞竹能快乐。如果说在这座她举目无亲的城市,有什么人是她在乎的话,那就是他们两个了。

　　闻道正慢慢地开着车回家,突然收到一条短信,一看是糖糖的。她说:"听说你们今天的活动搞得挺成功的吧?"不用问,这肯定是蜜蜜给她说的。"还行吧。要是你在就好了。不过你在也不好,会被那些'土豪'骚扰,你这么美的。"闻道是不是已经开始说胡话了?"呵呵,再美你还不是看几年就腻了……"糖糖说。"不会的,永远看不够……"闻道趁等红灯的时候回了条。"今天我一个人在家,觉得怕……"糖糖说。原来她的父母出去旅游几天,她晚上"飞"回来就只有一个人在家了。"我马上过来陪你一会儿!"闻道今天特别地想见她,其实他每天随时都想见她。闻道立即掉头,加速向糖糖家开去。这下糖糖没回消息了。

　　少顷,到了糖糖家的楼下。闻道给糖糖打电话,她没接。发信息过去,说:"我到了,很想见你……"糖糖回道:"你还是回去吧……我累了,想睡了。"虽然闻道很想见糖糖,但是也不想因为自己想见她而耽搁她休息,他知道她"飞"得很累。闻道总是为别人着想,这算不算是一个弱点啊？"哎。那好吧……你好好睡，一个人在家更要把门窗关好。我走了。"闻道说，然后他又缓缓地向自己的家驶去。都开了一段路了，收到糖糖的短信，说："其实我也很想……""想什么？你也在想我吗？"闻道立即靠边停车回了条信息。糖糖没回。"我马上回来？"糖糖还是没回。"沉默表示同意哈！"闻道又发了一条信息，然后马上掉头。看来今晚……但是这条路要开比较长的一段距离才能掉头，不过隔了一会儿总算是又到了糖糖家的楼下了。"我又到你家楼下了，马上上来。"闻道一边发了一条信息，一边到处看哪里可以停车。算了，不管了，偷就偷了，反正有保险。闻道熄火，拿包，准备冲向他的幸福。这时，糖糖发来一条短信，说"你还是走吧……我已经睡下了……""哎，那我走了？……"闻道心疼她的疲惫在自己心里占了上风。哎，来日方长？"嗯，你走吧……"糖糖说。闻道启动汽车，又缓缓地向着自己家里开去，心里说不出的滋味。疲惫，闻道的身心都很疲惫，今天确实太累了。一会糖糖又发来一条信息："你很好……但是我们不能……你到家了给我发条信息。"闻道回了条："好。"人生总是处处是遗憾，不是吗？

  第二天，一到公司，闻道就联系了广告公司，设计"邀功"的广告，主推语是"人生赢家的夜宴：一夜劲销5个亿！"。然后配上一段小字："典藏房源加推50套，再来晚了就真的没有了。"配的主画面是一个女人站在一个硕大的卧室的露天阳台上看风景，手拿一杯红酒。一个衣着绅士的男人背着手走向她，手里藏着的是一支鲜红的玫瑰。当然，既然是卧室，画面中是肯定要有一张豪华的大床。广告的小画面是法式小独栋的庄园式的外立面，当然大草坪是必备的。闻道其实心里觉得打这些广告的钱还不如搞一个昨晚那样的活动的钱效果立竿见影。但有的钱也是不得不花的，这属于"规定动作"。

  这事儿就这样过去了几天，大多数在那天晚上交了订金的客户还是来把首付款给交了，当然也有"土豪"是一次性付款的。蜜蜜也带着父母又来看了一次房，闻道还亲自陪着他们去看了样板房，又在项目里逛了一圈。蜜蜜的父母也很喜欢这套房，于是就交了首付款，房子写的是蜜蜜的名字。总价500多万元将近600万元的房，即使按照三成首付计算，贷款金额也要约400万元啊，这对每个月的收入要求可是很高的，因为银行规定贷款金额是不能超过实际月收入的一半的。蜜蜜还这么年轻，做什么工作月收入能这么高啊？闻道悄悄问了一下蜜蜜，他也是一片好心，担心蜜蜜的贷款办不下来。蜜蜜说没问题的，她就在她父母的公司挂一个名，收入证明随便开。好吧，这当然没问题了。看房的时候蜜蜜的父母还夸闻道长得帅，闻道笑呵呵地表示感谢。蜜蜜私下问闻道现在和糖糖发展得如何了？闻道只能叹一口气，他真不知道该怎么回答这个问题。

第三十九章

开超跑的客户

一天，公司的一个售楼小姐杜诗梅找闻道说想聊聊天。闻道有些诧异，便问她怎么了。她说在那天的慈善义卖晚会上，她认识了一个开兰博基尼的"富二代"。其实当时她也不知道那个人开的是什么车，就是觉得他特有魅力。那晚他没有去招惹那些泳装模特，而是一直在她的身边转悠，并时不时地说两句话。然后，在杜诗梅去上洗手间的时候，他也跟了过来，在洗手间的门口把她抱在怀里来了一个激吻。当时场面混乱，也没人注意到他们。杜诗梅说当时只觉得意识混乱，脑中一片空白。这一句确实有点让她意乱情迷。然后他让她跟他一起走，杜诗梅说好。他又说："你知道跟我走意味着什么。"杜诗梅说："嗯。"然后活动结束后杜诗梅就坐进那辆兰博基尼跟着他回了他的家。闻道听得目瞪口呆！他那天晚上太累了，活动结束的时候也没有注意到杜诗梅是怎么走的。"然后呢？"闻道问，话说出口闻道又觉得这个问题问得挺傻的。杜诗梅既然都跟那人回去了，那啥是肯定的了，这还有什么问头呢？杜诗梅说："第二天早上他还给我做了早餐，就是煎了两个鸡蛋，我和他一人一个。""那还不错。"闻道说。闻道知道杜诗梅前一阵刚和她的男朋友分了，现在遇到一个愿意给她做早饭而不是天亮以后说分手的男人，这也挺好的。闻道始终觉得"富二代"本身并不是评判好和坏的标准。实际上现在这个社会太复杂了，非常多元化，已经很难得能找到一个简单的标准来判断好还是坏。

"他不理我了。"杜诗梅说。"噗……"闻道差点把咖啡喷到电脑屏幕上。刚才不都还好好的在做早餐吗？多甜蜜啊！这才隔了几天？闻道有点搞不懂现在的这些年轻人了。杜诗梅是85后，不仅人漂亮，性格也很开朗活泼，追求她的人很多，经常有看房的人来接她下班。听杜诗梅介绍，这位兄弟曾是一项竞技类电子游戏的世界冠军，那辆兰博基尼就是他用比赛获得的奖金买的。这可太厉害了！闻道以前也喜欢打游戏，除了花钱花时间以外，没想到还可以挣钱啊，而且是挣大钱！"等等……他那天晚上下房子的订单没有？"闻道突然想起这个问题。"没有……"杜诗梅回答道。

"哎……"闻道不禁叹了一口气。他也不知道该说什么好。他总不能说"什么？那人订单都没有下你就跟他走了？"这种话嘛。只能说这人来参加这活动压根儿就不是想来买房的，甚至连交个订金这种举动都不想装。简单，直接！哥就是来你们这儿泡妞的，咋了？"那他怎么又没有理你了呢？"闻道问。"那天之后他一直不怎么理我。我说让他做我的男朋友，他也一直没有回复。"杜诗梅有点黯然地说。"这些事情，我觉得还是要随缘吧，如果在一起觉得确实不合适，也不要勉强。"闻道说。其实他心里大概能猜到那人是怎么想的，只是不想给杜诗梅说得太明白罢了，怕她难过。

这事就这样又过了几天。有一天下班的时候，闻道看到杜诗梅把工装换成了旗袍，当然外面还套了一件大衣。"今天心情好点没呢？降温了多穿点哦，你这是要去参加什么派对吗？"闻道问。"我把他搞定了。"杜诗梅开心地说。"哈哈，恭喜恭喜！……但是怎么叫搞定呢？"闻道也替她高兴。"他同意做我男朋友了，不过我还不能大意。"杜诗梅说，"要慢慢来，再逼他结婚。"上次好像听她说，她想结婚，想快点有个家。"你和他在一起开心吗？我觉得他如果真的爱你，会主动向你求婚的，否则结婚了也不长久是吧？"闻道问。"我和他在一起挺开心的，我每天下班以后都想给他做好吃的。""嗯，开心就好"闻道说，"和自己爱的人在一起怎么都开心。"不禁想到了糖糖，闻道忍不住叹了一口气。"要先让他依赖我。"杜诗梅神秘的一笑，说："他是工作狂，他说了基本陪不到我。""这……还是要陪才行啊。"闻道有点担心地说。听杜诗梅说，他现在自己在开公司，平时工作很忙，属于能干、聪明又有野心的那种人。"他很喜欢女人穿旗袍，所以现在我每次去见他都尽量穿旗袍去。"说完杜诗梅在闻道耳边悄悄地说："他说他喜欢先看着女人优雅的穿着旗袍，然后他再来把旗袍扯了的样子……"好吧，这兄弟可真牛！

"追我的优秀的人很多的，他相比起来其实也不算是最优秀的，但我就是喜欢他了。他其实长得有点帅身材也很好，挺好的，我喜欢有能力的男人。"杜诗梅说。闻道其实也想了解一下这些85后的小姑娘们是怎么想的。闻道说："好吧……不过我要给你一个忠告，再牛的男人如果对你不好，那等于零。""知道啦……他一直不见我，前天晚上我穿着旗袍冲到他家见了面，他就乖乖就范啦……"杜诗梅有点得意地说道。"好吧……希望他持续的对你好吧。你还是很主动的。"闻道觉得有点冒汗了。"我不主动就没机会了。"杜诗梅皱着眉头说。"还有其他女的追他？"闻道问。"很多啊！有很多'白富美'追他，甚至还有开着宾利的跑车在他家楼下堵他的。他桃花运太好了！"杜诗梅有点气愤地说。帅、身材好、年轻、有钱、很多"白富美"追，闻道的脑海中浮现出了四个字："人生赢家"。

"我担心他条件这么好，以后会不会对你不专一啊？"闻道有点担心地说。"我也担心，他不缺女人。不过我希望可以和他结婚，所以我会认真对他。""他以前是不是有很多女人？"闻道有点好奇。虽然他在售楼部接触过很多这种类型的人，但其实他也没有深入了解过他们。"不计其数。他们这个圈子的人，没有交往过一百个以上的女朋友，估计都不好意思拿出来说的。估计很多他自己都不记得了。"杜诗梅有点黯然地说。"哎，希望他能认真对你。"闻道说。"现在他的心不那么飘了。"杜诗梅说。"不过我实话实说啊，像他这样的，即使结婚了，也很可能一样会乱来的，习惯了。而且找他的女人又多，随时都有诱惑，你防不胜防的。"闻道说。"无所谓。我要当正室，其他人再折腾也是小三……他要找的就是这样的老婆。其实我真不在乎，我只想要一个家。"杜诗梅的双眼看着远方说。"这个你还真想得开啊……你还是要让他对你专一啊，不然以后你很难过的。"闻道担心地说。

"反正他人是我的了。"杜诗梅又恢复了自信的神情，说："结婚后要马上生孩子把他套住。""好吧。我还是真心祝福你哦,和自己爱的人在一起总是开心的。"闻道说。他想:要是糖糖能像杜诗梅对那个人一样对自己,那自己真是死了都值得了。"他虽然爱玩,但是很重视家庭的,最爱他妈妈。"杜诗梅笑着说。"嗯,那你就好好对他妈,和他妈搞好关系。"闻道也笑着说。"所以我要对他妈妈好,得到他妈妈的认可,就没有谁可以取代我了。对待这种男人要很用心啊。"杜诗梅龇牙笑道。"嗯,你不错。"闻道说。"要身体上征服他,然后精神上共鸣,生活上依赖。剩下就水到渠成了。"杜诗梅说。"哈哈,好厉害!"闻道说。"这是我们的秘密哦。"杜诗梅说。"肯定嘛,放心。"闻道说。"我没和任何人提过这些,现在关系还不稳定。"杜诗梅说。"谢谢你的信任啊。我肯定不会给其他人说的,我又不八卦。"闻道肯定地说。"我想等领证了再昭告天下,否则只会成为笑柄。"杜诗梅若有所思地说。"嗯,对的。秀恩爱死得快,这还是有道理的。"闻道说。"我只秀老公。"杜诗梅说。

这时依依走了过来。于是闻道就载着依依和杜诗梅一起回城里。杜诗梅直接坐的后座,而没去抢副驾。是不是公司的人现在都默认了闻道和依依的关系啊?哎……一路上,闻道和杜诗梅都没再提她男朋友这事了。

又过了几天,杜诗梅传了一个视频给闻道看。闻道点开一看,原来是他男朋友打游戏的视频,那确实是玩得好啊,高手!闻道对杜诗梅说:"我觉得你应该多了解点游戏,这样和他更有共同语言。""他现在几乎不打了,他说他要成为更牛的男人,没时间做其他的,所以像什么看电影这种恋爱必做的事情不会发生在我们之间。"杜诗梅回答。"哎,但是谈恋爱应该做的事也应该做啊。我担心他用工作忙来搪塞你。"闻道说。"他确实很忙,至少看起来是那样的。"杜诗梅说这句话的时候声音小了不少,感觉她自己都不是很自信。"嗯,你要清楚他到底在做什么。你可以不干涉他,但你一定要清楚。否则你太被动了。"闻道说。"我知道他公司的地址。"杜诗梅说。"我也不是让你随时管他,这样男人容易烦,把握一个度嘛。"闻道说。"我不管他,我给他绝对的自由。我要做的就是对他好,超越其他人在他心中的地位。他心里有我了,自然会冷落其他人。"杜诗梅微笑着说,"男人不是管出来的,管得住人也管不住心,所以要攻心。""好吧，还是很羡慕他啊，有你这么好的女孩这样爱他。"闻道打趣地说。"我们还没到爱的地步，只是非常喜欢。"杜诗梅想了想说，"爱其实更多的是一种付出，可是我要回报。真正的爱可以不要回报，我要的回报就是一个家。所以对他的好也有自私的成分，我想嫁人。"

"嗯，嫁吧，祝福你，到时一定给你送个红包。"闻道喝了一口水说。"哈，早着呢。要想让他就范，需要持久战，除非怀孕了。"杜诗梅说，这个问题她似乎看得很透彻。"那你怀起了？不过这个还是有风险啊，万一你怀上了他也不结婚那怎么办呢？"闻道担心地说。"我倒是想怀了，可是他防护措施做得好，就是不想惹来麻烦吧。"杜诗梅说，"如果一个男人很想得到你，他会想故意把你肚子搞大来拴住你。""就是，所以我才说你这样有风险。"闻道说。"如果真有孩子，他会负责的。他就是因为有责任感才一直不结婚，因为没玩够。"杜诗梅说。"但要等他玩够，那你不是很吃亏啊？"闻道说。"他现在其实也想安定下来，只是能受得了他的人少。他很挑剔的，他喜欢漂亮的、身材好的、没野心的、顾家的，还要可以容忍他所有缺点的。"杜诗梅说。"你很符合啊。"闻道叹了一口气说，"容忍他的缺点，是不是就是要容忍他在外面乱搞女人嘛？""各种，不只这点。"杜诗梅回答。"比如呢？"闻道心想那还要有什么缺点啊？"他也不会玩浪漫，不会花时间陪你。"杜诗梅也叹了一口气说，"这倒不是大问题。只要能结婚，什么都不是问题。这就是我的态度。我就是要个我爱的人和一个家，他是否爱我无所谓，只要不抛弃我。"

闻道觉得这个对话越来越沉重了，他说："哎…妹妹，结婚了也可以离婚的啊！""如果你对他百般呵护，又有孩子了，男人就算爱上别人也不会轻易离婚的，离婚通常是女人不能忍。"杜诗梅肯定地说。"我觉得你对这个问题还是想简单了，这个还要看男人的人品。"闻道说。"我就是觉得他人品不错才喜欢他的，他有责任感。我也是比较挑剔的人，光优秀吸引不到我。遇到喜欢的人很难，所以不想轻易放弃。"杜诗梅说。"看得出来。"闻道很想多了解一下现在的这些女孩子，便问，"你以前的男朋友多不呢？""交往过五个，算他六个。"杜诗梅回答。"还是不少了。"闻道说。"不多啦。我身边很多女性朋友都有十几个、几十个男朋友"。杜诗梅嘟着嘴说。"几十个太夸张了,眼睛都挑花了吧?"闻道惊讶地说。"哈哈,男生就更夸张了,我认识的有交往过几百个女朋友的。"杜诗梅淡定地说。"这太夸张了吧?"闻道吓得来杯子差点掉在地上,"人生赢家"几个字又浮现在了他的脑海中。"哈哈,我男朋友就是。他在他们的超跑圈很出名,长得帅,还开着兰博基尼。他有过好多女人……他根本不记得数量了。"杜诗梅说这句话的时候神情还算平静,也许她早已接受这个事实了吧?"哎……那你好难驾驭他啊!"闻道说。"我就是喜欢难驾驭的。"杜诗梅龇牙笑道,"我发现我就是喜欢这种男人。"

"看来还真是男人不坏,女人不爱啊!"闻道不禁感叹道。"我喜欢叛逆的。"杜诗梅撇嘴说道,"我喜欢叛逆、聪明,有野心的男人,但这样的男人通常花心,我见过太多了。""哎,我觉得像我这种从小到大好好学习天天向上的,最后只能成为失败者。我这种男人估计你是肯定不会喜欢的吧。"闻道说。这当然是一句开玩笑的话,但的确也说出了闻道的心酸。"呵呵,那可不一定哦,人还是需要多了解的。我们全售楼部的女生都说闻哥你好有魅力的。不过目前还是很少能有人比他更吸引我的注意力。"杜诗梅笑着说。"好吧,谢谢你的鼓励。"闻道说。每个人都有自己的活法,不一定别人的生活方式就是最好的。

第三十九章 开超跑的客户

第四十章

有种疯狂叫买房

如今不仅在西京,恐怕在全国的任何一个大城市,买房已经成为人们在街头巷尾谈论的最主要话题之一。西京有很多茶楼和咖啡店,随便在一家坐坐,可能你的邻桌正是房地产相关的甲方乙方正在谈生意。就算不是房地产的从业人员,也可能是普通居民在谈论哪个楼盘的价格最近又涨了,哪里又要开盘了,那谁谁最近又买了房,诸如此类。好像每个人在每个场合都在谈论房子。有早买了房得意的人,有正在到处看房甚至不惜通宵排队抢房的人,有拿着钱心慌的人,有拼了命给了首付而不知道如何花二十年甚至三十年还按揭的人。当然,还有更多的是眼看房价飞涨而买不起的人。只要是位置稍微好一点或者价格低一点的楼盘,基本上都是一开盘就被抢光,通宵排队早已屡见不鲜了,求人托关系才能选到房的例子也是不少。

闻道最近去参加了一个特殊的葬礼,让他连续几天都情绪低落。有一个出租车师傅老王来售楼部看了很多次房,从开始的"守望郡"到后来的刚需组团,最后他还是准备买"守望郡"的尾房,为了他的儿子,作为婚房。当然,凑首付是一个痛苦的过程。虽然西京的房价远低于国内很多一线城市的房价,但是毕竟买一套面积大些的房子总价也不低。几十万元的首付款对于一个普通家庭来说并不是这么容易拿得出来的。而且据闻道后来了解,老王的儿子收入不高,满足不到银行对于三成首付的月收入要求。所以,他们只能选择五成首付比例,这显然压力更大。

出租车师傅的工作强度是很大的，一般每天换两班，个别甚至会换三班。但老王为了多挣钱，经常不换班一个人开，最多的一天他连续开了24小时的车。那天他刚好碰到倒班，就连续开了24小时，然后他昏倒了，就再也没有起来。虽然这事其实和闻道他们公司没有直接关系，但闻道听说这事以后还是去参加了老王的葬礼。他没有代表公司，也不能代表公司。他以一个旁观者的身份独自去的，参加了葬礼并给老王的亲属凑了一份子钱。他显然没法帮助老王实现他的心愿，但这算是略表一下心意吧。

另一个令闻道印象深刻的案例，是一位买他们项目刚需组团的三十来岁的男青年。他几年前在西京房价刚要开始涨的时候，咬咬牙其实也可以买房的。当时他都已经三十岁了，这是作为婚房打算的。由于全家都是工薪阶层，当时总价几十万元的房子对这个家庭而言，并非绝对高不可攀，但肯定会让他们的生活质量下降几个档次。因此他当时想申请两限房，也就是限房价、限套型的普通商品住房，这其实是一种面向低收入群体的保障性住房。那时他也确实符合"相对低收入人群"的条件，于是就报名申请了。这些年，为了保持"收入符合要求"的条件，老板要给他加工资，他拒绝了，他的老板都觉得他是神经病。可这一排就是很多年，申请的人太多了。但问题是时间不等人啊！这几年他亲眼见证了西京房价的飞涨，他对"高房价"的心理承受能力也上升了好几个档次。如今他终于申请到了，但两限房的价格也水涨船高了，目前的价位已经超过了几年前同一地区的商品房价格。这几年的等待不仅让他付出了比当年直接购买商品房更多的资金，还白白搭上了本可以住新房的一段青春，当时的女朋友也分手了。最关键的是，他现在可以购买的两限房的位置还不好，所以他看了很多楼盘以后，决定放弃两限房。由于他在城北上班，所以离永生之城的位置还算比较近。几番比较以后，他买了永生之城的刚需产品。他希望这次，他能和他在永生之城的相亲会上认识的新女朋友结婚。

上天欲让其毁灭，必先让其疯狂。任何商品的价格都有涨有跌，这很正常。但是，一旦人们认为一种商品的价格会一直涨下去，那问题就很可怕了，因为追涨杀跌是人们的本性，或者说是人性的弱点之一吧。

第四十章 有种疯狂叫买房

楼市与爱情

这就是"预期"的力量。闻道曾到一个一线城市去观摩过一个热销楼盘的开盘。相比之下西京的通宵排队购房那就根本不算什么。这个楼盘仅有不到200套房源,却有近1500名购房者参与角逐。交了十万元的"诚意金"只是获得了一个选房的资格,而能否买到房,这真的是和彩票中奖一样。这家开发商规定选房时间是3分钟,但实际上根本没有这么长的时间。购房者进入选房区域以后,前后选房的时间总共也就10秒钟。那真的是就跟抢一样,完全来不及想。参加选房的人基本都没有放弃,只要一进去几乎很快就选完了。由于这个楼盘规定是按照交诚意金排号的顺序来选房,所以如果排号超过200人,那几乎就只能来看看。闻道随便找了一个排在100号左右的购房者聊了聊,恭喜他选到房。这个兄弟说他本来排在300号左右,私下给了售楼小姐几万元钱才调到了100号左右,说是走的"内部通道"。这种"潜规则"闻道是有所耳闻的。在一些热销楼盘,有销售人员找亲戚朋友来提前交诚意金排了很多"号",然后再把这个号卖给真正想购房的人。这个"号",当然就是指一个选房的资格。对很多人来说,这代表着一种对未来美好生活的希望。

"丈母娘",被认为是推高国内房价的重要因素之一,甚至国外的媒体都对这个问题做过报道,称作中国的"丈母娘经济"。这当然是一种调侃,但不完全是无中生有。为什么非要买了房才能结婚呢?这可能和中国的传统文化有一定的关系,"安居乐业"中的"安居"二字表示了有固定的居住场所,而且要是自有的;而"乐业"二字则表示了有稳定的工作,也就是说有稳定的收入来源。所以"安居乐业"这四个字加起来就意味着居有定所且有稳定的收入来源,简单理解就是"靠谱"。当然,这只是"靠谱"在物质上的一些体现,光有物质还不行,人本身还必须靠谱才对。说到这个结婚和买房的问题,那故事可就太多了。闻道看过太多的购房者,概括地说可以把他们分成三类人。第一类就是婚前不以结婚为目的的买房。有一句话说"不以结婚为目的的恋爱都是在耍流氓"?那不以结婚为目的的买房又是什么呢?这显然是一种"纯粹"的买房。或者是子女的父母自身配置资产的需求,只不过写上了子女的名字;也或者是年轻人自身的置业需求,可能还没有想好结婚与否。前者的住房产品多样,而后者基本上是小户型。第二种当然就是以结婚为目的的买房,简称"婚房"。这种置业需求目的性非常强,一般来说,三居室的住房产品最适合这种需求,因为要考虑到生小孩的问题。当然,这也得由家庭的经济条件决定,实在不行套二也可以,但套一或单间就确实不太合适了。第三种自然就是"婚后"的置业需求。这主要有两点:一是"换房",就是改善型的置业需求,换更大的、更好的房子;二是"投资",这对产品的要求就很多样性了,既可以是小户型,也可以是大户型,甚至有买别墅来投资的。

对上述的第一种情况来说,通常是青年才俊的楼市初体验或父母一辈的"代际转移";对第三种情况而言,那往往是属于"锦上添花"或者"升级换代"。问题往往出在上面提到的第二种情况中,这往往带有一定的紧迫性甚至强迫性。在极端情况下,甚至以悲剧收场。有这样一个故事是闻道听说的,发生在另外一座城市。有一对小青年,准备结婚。但女方的父母认为这小伙子既没稳定工作也买不起房,于是坚决不同意他们的婚事。于是两个年轻人准备殉情。他们到菜市场去买了一大包老鼠药,加入到煮好的饭菜里吃了,然后一起躺在床上等死。半天过去了两人安然无恙。原来他们买到假药了!这本来是好事,说明他们命不该绝。但是偏偏他们已经不准备再活在这个世界上了。于是他们决定干脆一人一刀捅死算了。他们真的捅了!结果小伙没死,姑娘却真的被捅死了。一个悲伤的故事!

还有一个故事,也是闻道听一个业内同行说的。同样是一对年轻人,相恋几年后准备结婚。女方的父母先是让小伙的家里出首付。小伙的老家在一个小地方,这个大城市的一套房的首付对小伙家里来说是天文数字,家里给不出来。后来女方的家里做了让步,说一人出一半首付。小伙的家里还是给不出来,而且小伙不想让父母承受那么大的压力,让他们没法安然养老。本来这个姑娘是站在小伙这一边的,但是看到小伙家里本来可以拿一点出来给首付而不愿拿,觉得他很没有诚意,于是两人的矛盾越来越大。终于,在一次争吵之后,小伙在冲动之下掐死了这位准新娘。在审判的法庭上,原本要成为亲家的两家人,此时已形同陌路。

买房,真的就那么重要吗?

第四十一章

糖糖的心事

工作经常会让人觉得浮躁，特别是卖房这种工作。而爱情，又会让人沉浸在自己的世界里，哪怕这是一个虚幻的世界。

这段时间闻道都忙着项目上的事情，和糖糖见得很少。其实他们一直也见得不多。这天，闻道问糖糖在做什么。糖糖给他发来一张照片，是她穿着蓝色的晚礼服，就像仙女一样。闻道说穿得这么好看要去哪儿啊？糖糖对闻道说，她晚上要去参加一个朋友的晚宴。闻道问什么样的晚宴啊？糖糖说是朋友的公司要搞一个发布会，邀请她去，她都不认识那些人，觉得可能会很无趣。闻道一听就知道肯定是那人想找些美女去撑场面嘛，他们售楼部举办活动也经常这样干。闻道说："如果你觉得可能会很无聊的话，你可以带一个女伴一起去啊？"闻道特意强调了"女伴"。"行，我问问看蜜蜜晚上有没有空。"闻道知道她的这些"朋友"们，很多其实就是飞机上的乘客。她这么漂亮是经常有乘客要电话或留电话的，自己不也是这样和她认识的吗？当然还有很多人是"朋友的朋友"，闻道知道糖糖喜欢参加派对，聚会上很容易认识朋友的朋友。"要我来送你过去吗？"闻道问。"不用了，朋友来接。"糖糖说。这让闻道有些紧张了，该不会这人就是打着邀请糖糖参加活动的幌子来泡她吧？这种人闻道可见得多了。"那回去呢？我来你活动的地方接了你然后送你回家吧。"闻道又说。"蜜蜜可以送我吧。你那么忙的，没事的，你不用担心我。"糖糖说。"好吧。"闻道只能作罢。

晚上，闻道担心糖糖，问她蜜蜜来了没有。她发来一张端着红酒杯的照片，说蜜蜜有事没有和她一起来。闻道问她活动好玩吗？她说没什么意思，她和那些人没有什么话说。但是她说做活动挺有意思的，她很想尝试一下。闻道又有点紧张起来，问："你想尝试什么？""我不想做空姐了。"糖糖说。"为什么呢？"闻道很惊讶，虽然以前糖糖给他提过，但他以为她是闹情绪说着玩的。"不干一件事情的理由可以有很多种吧。"糖糖说道，"一个香港朋友开了一家公关公司，想让我去一起干。""公关公司？"闻道更吃惊了，内心非常的担心。公关公司是干什么的？不就是勾兑关系的吗？甚至很多时候还是在灰色地带用灰色的方式。"你吃什么惊啊？"糖糖问闻道，又说道："我觉得挺好的啊，又好玩又可以结识很多人，这不挺好的吗？""哎，这不是你想的这么简单。公关公司就是帮客户勾兑关系，你觉得美女能用什么去勾兑关系？"闻道心里很不高兴，这话说得有点不客气。"你怎么那么狭隘呢？我难道就不能用我的专业服务去帮助客户疏通各种关系吗？"糖糖也不高兴起来。

"我不是这个意思。我也接触过很多类似的公司和机构，这个行业乱得很，我是担心你嘛。"闻道解释道，又说："你那个香港朋友是你的乘客？""嗯……"糖糖回答得有些支支吾吾的。"他不会是找这个借口来接近你然后泡你吧？"闻道担心地说。一旦等糖糖把空姐的工作辞了，就回不了头了，然后这人再逼得她就范？他这人太坏了！"你想多了。他的年纪都可以当我爸了。"糖糖回答说。"当你爸又怎么？就算他的年纪可以当你爷了，不一样可以打你这样的小姑娘的主意吗？这样的人我可见得多了！"闻道是真的有点急了。这是真话，闻道的项目在接触一些高端幼儿园的时候，老夫少妻的现象屡见不鲜。幼儿园的老师们根本不敢乱喊。曾经就有莽撞的新老师问一个小孩来接他的是不是他的爷爷，惹得孩子的家长很不高兴，人家明明是爸爸嘛！至于那种"爷孙恋"的情人或者说不清楚是什么的关系就更多了。"你想多了，我不和你说了！"糖糖说罢就没有再回闻道短信了。

过了几天，闻道又给糖糖发了一条短信，说："亲爱的，还在生我的气啊？"糖糖很快回了："你想我怎么说？"闻道回道："你知道我是在为你好，我是关心你嘛。""我知道，不然我就不理你了。"糖糖回道。"你知道我一直都对你好的……"闻道说。"我知道。要是你没有那个约定，我也会百分之两百地对你好……"糖糖说。"我们见一面吧，一起吃顿饭。"闻道说。"好。"这算是一个肯定的回复。

　　第二天，糖糖不"飞"，但她要在乘务部备份，下午晚点才结束。闻道和糖糖约好在市区的一个餐厅见面，离糖糖家不远。糖糖说她还有些事，让闻道先去。闻道说他可以来机场接糖糖。糖糖说她得先回家放下东西。这一去还等得有一点久，闻道找了一个卡座坐下，等得肚子都饿了。但是当糖糖姗姗来迟，出现在闻道的视线中的时候，他又立即觉得为了她，任何的等待都是值得的。糖糖说刚才在家门口打不到车。闻道知道下班这个点儿的确是很难打车的，不仅打车的人多，而且出租车师傅们还要交班。"饿了吧？想吃点什么好吃的？"闻道看到糖糖总是不自觉的有点害羞。虽然他平时是很健谈的，但在糖糖面前有点不知道说什么。在自己的"女神"面前，闻道觉得自己的心态又恢复成了小男生的那种感觉。这是一种很奇怪的感觉，在其他人身上都没有过。糖糖拿过服务员递过来的iPad菜单，点了几个比较辣的菜。闻道问糖糖是更喜欢吃素菜还是吃荤菜，糖糖说："肉。"闻道笑着说："还是要多吃一些蔬菜。"糖糖的手机还连接着充电宝，感觉有点忙的样子。

　　糖糖今天似乎心情不太好。闻道关心地问她怎么了。糖糖说她和她们乘务组组长关系不好。她们的乘务组长是一个中年妇女，在工作上有些刁难她。"哎，女人何苦为难女人？"闻道想。闻道问空姐怎么会有中年妇女呢？糖糖解释说，空姐这个职业的上升通道就是乘务长，否则到了一定的年龄就只有退。闻道问糖糖："那你想当乘务长吗？""不想。"糖糖噘了一下嘴说。她的一颦一笑都是那么美，她的每一个姿态都是那么得优雅。其实和糖糖在一起真的不需要做什么，就这样看着她，闻道都觉得特别满足。看不够，真的看不够。可惜，见她一面却总是这么不容易。

　　糖糖的心情闻道也理解。很多做空姐的女孩子也不可能一辈子干下去，毕竟这个职业还是有一点"青春饭"的感觉。空姐们的从业时间大都比较年轻，很多人20岁出头就开始从事空姐的职业的，干上30岁的都不算太多了，一般么转行要么嫁人不干了。这不像国外的一些航空公司有很多"空嫂"。其实这也很正常。空姐们一般都比较漂亮，追求的人多，而这些人普遍来说条件还可以，结婚后不用再上班的空姐也很多。当然，每个人的情况都不一样，这也不能一概而论。

"其实我觉得空姐这个职业挺好的，起码单纯。"闻道喝了一口水，看着糖糖说道。他当然知道公关公司是干什么的，有些什么"潜规则"。其实人在社会上立足，最终还是要靠一门手艺的。闻道曾和陆教授交流过这个问题。陆教授说："一个普遍适用的原理是，任何事物的价值都取决于其稀缺性，越稀缺的其价值就越大，人也不例外。现在人们所普遍强调的人际关系虽然重要，但不是绝对的。"陆教授又说："人际关系更像是一种润滑剂，而不是生产力本身。如果把人际关系当成最核心的竞争力，人的发展容易走偏。市场经济最终还是一个商品社会，你能向社会提供一个什么样的产品，决定了你在社会中的地位。这种产品可能是一种具体的物质化的，比如开发了一个什么东西；也可以是一种抽象的服务，比如提供了一种咨询或者能够做什么独特的事情，哪怕会做饭下面。"闻道非常认同陆教授的观点。我们经常听人说，"我认识某某人"，也许这只是你听说过这个人，或者打过一个照面。但这有什么实质性的意义呢？当你真有困难时别人会帮助你吗？

当空姐起码工作内容单纯，飞得多就挣得多，下班就是下班，不需要应酬，也没有什么业绩之类的压力。毕业后工作这些年，闻道的感受很明显。抛开各种"二代"不谈，普通人的职业道路其实就只有两种模式，一就是专业技术类，二就是人际关系类，所有行业都是如此。对女孩子，特别是漂亮女孩子来说，走第一条路显然更辛苦一些，写报告、财务分析、人力资源什么的，通俗的说是很多行业的"后台"。朝九晚五，打卡上下班，工作内容枯燥。第二种道路看似轻松，一般不用上下班打卡，工作时间弹性大，经常出入高档场所应酬，娱乐和工作结合在一起，接触的都是高端人士，谈成业务有高额的提成。乍一看，第二种职业发展道路是很有吸引力的，通俗地说就是一边玩耍一边就把钱挣了，而且还很可能是挣大钱。拿读书来做类比，第一种方式就是循规蹈矩的死读书，而第二种方式就是贪玩的另辟蹊径。但问题是，你的客户们，当然这通常是男人们，都不是傻的。同样一笔业务，凭什么交给你做而不是给另外一个人做？业务开展顺利与否，除了你公司的实力和产品自身水平这些基本条件之外，很多时候谈到最后就要看谈业务的人是否能"放得开"了。对于美女而言，其实大家都知道这意味着什么。

当然，如果你"想得开"，那这样的生活的确会是愉悦的。每天睡到自然醒，出入的都是高档场所，追求者众多，和客户约一次除了把业务谈成了换回高额的业绩提成，对方也许还会赠送很多礼物，包包、衣服、首饰等等，带出去旅游一下也不是不可以。但如果你"想不开"，这样的生活就会变得很痛苦。每天在你不喜欢的男人之间游走和周旋，被搂搂抱抱都是小事，还得处处提防不被占便宜。而不顺从对方往往就意味着对方会在业务上对你各种刁难，业绩做上不去自己的收入就会下降，甚至饭碗不保。这还不是问题的全部。关键是，二十来岁的小姑娘这样折腾一下倒也无所谓，但以后怎么办？运气好在谈业务的同时，找到一个靠谱的成功人士，把自己嫁了，从此脱离苦海，安心做个全职太太。运气不好的，干了几年下来，经常熬夜喝酒、唱歌把身体也损害了，运气不好还得去做几次手术。有了男朋友甚至结了婚，哪个男人能忍受自己的女人天天在外面陪酒应酬？除非他是吃软饭的，或者他根本就不在乎你。应酬，呵呵，不就是陪笑、陪吃、陪喝、陪玩，甚至陪睡吗？这能有什么新意？也有可能熬了一段时间以后，职务提升，你成了经理或副总之类的，个别能干的人甚至成立了自己的公司，这样你可以让你的下属去应酬，这和"媳妇熬成婆"是一个道理。但这样的人毕竟是少数啊，这个职业发展通道能够容纳的人数是极其有限的。对于这条路上的大多数人来说，要么运气好找个靠谱的人嫁了；要么，则留在欲海中继续沉浮。几年下来，你会觉得自己很空虚，什么都不会，什么都不是，除了认识这个局长、那个老总。的确，这也是一种社会资源。但是，这种资源你能用吗？你怎么用？你敢用吗？

从闻道自己身边的同学和他认识的人的经验来看，对女性来说，普遍"后台"的发展道路优于"前台"，踏实干几年以后，很多都成了所在单位的中层干部，或者当了一个小领导。而且就算不能，起码你能有一个正常的家庭生活。所以，当他听到糖糖想辞职去公关公司的时候，心里那是一万个不乐意，也是非常担心的。但是，他又有什么办法呢？他又不是大款，不能砸钱把糖糖包养了，让她不去折腾。他什么都不是。想到这里，闻道一下觉得非常沮丧。他除了给糖糖一些建议以外，他还能怎样呢？

"我觉得你可以去教艺术体操啊，教小孩或者教成人都可以。"闻道说。"呵呵，谁来学？而且我也不喜欢教别人，没这耐心。"糖糖迅速否定了这个提议。这顿饭吃得有点沉闷。两人似乎都没有太多的话说。结完账，闻道从包里拿出一个盒子递给糖糖，说送给她一个小礼物。这就是那条国际大牌的水晶项链。虽然不是钻石的，但这串水晶项链光彩夺目，非常漂亮。闻道想象这串项链戴在糖糖的脖子上那一定是非常美丽的。糖糖说了声谢谢，收下了。出了餐厅，闻道为糖糖打开车门让她坐了进去。但是糖糖没有直接回家，而是让闻道把她送到了一个咖啡馆。她说她的一个朋友在做医疗健康产业，她想去听一下，说不定能帮忙介绍些业务。看来她还没有去公关公司就已经进入状态了。她本来就挺喜欢聚会、社交，也许她去公关公司也很适合呢？

路上，糖糖说："说说你的前妻吧？你们为什么离婚？"然后糖糖又说："算了，当我没问。"闻道有点诧异糖糖突然问起这个来，不过他对糖糖一直都很坦诚，也没什么好隐瞒的。闻道25岁硕士毕业就立即和相恋两年的女友结了婚，现在一晃已经5个年头了。婚后他的前妻去了英国读书，后来留在英国工作。他自己则留在国内，先是在一家房地产代理公司工作，后来逮着个机会跳到了开发商这里来。闻道的前妻经常让他去英国发展，早日结束两地分居。为此两人发生过不少争执。闻道觉得国内挺好的，英国他也去过，短期旅游可以，但要生活总感觉很难融入进去。于是两人就这样拖着。那时，他的前妻每天都要打电话回来"查岗"。他其实觉得她可以放100个心。闻道自己天天忙得晕头转向，房地产这个行业就是天天开会，大会套小会，不加班就是万幸。他身边的美女虽然多，但闻道也知道自己是围城中人，一直恪守本分。只是长期的两地分居，越来越多的"时差"让分居两地的夫妻俩感情越来越淡，最终累积了大量的矛盾。有次闻道的前妻回国时，吵架之后两人一冲动就去了民政局，属于典型的冲动离婚。也许是离婚后又有点后悔，二人觉得还是再缓冲一段时间，于是商定了一个"奇怪"的协议：两年内谁

第四十一章 糖糖的心事

和别人谈恋爱，谁就赔偿另外一方100万元。

"呵呵……"糖糖听罢说。其实闻道也很想问糖糖以前她在感情上究竟受过什么伤，但是看到她没有想说的意思，也就作罢。闻道一直都很尊重糖糖，她不想说的事情闻道绝对不会追着问。到了咖啡馆门口，闻道问："要不我在外面等你？待会你完了我送你回家。"其实闻道就是想多陪陪她，多一秒是一秒。"不用了，你先回去休息吧。"糖糖说。晚上，闻道给糖糖发了一条信息，说："尝试过才分开几个小时就想念一个人的感觉吗？哎……"糖糖回道："好好照顾自己。谢谢你的项链。""你想我吗？"闻道忐忑地问。"想不想都一样。"糖糖回道。这当然不会是一样的，区别可大了！"今天发现不和你聊感情，是很愉快的，感觉你像颗定心丸。"糖糖说。闻道只能苦笑一下。

两周以后，糖糖给闻道发来了一条短信，说她已经把空姐的工作辞了，去了她那个"香港朋友"开的公关公司，做大客户经理。

第四十二章

全民放债

这天，大牛总召开了一个只有公司高层参加的内部会议，闻道也参加了。大牛总专门问了闻道销售回款的问题。闻道回答说，首付款首款顺利，下定后退房的客户很少。银行发放的贷款正在逐步到账，但是一些公积金贷款的基本都还没收到，公积金中心那边说要等半年。大牛总说现在行情好，以后尽量少推公积金贷款的金融方案，必须要加快销售回款速度。闻道知道公司的这个项目虽然号称有数千亩的土地储备，但实际拿到手的也就将近一千亩。要是花了这么大力气把这一片区域做起来了，但地被别人拿去开发了，那可真是为别人做了嫁衣，成了冤大头了。土地升值在当前的市场环境之下，那可是肯定的事儿，所以凑钱拿地的动作还必须抓紧。大牛总虽然是个"土豪"不差钱，买个包甚至买个车眼睛都可以不眨一下，但在拿地这个问题上还不一样，这可都是以亿为计量单位的。所以大牛总现在对销售回款的焦灼心情也是可以理解的。毕竟那些地还没有拿到手上，他的心就是悬着的。这可真的是在和时间在赛跑啊！

这个周末，闻道回家和父母吃了顿饭。父母说隔壁老王家把攒下来的一点钱投到了一家理财公司，年回报率给的18%。"这么高？"闻道不禁放下了手中的筷子。"可不是吗？那个理财公司的老板每个月还亲自开着宝马车停到小区门口给老王送利息来了。你说我们家要不要投资一点呢？据说现在去理财公司开户还送一大瓶菜籽油呢。"闻道的妈妈问。

"先不急，我去请教一下专家。"现在银行存款的利息才多少？这18%的年回报率可赶得上房地产开发了，真的有这么好的事吗？从父母家出来，闻道立即给陆教授打了一个电话，想约陆教授喝杯咖啡。但陆教授说他下午有个电视台的采访，走不开。闻道说那他去陆教授家找他。闻道其实心里有点着急，他怕他的父母禁不住高利诱惑把钱投进去了，他心里总觉得这事儿有点不妥。

到了陆教授家，电视台的人也刚来，由于室外冷，所以没有在花园，而是在客厅。陆教授家的室内很暖和，装了地暖就是好啊。闻道问陆教授为什么不在书房做采访呢，陆珞竹说书房有点乱，还是客厅整洁一点。电视台一行来了三个人，两个男的一个女的。女生自然是外景主持人。两个男生一个是摄像师，一个可能是助手。摄影师搭好摄像机的三脚架以后，调试了一下，就开始录节目了。陆珞竹和女主持人坐在客厅的沙发上，女主持人拿着话筒递到陆珞竹的面前，陆珞竹问她他应该看摄像机还是看她，她说看她就可以了。闻道站在摄像师后面看着他们录节目。其实主持人也就问了几个小问题，没花多少时间这个节目就录完了。闻道看到录节目的时候，那个女主持人的眼睛都在放光，陆珞竹确实很有风度和魅力，回答的问题不仅答得非常到位，而且处处闪烁着智慧的光芒。陆珞竹对她说，其实打个电话他就可以回答这些问题的，还麻烦他们几个跑这么远来录一下，多不好意思。主持人说本地的外访专家是必须要当面进行现场录像的，不然他们台的领导会说他们工作不认真。陆珞竹哈哈地笑了起来，说："我都经常去你们台里做节目的。"主持人说："是的，那是专访嘛，需要演播间。""上次我有事赶时间，所以约在路边和你们做采访，效果肯定不好，噪音大。这次专门邀请你们来我家里做节目，好请你们喝杯咖啡啦。"陆珞竹说。"没事啦，是我们老是麻烦您啊。今天我们还得赶去采访另一个专家，咖啡只有留到下次喝了。"主持人有些遗憾地说。"那行，我送你们出去。下次可一定要把时间留宽裕点哦。"这时摄像师和助手已经把设备收拾好了，于是说罢陆珞竹送他们三人出去。

等陆珞竹回到屋里，闻道说："陆教授周末都这么忙啊？""主要是因为周五晚上央行突然宣布降息，所以今天媒体的朋友们都忙着找专家解读。"陆珞竹一边回答,一边做了两杯咖啡,他和闻道一人一杯。"为什么央行喜欢周五晚上发布这些重要消息呢?"闻道有些不解地问。"应该是为了给资本市场更充裕的时间消化吧,资本市场总是反应过度的。"陆珞竹喝了一口咖啡说。"那下周的股市会受影响吗?"闻道又问。"必然会。这对地产股是利好,我准备周一早上一开盘就抢入小盘地产股,多半会大涨。"陆珞竹看着闻道又说,"对了,你们上次那个别墅项目开盘后卖得如何呢?""还可以,那些'土豪'们太有钱了,还有一个在西京周边开矿的老板一口气买了两套,说他自己住一套,再给父母住一套。"闻道说。"呵呵,他还挺有孝心的。"陆珞竹笑着说。"陆教授要不也来买一套?我给你我能给出的最大优惠。"闻道说。"算了,我可不是'土豪'。再说,我比较追求资产的流动性,我还是炒我的股吧。"陆珞竹摇了摇手说。

"上次依依说她住的地方怕有小偷,我想到你家里安装了安防设备,就让她来联系你……"闻道说。"是的,我已经帮她安装好了。呵呵……"陆珞竹似乎有点不好意思起来。闻道便也没有再问这个,他总不能直接问他们两个发展到什么程度了吧。闻道说:"今天我来,主要是想请教一下现在这些理财产品的问题。今天我妈都在问我这个,所以我赶快来咨询一下。""月息多少的理财产品?"陆珞竹问闻道。"说的年化下来18%的收益率吧,具体是什么品种我也没仔细看。"闻道回答。"年化18%的收益率其实就现在的行情来说还不算什么,我知道的很多理财产品的收益率都是按月计算的,月息两分甚至两分五。"陆珞竹说。"那年化下来,不是有24%到30%?"闻道吃惊地说。他其实一直以来都没有怎么关注这些金融类的投资品种,他只是专注于房地产行业。"你觉得很高是吧?"陆珞竹笑着问闻道。"那当然高啊!谁借了这钱能还得起啊?"闻道回答。"你们房地产经常被认为是暴利了,你们做一个项目的收益率大概是多少呢?"陆珞竹问闻道。"这个影响因素可太多了。"闻道想了想说,"拿地的成本,资金的成本,等等,公司之间和项目之间的差异很大。开发的成本只要不过于偷工减料什么的,相对来说都差别不大。如果项目操盘得好,那目前的行情下30%的利润率还是有的。""哈哈,不是说轻易可以翻倍吗?"陆珞竹笑着问道。"哪有那么高啊?那除非是地价非常便宜，也有可能。但地价便宜往往意味着其他成本高，这个大家都懂的。"闻道说道，然后二人都笑了起来。

"而且，我刚才说的还是一个项目的整体收益率。而一个房地产项目的资金回收周期往往是比较长的，从开发建设到销售完成需要较长时间。如果时间拖个几年，那这个年化的收益率算下来就低了。"闻道补充道，他想到了大牛总开会时说的要加快资金周转速度的问题。"是啊，所以我经常也在想，这么高的资金成本，总是需要有下家来接盘的。这些理财公司，其实也就起到的是一个平台的作用，把资金的供给方和需求方连接起来。但是，最终，还是需要有人为这个高额的收益率买单的。"陆珞竹把杯子里的咖啡喝完了，问闻道还要不，闻道摇摇头，于是陆珞竹接着说道："你对各行业的平均收益率熟悉不？"闻道说不知道，这个可能有高有低吧。陆珞竹叹了一口气说："我们国家工业行业的平均利润率只有6%。""这么低？"闻道吃惊地说。"是啊！以制造业为代表的第二产业长期占我国GDP的一半左右，所以说当前绝大多数行业是无法承受这些理财产品的高额融资成本的。"

"那谁用了这些钱呢？"闻道问。"这个问题问得好！"陆珞竹赞许地说，"谁投了钱进来其实并不是问题的核心，而谁用了这钱才是问题的关键。"陆珞竹继续说："其实这些理财产品的问题，说大一点，就是我国民间金融的问题。随着民间金融的迅速发展和各种金融创新工具的出现，居民手里越来越多的金融资产将配置在收益更高的金融资产上。民间金融在我国的蓬勃发展有着必然的原因。在我国，大企业融资渠道很多，如自有资金充裕、银行贷款、公司债、股票，等等…但中小企业融资难是一个老难题和新困境。"陆珞竹继续说道："我国中小企业融资现状是融资渠道比较狭窄，从银行贷款的难度较大，它们只能依赖非正规金融渠道。除商业信用外，民间借贷等各种非正规金融活动也是中小企业融资的重要补充。有这么一种说法：民间借贷就像一杯毒酒，中小企业可以暂时解渴，但却注定逃不过死亡的命运。不借钱开不动机器，借了钱又还不起利息。"

"这是不是就是高利贷啊？"闻道听得有点晕。"你不要说得这么直接嘛，哈哈。"陆珞竹笑了笑，然后又接着说："民间金融属不属于高利贷，这是一个相对的概念，也可以说这是一个灰色地带。高利贷不受法律保护，但是目前也没有哪条法律规定放高利贷的行为是犯罪。现行法律规定民间借贷中超出银行贷款利率4倍部分的利息不受法律保护。也就是说，高利贷行为中，出借人的本金以及'银行利率4倍'以内的利息是受法律保护的，超出部分利息不受保护。""4倍是多少啊？"闻道问。"比如说以贷款基准利率6%为例，超出24%的部分就是高利贷。如果一个人把钱以月息两分五，也就是年利率30%出借给另一个人，当这个人拒不还款时，出借人的本金以及24%以内的利息受法律保护，法院会判决借款人偿还，但剩下6%的利率则不受保护。"陆珞竹解释说。"但我印象里为什么总是说高利贷是违法的呢？"闻道又问。陆珞竹说："人们一般认为高利贷是犯罪，是因为在催收过程中常会有暴力等违法行为。还有，非法集资是违法的，个人放贷不算违法，所以高利贷其实也并不违法，只是超出银行利息4倍的部分不受法律保障而已，签了借款合同也是白签。"

"那陆教授，您说现在这风起云涌的民间借贷，会如何发展呢？"闻道有点担忧地问，他想到了他的妈妈问的那个问题。就一点养老的钱，要是真投进去了取不出来怎么办？陆珞竹说："现在的民间借贷最近几年在融资难的背景下持续火爆，你可以看看内蒙古一些城市的情况，那里基本上都是在全民放债了。我仔细观察了一下，这些民间借贷的资金基本都进了矿产和房地产这两大行业。目前来看也只有这两个行业勉强能够支撑这么高的资金成本，普通的制造业根本不得行。"陆珞竹顿了顿又说："在当前的宏观经济形势下，房地产和煤炭这样的矿产的价格都在走高，所以资金的供给方和需求方都是皆大欢喜的局面。但问题是它们的价格不可能永远涨下去。一旦价格转跌，这张多米诺骨牌就会倒下。""那不是风险很高吗？"闻道很担心地问。"呵呵，这还不是问题的全部。"陆珞竹接着说，"现在的很多钱甚至没有投到房地产和矿产的手上，而是在这些金融机构之间空转，比如一家公司把钱借给另外一个公司，这个公司又把钱借给第三个公司，等等，相互之间就是赚个利差，根本没有真实的资金需求项目。""啊？这……"闻道觉得这些玩金融的人太吓人了，这都想得出来，还真是撑死胆大的，饿死胆小的啊。"是啊，这就是击鼓传花吧。金融上这叫'杠杆',可以放大收益,当然也可以放大风险。"

"那您说我妈能不能投钱进去呢?"这才是闻道最关心的问题。"我刚才说过了,这就是击鼓传花的游戏。如果你有信心不成为最后一棒接盘的人,当然可以进去玩。否则还是回避一下吧。"陆珞竹微笑着说。陆珞竹又对闻道说:"你自身也是房地产的从业人员,你知道在当前的市场环境之下,房地产的老板们都想用有限的资金去滚动开发更多的项目。如果开发商们开始大规模的借助民间借贷的资金来为项目融资,那我确实是非常担忧的。""那会怎样?"闻道担心地问道。"一旦房价下跌,开发商这条绷紧的资金链条就很容易断裂,你知道利滚利滚雪球下去是非常恐怖的。"陆珞竹回答道,然后他又补充了一句,"甚至还不用等到房价下跌,只要房地产的销售陷入胶着状态,开发商的销售回款变慢,这个高度绷紧的资金链条都会容易断掉。"看来,只要房价一直涨下去,一切都是很美好的。但房价会一直涨下去吗?

第四十三章

租房还是买房？

这一段时间，北京的一个专家频频出现在各大媒体的财经版头条。虽然转述的版本有很多，但其实他的核心观点只有一个：房价必然暴跌，谁买房谁傻。他说中国的高房价必然崩盘，未来下跌 50% 都是少的，有房的中产阶级将纷纷破产。有媒体解读成"买房不如租房"，也有人干脆解读成"买房不如拿去吃喝嫖赌"，更吸引眼球嘛。这下可急坏了全国各地的开发商，要是他说的是真的，那他们还卖什么房子呢？西京市当地的媒体也在热议这个话题。西京电视台准备邀请在西京地产界赫赫有名的陆教授，和几个开发商的老总，一起搞一个圆桌论坛，讨论一下这个北京教授的观点。电视台的节目编导给陆教授打电话邀请，但陆教授听了情况以后觉得不妥，婉拒了。陆教授和媒体的关系向来很好，但这次他为什么要婉拒媒体的邀请呢？原来陆教授其实不认同这个北京专家的观点，但如果和几个开发商的老总一起做这个节目，陆教授把自己的观点一说出来就会让人觉得是在帮着开发商说话，这可能有失学者的公允性。义愤填膺的网友们肯定会说他收了黑钱等，那自己可太冤枉了！陆珞竹把自己的这个想法和编导做了坦诚的沟通。编导说："我和这档节目的主持人都是您的粉丝，非常想邀请您来参加我们的节目。如果您觉得这样不妥，我们可以单独邀请您来做一期专访。"盛情难却，这还有什么好说的呢？

于是约好了一个下午，陆珞竹来到电视台。编导将陆珞竹带进演播室，女主播已经恭候在这里了。女主播笑着对陆珞竹说："陆教授，久仰大名啊，今天终于见到您本人了，看起来这么年轻啊！""我也不年轻啦，你才年轻嘛！"陆珞竹笑着说道。上次来问他问题的外景主持人可能就是刚从学校毕业入行不久的小姑娘，非常可爱。但这位演播室的女主播明显感觉要专业很多。她穿着职业套装，一头卷发，举手投足之间都散发着一股优雅的气息。"我叫章晓婷，这是我的名片，请多指教！"陆珞竹接过章晓婷的名片，这名字觉得熟悉。他以前参加过西京台的其他频道的节目录制，虽然和章晓婷是第一次见面，但以前肯定在电视上看到过她。陆珞竹也拿出名片递给了章晓婷，二人简单寒暄了一下，陆珞竹戴好麦克风，就开始录制这期关于楼市的节目了。

这次访谈的话题是"租房还是买房"的问题，作为对最近大热的那个北京专家说房价即将大跌让大家不要买房的话题的回应，主持人首先就询问了陆珞竹对这个问题的看法。陆珞竹笑了笑说："我也不认为房价会一直涨下去，从来没这样说过，但是下跌50%这个判断我确实不敢认同。""而且，下跌50%这个说法也很模糊，没有一个明确的时间限制。是明年吗？两年内吗？五年内吗？还是十年或者更长的时间？这个从最近流传的说法来看我们并不清楚。"陆珞竹补充说。"那很多媒体把这个专家的观点解释成'买房不如租房'，说不如把买房的钱拿去好好享受生活，提高生活质量。您是怎么看这个问题的呢？""我觉得这个问题不能孤立地从某一段时间来看，而要从人的一生来看。"陆珞竹说道，"经济学中有个生命周期理论，讲的是理性的消费者会在其一生的视界内来平滑其消费。比如在年轻收入少的时候，可以通过贷款等方式提前消费一些大宗商品，而在中年收入高的时候又进行储蓄来还贷或应对老年收入减少时的消费。"

"您说的'大宗商品'就是指住房吗？"章晓婷问。"汽车消费也是。现在很多家具家电也可以分期，性质是一样的。但因为住房的总价高，所以这个问题在住房消费上体现得更明显一些罢了。""那人们应该全款买房还是贷款买房呢？"主持人又问。"我们不妨来看看各自的利弊。"陆珞竹说道，"全款购房者凑款的时间更长，当然，我这是指普通人，'土豪'随意。但是从消费者的生命周期来看，没有利息支出，相当于购房的总价少，然后要么可以购买更多的其他商品，要么购买更大更好的住房。贷款买房当然可以早买早享受，但是从生命周期来看需要承担更高的购房成本。""这个贷款的总成本有多高呢？"主持人问。"这个我只能估算一个大概的数，因为贷款利率是经常都在变化的。"陆珞竹回答。"嗯嗯，是的，利率经常都在调整，而且通常是在周末。"主持人说。"呵呵，是的。"陆珞竹笑着说道，"我根据目前市面上常见的房贷产品大概估算了一下，年化下来的房贷利率大约在4%左右。"章晓婷不解地问："常见的商业房贷利率不都是6%左右甚至7%左右吗？怎么会是4%呢？"陆珞竹解释说："我说的是'年化'后的利率，就是根据贷款期限内的总利息支出再参考贷款本金所折算出来的利率。"陆珞竹又补充说："那根据这个年化利率，如果购房者选择20年的贷款期限，总的利息支出就是贷款金额的80%了。而如果购房者选择30年的贷款期限，总的利息支出就是贷款金额的120%以上了。"

"这么高啊？"章晓婷吃惊地说道，"那如果贷款100万元，20年下来利息支出就是80万元？30年下来就是120万元？""是的。"陆珞竹平静地说道，"购房者在贷款买房的时候一般只会注意到每个月的还款够不够多，但却往往忽略了贷款所支付的利息总金额。从生命周期来看，贷款买房的总利息支出是相当惊人的。""那我觉得还是不要贷款买房了，尽量全款吧！这么高的利息支出太不划算了。"章晓婷噘着嘴说，心想这个节目做完了就赶快去把自己的房贷提前还了。"哈哈哈！"陆珞竹笑了起来，说道，"总的利息支出高，是因为时间长嘛。贷款期限动辄20年、30年的，累积起来的房贷利息当然就高啦。但是如果单从房贷的利率来说，在目前市面上的各种贷款和金融借贷产品来看，房贷的年化利率水平应该是最低的了。""那您的意思是还是应该贷款买房了哦？"章晓婷问，她注意到陆珞竹笑起来的时候嘴角还有浅浅的酒窝，真迷人。"这个问题就得因人而异了。"陆珞竹又恢复了理性而冷峻的表情，说道，"首先，不是所有人都能全款购房，毕竟要一次性地拿出几十万元到几百万元的资金来，对普通家庭来说是很有难度的。国外发达国家大多数家庭也是贷款买房。其次，如果购房者想买房时手里有全款支付购房款的钱，那就要好好规划一下自己可能的资金用途了。如果有明确的投资渠道并

第四十三章 租房还是买房？

且年化下来的投资收益有把握大于房贷的年化利率,那就贷款买房,再把钱拿去做投资就是值得的。这在经济学上叫做'机会成本'。"

"现在很多购房者,当然主要是年轻人,觉得与其把房租交给房东,帮房东养房,还不如自己早点贷款买房,这样每月还按揭的钱就相当于交房租了,而房子还是自己的,所以就急着要尽早买房。陆教授您对这个问题是怎么看的呢?"主持人问道。"如果涉及租房的情况,这个问题就更复杂一些。因为消费者此时就必须把对住房消费的租金支出也计算到生命周期的开支里去。"陆珞竹说道,"但其实基本的道理还是和前面说的是一样的。买不买房以及何时买房,除了取决于购房者自身的收入和积蓄等条件以外,也取决于购房者对房价涨跌的预期。如果购房者觉得房价要持续上涨,那只要自身条件允许,当然是早买比晚买好咯。但如果预期房价要下跌,那就可以先租房再等等,观望一下市场行情的变化再说。""所以买房还是租房的这个问题,除了自身是否买得起这个因素以外,主要取决于购房者对于房价走势的判断?"主持人总结到。"是的,可以这样说。"陆珞竹肯定地说。

"那房价究竟是涨还是跌呢?"章晓婷关切地问道。"哈哈,咱们又绕到这个问题上来了。"陆珞竹笑着说,"之前我在一个电台做节目时专门分析过我国房价高的问题。概括地说,原因之一就是人口多,而且分布不均,在特大城市过于集中。比如北上广三个城市群就用我国2.8%的土地集中了18%的人口,也贡献了36%的GDP,所以北上广深的房价高也不足为奇。其次,目前我国很多家庭还是把房产当做主要的投资品种加以配置,这也大大增加了对房产的需求。此外,像宽松的货币政策和较高的金融杠杆等原因也都是推高房价的因素。这些因素目前看来在短期是很难消除的,所以要想房价迅速下降较大幅度,我觉得有点难。""所以现在人们就急着买房是吧?"章晓婷笑着说。"正是因为这几年房价涨得快,所以买了房和没买房的人在家庭总资产上差异在变大。特别是借助贷款这样的金融杠杆,更是会放大这种差异。"

"现在有种说法叫做'有房没房两阶层',是不是说的这个道理啊?"主持人问道。"'两个阶层'的说法感觉有点夸张了,但当前有房的家庭的家庭资产增值速度更快倒是真的。"陆珞竹说。"我这里有一个案例,说是同一个单位，同样拿五千块钱工资的两个人，前几年一个买了房，一个觉得房价要跌，再持币观望一下。现在有房跟没房的那两个人完全是两个阶层，当年买了房的那个人身家都几百万元了，而没买房的那个人感觉没什么太大变化，钱也没有存多少下来。"主持人说道。陆珞竹点了点头，说道："你说的这个案例非常典型。我这还有一个更有趣的案例。也是说的两个人，好几年前他们手里都有差不多 20 万元资金，然后一个人买了一套 100 平方米的房，继续骑自行车上下班。另外一个人拿这 20 万元买了一辆高配的桑塔纳，然后交了一个女朋友。""哈哈，那时车好贵的噢。"主持人也笑了起来。"是啊，那时国内的汽车市场刚起步，小汽车品种少，而且都很贵，一辆桑塔纳都要 20 万元的样子，在那时可是身份的象征啊！"陆珞竹说。"那后来这两个人的结果呢？"主持人好奇地问。"具体我就不知道了，大家可以自己想啊。"陆珞竹说，然后他和主持人两个人都笑了起来。

　　"这些年房价一直在涨，这对人们心理引发的焦虑是很大的。没买房的人很浮躁，买了房的人后悔没有买更大的。"陆珞竹继续说道。"那假设现在两个条件完全相同的人，一个人买房而另一个人选择租房，那 20 年后买房的小伙伴房贷还完以后他们两个会有什么差别呢？"章晓婷似乎对这个问题相当感兴趣。"其实 20 年后这两个小伙伴就是拥有房产和拥有现金的区别。"陆珞竹回答道，"理论上说只要不买房的人善于理财，其资金回报率能够至少不低于房价的增幅，那这两个人买不买房是没有区别的。""现在问题来了……"章晓婷微笑着接过话说道。"从目前的情况来看，要想在 20 年的时间内稳定的获得不低于房价增幅的投资回报有点难。而且要投资就得有本金。这个不买房的人也很难保证每月就一定能攒下钱去投资，很可能在没有偿还按揭贷款压力的情况下乱花钱就用掉了。"陆珞竹又说："而且我们的很多隐性的福利其实是和住房绑定的，比如买房落户，子女入学，等等。有的时候甚至办一张额度大一点的信用卡银行都会要求你有自己购买的住房。这些因素又会加剧没有买房的人的焦虑情绪。""还有在婚恋上，可能租房和买房也会有差别。"章晓婷补充道。"的确，我最近刚刚看到一个社会调查报告，显示西京地区的适婚女性有七成都看重房产。"陆珞竹回答。

楼市与爱情

　　由于时间关系，今天下午的访谈到这里就做完了。陆珞竹和章晓婷都觉得聊得非常愉快。章晓婷说："陆教授您这么帅的，我们节目的收视率肯定会大幅上升啊。"陆珞竹说："呵呵，如果你们节目的收视率真的提高了，我还是希望是因为我们两个人说得好，观众听了觉得有道理，有收获。""陆教授，您一定是很多女生的梦中情人吧？"章晓婷打趣地说。"哪有，你太抬举我了。"陆珞竹不好意思地说。章晓婷一边送陆珞竹走出演播室，一边说道："陆教授，以后我们可要经常麻烦您啊！""没问题啊！只要题材合适，我肯定大力支持！"陆珞竹笑着说道。"行，回头我请您吃饭表示感谢！"章晓婷说。"那肯定得我请你嘛！"陆珞竹回答。"和您这样的名人一起吃饭肯定好有压力啊！"章晓婷吐了吐舌头说。"我哪算什么名人啊，你才是吧？我还是你的粉丝呢，哈哈。我信奉认真做事，踏实做人。至于是不是名人，其实我不在意啦。"陆珞竹说罢走出了演播室。

第四十四章

渐行渐远

　　人世间最怕有缘无分。那到底是缘重要呢还是分重要呢？

　　爱不是去狭隘的占有。占有的爱，那是20来岁的小男生和不懂爱的人做的事。爱的真谛是不求回报的去为对方付出，从佛祖的大爱到父母的关爱都是这样。爱也有很多种表现形式，不一定非要天天缠绵在一起卿卿我我。对糖糖无微不至的关心就是闻道对她的爱的一种表现形式，像个亲人一样关心她就好了。闻道想说的是，只要他人还活着，他对她的关爱就永远不会停，这就是他对她的负责。恋人可能会分手，夫妻也可能会离婚，但他这份亲人一样的关爱永远不会停。

　　闻道觉得这一段时间以来，他对人性的理解又有了一些升华。他觉得他现在的看法既经典又抽象。人进化这么久，已经不是动物了，而是社会的人。因此，人的肉身会受到各种各样的约束和束缚，比如其他人看你的眼光，社会道德，自己的责任和义务等。也许只是每天给她发几条信息，这仅是一种方式，但更多无形的关爱还需要她自己透过文字去体会。而她对这种关爱的态度，闻道希望是去享受它，而不是抗拒它。她接受一个亲人的关爱有何不可呢？当然，前提是她对自己也至少是有好感的，否则自己的关爱反而会让她心烦。

　　自从糖糖辞去空姐的工作去公关公司上班之后，闻道和她的联系也越来越少了。以前闻道还时不时地去机场接她，但现在看来也没这个必要了。闻道经常发信息给糖糖她都不回了，或者回简单的几个字，说

"开会""应酬""在忙"等。闻道天天浏览糖糖的社交网络看糖糖过得好不好。开始的时候,闻道还爱评论一下,或者点个赞什么的,但后来也不太想评论或者点赞了,只是默默地看。

有一天,闻道在网上看到一条"女性常穿高跟鞋的危害",想到糖糖爱穿高跟鞋,于是发给了她看。这个信息说,常穿高跟鞋虽然可以给女性增添优雅和自信,但对身体而言却不是什么好事。经常磨损脚跟不说,还会损害健康,导致病痛,可谓危害多多。长期穿高跟鞋的女性可能患锤状趾、拇外翻及跟腱损坏。女性穿上高跟鞋后,身体前倾使全身重量落于脚掌,鞋跟越高脚掌所受压力就越大。同时,膝部及背部也可能受到影响,并由此产生病症。发完这个,闻道还补充了一句,说如果遇到坏人,高跟鞋脱下来还可以当做武器。这一次,糖糖终于回了闻道的信息,她说:"你是不是就是想感动我?"闻道说:"你说错了。我从没想过要感动你或者要让你心动,我没想那么多。我又不参加中央电视台《感动中国》的评选,我也没那么伟大。我其实也只是一个平凡的人,我只是在为我喜欢的人做一点小事而已。就像以前我去机场接你,我就只是想你在这种情况下,拖着疲惫的身体回来的时候,能早一点回家睡觉。就这么一个简单而朴素的愿望,仅此而已。"

这阵子网上在流传一则"小王的故事",大意是说一个叫小王的年轻人交了一个女朋友,天天跑很远的路去给她做饭等她下了班回家就可以吃到新鲜可口的饭菜。这样坚持了半年,后来有一天突然"女朋友"跑了。原来小王的这个"女朋友"一直有男朋友,在外地,她一直把小王当做备胎,现在她则跑到外地去和她真正的男朋友结婚去了。闻道把这个故事发给了糖糖看。糖糖问他:"你想说什么?"闻道说他好羡慕这个小王,还可以给他最心爱的女人做半年的饭。糖糖说:"人家小王没有你那个两年的约定!"

闻道想,他不会阻碍她去寻找她的幸福。他想好了,如果他没有福气得到她的爱情,他就安心做她的备份,拿现在的网络流行语来说叫"备胎"。虽然有点难听,但这是他自愿的。谁叫他爱上了她呢?他自己就要承担这个后果。他就站在她身后默默地关心她、支持她就好了。她不用考虑对他公平不公平的问题,这个社会本来就是不公平的事比公平的事多。如果和她一起花前月下这些事他无福享受,但是像来接她这些下苦力的事,只要她愿意,他在能安排出时间的情况下一定来。闻道说:"我当你的'备胎'。"糖糖回道:"算了吧,你这个'备胎'随时漏气……"

闻道说:"我会像一支蜡烛一样,燃烧自己来爱你。"他心想,他会用他无微不至的关怀来温暖她的心,他愿燃烧自己的生命来照亮她的黑暗。"说那么严重,我得离你远点,不然烧着我。"糖糖回道。"我烧我自己,你只会觉得温暖而已,不会烫伤你。"闻道说。

闻道知道糖糖的父母在让她去相亲。她身边那帮姐妹们更是经常给她介绍一些"高富帅"认识。人家单身漂亮,凭什么不去呢?一天,糖糖说她要去和别人约会了,她想谈恋爱了。闻道竟然无言以对。"如果不是你,我大可以高高兴兴地去约会。现在有你,我反而很不自在,去也不是,不去也不是。"糖糖说道。敢情闻道现在成了障碍了?"适婚女性去约会很正常。你知道他们在追我。这个社会很现实,我是不会等你两年的。"糖糖又说。"你给我一点时间……"闻道也不知道这句话是如何说出口的。"你爱我吗?"这也许是闻道最想知道答案的一个问题吧?只需要一个肯定的答案,让闻道为她去死他也会在所不辞。"我不爱你。"糖糖平静地说,"我没法爱你。你这样和你的前妻藕断丝连,你把我往哪里放?我们也是不会得到别人的祝福的。"她其实也说得对。追她的男人那么多,不乏既长得帅的、又有钱的,最重要的是这些人没有他这么复杂的情况。她有很多选择,她又何必因为选择他而给自己凭空增添这么多麻烦呢?既然有选择,那她又何必惹得后患无穷呢?结过婚的男人就像地雷,不管有没有离婚,稍不注意就踩爆了。理解万岁!

"希望你能做到:当我谈恋爱的那天,你能衷心祝福。"糖糖说。

闻道说:"只要你和那个人在一起幸福,我肯定祝福你。"他不关心最后谁能赢得她的芳心,只关心那个人会不会对她好,会不会像自己一样对她好。

就这样结束了吗?是否闻道应该安静地走开,这才是对大家都是最好的结局呢?她想找个结婚的人,而她认为闻道会耽搁她。她想得其实也无可厚非。但太多的案例告诉我们,那张纸和幸福画等号只是巧合,

第四十四章 渐行渐远

— 215 —

是运气。据权威统计数据显示，西京市的离婚率高达40%。最爱她的人不一定能马上娶她，而能马上娶她的人也不一定是最爱她的人。也许很多年后她会明白这个道理，而那时他可能已经离她远去了。

这一段时间糖糖更新状态还有一点频繁，也许是刚换了一个新工作，新鲜感还比较强吧。可以看出她几乎每天出入高档场所，还经常喝醉。毫无疑问，她的喜怒哀乐都能牵动着闻道敏感的神经。有几次闻道看她喝醉了说去接她，她都说有朋友送她回去了。看得出来，她很受大家的欢迎，不论是她所在的公司，还是其他各种社交或者应酬的场合。她身边的人把她称为公主，当然是正规的公主。不论是她的同事、朋友或者客户，在人们的追捧之中，她俨然就是一个派对女王。她时而出席慈善活动，时而又出现在时尚秀场，抑或是什么新产品的发布会，大有成为西京社交圈名媛之势。闻道注意到她除了结交了很多老板以外，还认识了不少搞艺术的、搞音乐的、拍电影的人。"也许她本来就很有艺术气质，喜欢认识这个圈子的人也很正常吧？"闻道心想。最让闻道难以接受的是，在一些聚会的场合，糖糖喝酒喝高兴了，甚至会运用她小时候练过艺术体操的曼妙而柔软的身体，在KTV或酒吧的包间里表演一字马劈腿的才艺，或者表演一个向后的下腰，博得围观人群的满堂喝彩。这让闻道很伤心，简直是心如刀割。

她能摆出完美的S型造型，她的身体就像是一件精美的艺术品，虽然闻道也没有看过衣服里面。她本身美得也就像是一件艺术品。闻道很想给她留言，说："你从小刻苦练习，学习的艺术体操是一门高贵的艺术，而不是在KTV的包间里表演才艺供这些臭男人们取乐的。"但是他忍住了，没有把这句话发出去。管他什么事呢？她愿意选择什么样的生活方式是她的自由，他无权干涉。真爱？呵呵。闻道觉得心在滴血。傻男人，你真是傻啊！智商情商都很低啊！其实闻道在心里很反感抽烟、喝酒、应酬的这一类女人，但是偏偏他此生最爱的那个女人就是这样的。还真是造物弄人啊！

闻道随时都在关注糖糖在她的社交网络上发布的状态，但再也没有给她留过言了。从她更新的动态可以看出，这段时间她好像先后交了两个男朋友。闻道也没有找她核实。核实有什么用！关他什么事呢？

闻道真羡慕那些电影和小说中的情节，可以一晃就是"XX 年后"。他也真想哪天一觉醒来，发现已经很多年后了。但问题是现实中这日子不论再苦，它还是得一天一天地过。熬。知道这个字是什么意思吗？生活不是翻书，可以直接跳到最后一页。你每天都得过满 24 小时，雷打不动啊！虽然觉得很冒失，但有一次闻道还是忍不住发了条短信给陆教授，问他当年是怎么走出感情的痛苦的。陆珞竹回道："Use pain as a stepping stone, not a camp ground。"

闻道不明白自己上辈子是不是欠糖糖，让他这辈子这么受折磨？

每天对她的思念都像潮水一样。

每天早上醒来闻道都会在脑海里想她一会儿再起床。每天最幸福的时候就是半夜醒来和早上醒了但是起床前自己在脑海中冥想她的时候。

闻道几乎天天梦到她。梦里她对他很好，他们是那么得幸福。

人生最痛苦的事，不是遇不到你爱的人，而是遇到了却不能在一起。

迟来的爱，它注定是一种伤害。

这段时间，闻道根本不敢听那些情歌，一听就觉得自己沦陷了。那些歌词怎么都写得那么好呢？闻道开始看一些俗称"心灵鸡汤"的文章，以前他从来不看这些。这天，他看到一段"早安人生"的话，是这样说的："人生，没有过不去的坎，你不可以坐在坎边等它消失，你只能想办法穿过它；人生，没有永远的伤痛，再深的痛，伤口总会痊愈；人生，没有永远的爱，没有结局的感情，总要结束；不能拥有的人，总会忘记。慢慢地，你不会再流泪；慢慢地，一切都过去了……适当的放弃，是人生优雅的转身。"

闻道一大清早看到这段话，眼睛又有点湿润。还能不能好好过日子了？闻道也知道这个道理，但是他就是爱她，就是想她，这没办法啊！如果医院能有个手术，把他大脑里想她的那些脑细胞全挖了，闻道一定会毫不犹豫地去做。闻道觉得他是在浪费自己宝贵的爱情，果断放弃、不再执着，也许对他和糖糖两个人都是最好的结果。但是有一句话又是这样说的："就像体重应该只增长在喜欢的食物上，爱情就该浪费在你爱的人身上。"

闻道到底应该怎么办呢？

第四十五章

招商的"规则"

对于一个市区的项目来说，配套不是楼盘的主要诉求，因为市区的各种配套本身就比较完善了。这是国内城市的特点：主要的商业、学校、医疗等配套基本都集中在市区。然而对于一个郊区的项目而言，配套的多少及好坏往往关系到项目的成败。简单地说，你得解决业主的衣食住行购这些生活的基本问题。业主买菜买酱油，总不能还要开车回到市区吧？永生之城是一个号称数千亩的大盘，自然不能以小超市、便利店之类的商业配套来要求，这和项目自身的定位严重不符。"城市级别的配套"，是永生之城所追求的目标，也是重要的营销卖点。像永生之城这么大体量的项目，不配相当比例的商业物业是肯定不行的。但商业地产的开发对很多开发商来说都如同烫手山芋。虽然商铺通常卖得贵一些，甚至可以说比住宅的单价贵多了，但商业物业卖起来麻烦得多。住宅可以卖了就不管了，空置率高也无所谓。但商业物业如果空置率高，这个项目就死了。而商业能不能做活，还涉及后期的经营。

其实商业物业的开发模式从最终的归属来讲，不外乎就是销售和自持。对于开发机构而言这完全是两种不同的概念。销售自然就是一锤子买卖，和卖住宅差不多，但由于已经把商铺零散的卖了，所以很难掌控后期的经营。自持就是不卖，开发商自己拥有开发出来的商业物业的产权，并加以经营。虽然不能马上回收销售的资金，但自持能获取长期较稳定的现金流，并享受资产持有所带来的增值。是销售还是自持，这就看开发机构的偏好了。不过也不完全是这样的。有时，开发机构会被动的持有商业物业，因为很难销售出去。从商业物业的形态来说，一般可以分为社区底商、商业街、购物中心这些形式，当然还有专业市场。社区底商往往最受投资者的欢迎，因为灵活方便。既可以租给开面馆的，也可以租给开理发店的，灵活，风险低。购物中心和专业市场这种形态的商业物业需要整体运营，万一整体运营失败，那你里面买的铺子难道还能开门吗？所以购物中心这种大型的商业物业面向散客的销售往往较为困难，开发商自持的比例通常较大。

对于永生之城这么大规模的项目来说，显然不能只修几个底商就完事了。实际上，永生之城在商业上有着相当的雄心，不仅规划了一个大型购物中心，还沿着购物中心展开了一条商业街，还有一栋酒店和一栋写字楼组成的双塔，据说还规划有一个歌剧院，项目总的商业体量相当惊人。公司董事长大牛总曾说过，永生之城不仅仅是一个郊区的楼盘项目，而是一个新城的中心。如果项目号称的这几千亩地确实能开发完成，那这个规模的商业配套是合适的。但如果仅开发目前的几个组团，那这个商业配套就显得太奢侈了，摆明了给别人做嫁衣嘛。但是大牛总这么精明的人，显然有着他自己的如意算盘。这个新城核心级别的商业配套，是需要大吹大擂的，把其价值炒作起来。住宅销售往往有其价格天花板。比如一般的住宅卖1万元一平方米，你要卖两万元一平方米那会非常的吃力。但商业项目只要有一个好的炒作概念，那价格炒上天都是有可能的。目前西京市区的商铺价格动辄数万元一平方米，而在市中心最核心的商圈，甚至可以卖到几十万元一平方米。

就永生之城目前的状态来说，酒店和写字楼还在图纸上，什么时候动工还不知道呢。歌剧院虽然打了围，但大牛总的意思是慢慢修。歌剧院这种物业，对一个楼盘来讲摆明了是赔钱的，就算能够提升项目的整体调性，但和其花费的成本相比可能得不偿失吧。这个项目规划歌剧院最根本的目的是做给政府看的，这是沟通政商关系的重要一环。歌剧院、会展中心之类的物业政府是最喜欢的了，形象工程嘛，特别是在新区，这对一个新的开发区形象的提升是很重要的。但是和前面几种物业的"拖"相比，项目在购物中心和商业街的建设进度上来说则可以用"神

— 219 —

速"二字来形容。目前，购物中心已经封顶，而商业街局部甚至已经开始外装了。

　　大牛总给闻道的团队制定了很大的销售压力。不过万幸的是，大牛总只要求闻道迅速地把商业街的商铺销售出去，购物中心他压根儿就没想卖。这是为什么呢？首先，购物中心这种集中式的商业业态很难卖，体量太大。虽然也可以打散了卖"分割产权"型的内部商铺，但这很不利于后期的营运。其次，商业街可以看做是普通社区底商的升级版本，这里既有底商类型的商铺，也有更高级的小独栋式的商业体，面积有大有小，销售以后可以迅速回收现金流，作为投资的回款。第三，也就是最关键的一点，购物中心虽然不卖，但是可以包装得天花乱坠。包装给谁看？当然是银行啦！把购物中心的物业吹上天，价格有价无市一点关系都没有。这个估值是做给银行看的。大牛总可以拿这个购物中心当抵押物又从银行获得贷款，去滚动开发其他项目。由于这个购物中心在西京北郊暂时还没有竞争对手，所以稀缺性相当突出，到时评估的时候打点一下做一个高估值出来也是完全可以的。

　　闻道从这个操盘手法足以看出大牛总的老道。用歌剧院吊政府胃口，用酒店和写字楼画饼充饥，再卖住宅和商业街迅速回款，而购物中心则抵押给银行获得天量的资金来滚动开发。这实在是在下很大的一盘棋，不得不佩服啊！至于这些项目的设计，那更是吸引眼球，全是国际知名的大牌设计机构做的设计。你说银行评估的时候能不给一个高估值吗？

　　但是要把这个购物中心开起来，的确还是不容易的。首先，你得用商家把它填满；其次，你还得让这些商家做活，不然购物中心很快关门了必然会影响其估值。现在购物中心加主力店这种模式，是非常流行的模式。什么是主力店？在不同位置的购物中心所要求的主力店是不同的。在市中心，最适合的主力店形式就是大型的时尚百货。而在新兴的居住区，特别还是在郊区，最适合的主力店形态就是带有一定百货性质的大型超市，这会极大地提升其所在片区的成熟度和生活的便利性。主力店一开业，必然会有很多小商家跟风入住开业，这样一来项目的商业自然就做活了。

　　一方面，商业物业的开发机构都有招商部门，专门负责把商家吸引到项目里面来开业。另一方面，不同的商业机构也都有自己的拓展部门，负责新店的选址和开业。照理说这二者应该是一拍即合的合作关系，但就和任何做生意的一样，双方往往存在着一个谁求谁的问题，这就是市场的力量。那开发商和商家这对欢喜冤家到底是谁来求谁呢？其实更准确地说这应该是物业的业主和商家之间的关系。但由于购物中心的业主就是开发商自己，所以这就变成了开发商和商家的关系了。

据相关统计数据显示，目前全球在建的购物中心面积最多的10个城市中，有7个位于中国大陆，西京就位居其中。而且，西京的商业物业体量号称可以挤进全球前三！作为一个中国的二线城市来说，也不知道这究竟是好事还是坏事。据说西京的购物中心面积是巴黎的20倍，这……不过从全国来看，这些年购物中心的确呈现出了井喷的局面，每年全国都在以200家至300家的速度在新增购物中心，能做活多少还真不好说。

在短时期内大量购物中心项目集中面世，而且在一些城市局部集中，使得购物中心出现了一些供大于求的市场态势。如何填满这些购物中心成为了一个难题。商家资源，特别是优质的商家资源成为了大家争抢的香饽饽。"弹性！"闻道想起陆教授说过的市场弹性，一般来说供需双方谁的弹性小谁就更吃亏一些。在住宅的开发上，开发商拿到地以后就可以说是支配整条产业链。然而在商业地产的开发上，能让开发商受制于人的地方那可就太多了。对一些知名度特别高的主力店来说，开发商得求着它们入驻。那还真是传说中的"客大欺店"。毕竟，免租金、倒贴装修钱这种惨案也不是没有的。但对大多数的开发商而言，自己主要就是修房子的，所以没有能力也没有必要去又开商场又开酒店。于是，招商工作就变得举足轻重，而招商部攻关的重点对象就是主力店。特别是这些主力店的区域拓展总监或者大区经理，更是成了众人争相巴结的对象。虽然公司有专门的招商部，但由于招商和营销密不可分，所以闻道实际上也参与了招商的很多谈判和应酬。

对主力店招商的潜规则是很多的，有见得光的，也有见不得光的。见得光的潜规则其实就是"店中店"，俗称"二房东"。"店中店"这种模式其实很简单，就是开发商把很大的商业面积一起租给主力店，然后主力店再分割出很多小的商铺又租给其他较小的商家。显然，对于开发商来说，这要牺牲很多租金收益。但是为了吸引主力店进驻自己的购物中心，有时也不得不做出利益上的让步。毕竟，如果无法招商或者经营失败造成商业物业的空置，这也是有巨大的成本的。两害相比取其轻吧！其实开发商对主力店都是又爱又恨的。爱的是大型超市这些主力店可以吸引来大量人气，把项目带活；恨的是它们往往把租金压得很低，一般只能租30元到50元每平方米每月。更气的是还要搭配大量的可租面积给它们，而它们分割后一转租就可以获得一百元甚至数百元的租金！大型超市动辄要求1万平方米到两万平方米的营业面积，一般会把其中的25%到40%不等的面积转租给其他商家，这是怎样一笔利润啊！你以为它们光靠赚一点商品差价、进场费？显然当"二房东"来得更快吧？但这都是在割开发商的肉，接开发商的血啊！不过对于大牛总这样的"志存高远"的开发商而言，损失一点租金真的是小钱。让主力店赚！等它们把店做活了，人气带旺了，那购物中心的估值随便涨一倍吧？估值的单位可是用亿元来计算的，好不好？

　　至于这见不得光的潜规则，其实也就是那么大回事儿。这主要是针对主力店拓展人员而言的，因为他们才拥有商家选址和开店的实权。概括起来不外乎就是"索拿卡要，吃喝嫖赌"这八个字。这些拓展人员非常清楚他们的主力店对开发商而言的意义，只要商家和开发商签订一纸"意向性协议"，开发商就可以拿这个大做文章，用主力店的进驻来造势，忽悠投资者或购房者下单。所以这一纸协议，自然就是价值万金了。甚至还会有拓展人员索要项目股权，这就不仅仅是店大欺客的问题了，而是狐假虎威啊！

　　永生之城的主力店之争，经过多轮讨论和筛选，最后锁定在了一家国际大牌的大型超市身上。公司上下都希望能谈成这家大型超市作为主力店，这势必会大大的利好项目的招商和销售。这一段时间闻道和公司负责招商的同事们几乎天天陪着这家大型超市的拓展人员"驻扎"在西京天堂会所，让这哥两个各种花样的都玩遍了，前后花费了估计有几十万元了，大牛总眼睛都不眨一下。最后，闻道他们终于拿到了对方一张意向性进驻的协议书，谈好租金30元每平方米每月，整租两万平方米。

签订了这个意向性协议以后，公司自然是马上召开了新闻发布会，向西京媒体迫不及待的公布这一重大喜讯。销售部的王艳甚至给闻道测算了一下，这个消息发布以后，项目住宅的销售均价可以涨 500 元到 1000 元不等，商业涨得可能更多。

　　谁知道风云突变，到了正式签合同的时候，这家超市的中国区老总说 30 元每平方米每月的租金贵了，15 元每平方米每月马上签，否则就算了！这一下，公司所有的人都傻眼了！而对方的那两个拓展经理站在一边，声都没吭一下。公司连夜紧急磋商，小牛总说："要不我们可以先按 15 元和他们签，否则话都放出去了再毁约可能引起购房者退房。等他们进来了再时不时地断水断电让他们没法顺利经营。到时候他们巨额的装修等前期费用都投入进去了，还不是只能乖乖地就范？"但大牛总实在咽不下这口气，说："让他们滚蛋！"这下前期花的几十万元"勾兑"费用可算是打了水漂了，还不算那些广告费。闻道和招商的几个人都不敢说话了。好在还有一家国内的大型超市备选。双方很快谈好了条件，这才算把主力店的招商问题搞定了！

第四十五章　招商的"规则"

第四十六章

售楼女神

　　时至岁末,又到了年终总结的时候。哪个楼盘会成为西京楼市的销冠,而谁又会成为闻道他们公司今年的销售一姐呢?一方面,西京的各家媒体正在紧锣密鼓的核算这一年西京各家房企的"成绩单",其数据来源五花八门:有房管局发布的,有第三方数据公司的,也有媒体自己统计的。闻道提前组织召开了西京市主要媒体参加的媒体答谢会。其实就他们盘的规模和今年的推盘进度来说,不出意外应该是可以拿到销售冠军的,也就是业内俗称的"销冠"。但是怕就是怕这个"意外",所以必须做好提前的准备工作。争这个"销冠"有什么意义呢?其实主要也就是一个噱头而已,宣传的时候可以对购房者传递两个意思:其一,是我们卖得多,在整个西京都是卖得最好的,您放心买就是了;其二,就是我们的项目热销,您不快点买可就没房了。

　　至于这另一个方面嘛,实际意义可就大多了。如果哪一个售楼小姐拿到了公司内部的"销冠",这无异给自己贴上了一个烫金的标签,以后跳槽时可增色不少,也有很多猎头专门就喜欢到处挖"销冠"售楼小姐的。穿着高档的职业套装,化着精致的妆容,签着大额合同,拿着高额提成,相信这是很多人对售楼小姐们的印象。的确,一套房子的总价不低,特别对高端物业来说,一套上千万元甚至上亿元的都有,这提成可以羡煞了很多其他行业的销售人员吧?特别是在行情火爆的时候,售楼小姐们就端坐在售楼部里守株待兔,客人来了说几句话简单介绍一下项目就可以成交，有的甚至项目都不用介绍直接下单。这钱真的挣得有这么舒服吗？其实售楼小姐们背后的辛酸别人又怎么会知道呢？

闻道对公司的十个售楼小姐都很熟悉。她们每一个人的背后都有自己的故事。就拿前面提到过的肖紫雯来说吧，她是公司出了名的专攻大客户的王牌售楼小姐。这个女孩的外形无可挑剔，而且她的行事风格非常"放得开"，是不是和每个大客户都发生过关系这还真不知道，但她和小牛总有过一腿那在公司可是公开的秘密。据说她刚入行的时候接触的很多大客户都是小牛总介绍给她的。闻道第一次见到肖紫雯的时候就觉得这姑娘不仅身材前凸后翘，而且脸也长得非常精致，有点洋娃娃的感觉。后来一次公司聚餐肖紫雯喝多了，她才和闻道袒露了自己的一些秘密。

原来肖紫雯曾经长相和身材都很普通。至于有多普通，闻道也不知道，这是听她说的，闻道也没有看过照片。闻道猜肖紫雯以前应该也不会太差，只不过可能不是那种在人群中一眼就能让人惊艳而已。肖紫雯告诉闻道，她从脸到身材动过30几刀。肖紫雯喝了一口酒平静地说出了这句话。闻道听后觉得头脑嗡的一声就懵了。30几刀！这是要多大的毅力才能忍受这种发生在自己身上的痛苦啊！而这还是她自己的主动选择。肖紫雯出生在一个普通家庭，以前交了一个准备结婚的男朋友，但她很快发现她男朋友喜欢看黄片。看到自己的男朋友对那些成人片中的AV女星们如痴如醉，肖紫雯的心里很不是滋味。后来她发现她的男朋友时常在外面"乱来"，还被她抓了一次现行。分手的时候肖紫雯含着眼泪问她的男朋友，你们男人是不是就是喜欢外表靓丽、身材魔鬼的，她男朋友居然还补充了一句，说还有狂野的。也罢！闻道听了也觉得唏嘘不已。

后来，肖紫雯拿着她当时仅有的10万元存款去做美容手术。为了得到小蛮腰，她先是做了腰部吸脂手术。可是手术后臀部出现严重凹陷，看来这脂肪还真是抽一发而动全身啊！没办法，肖紫雯又只有继续丰臀。这一次，她用了进口的填充物，分三次注射了1000毫升填充物，合计花费了人民币9万多元，实现了她"前凸后翘"的性感目标中的"后翘"。但好景不长，一年后她的大腿出现了大面积果冻似的肿块，而且身体状况也变差，经常生病，再后来腰也变粗了。肖紫雯对闻道说："那时我腰

第四十六章 售楼女神

— 225 —

部有肿块后，穿裙子甚至都无法拉到正常的位置。"

　　肖紫雯去医院看病，医生说由于填充物的注射剂量大导致她体内产生的毒性也随之增大，如不及时取出，不仅会发生移位、渗漏，严重的还会有致癌风险。于是肖紫雯只得将臀部的这种填充物取出，又换了一种更好的填充物，才算把臀部的这个问题解决了。至于丰胸，那自然是不用说的，但据肖紫雯说这其实是最简单又最容易体现效果的一个部位了。"前凸后翘"的目标解决了，肖紫雯又动起了隆鼻的主意，下巴也得做得更尖一点才好看。肖紫雯坦诚说，她不仅鼻子、眼睛已经动过好几次，还有什么拉皮、丰脸颊、激光嫩肤之类的也都做过。闻道听得目瞪口呆。以前他听说过有种人叫做"整形控"，也就是整形成瘾。这其实是一种心理疾病。闻道可以想象在自己身上动这么多刀，那会是怎样一种痛苦。一想到这些，闻道就觉得起了一身的鸡皮疙瘩。女为悦己者容。为了美，女人也真是够拼的！

　　"其实我觉得你已经很完美了，真的！"闻道对肖紫雯说。他其实在心里有一点同情肖紫雯。但是他有什么资格去同情别人呢？每个人都有自己的选择，合适不合适只有自己才最清楚。"下一步我还要去给下面做一个收紧的小手术。"肖紫雯凑到闻道耳边轻声说，"你们男人不是就喜欢这个吗？"肖紫雯气喘如兰。闻道不知道该怎么接这句话，便借故离开了。临走之前，肖紫雯对闻道说："闻哥，你不要和小牛总对着干。你是好人，但他是做事没有底线的人。"闻道有点愣住了，他其实在公司和小牛总也没有什么公开的矛盾，只是不是一路人而已。在公司里，不是一路人，不成为死党，往往也就意味着你会遭到上级的排挤。靠你的能力？可不要把自己的不可替代性看得这么高。"你根本不知道小牛总和大牛总的关系好到什么程度。"肖紫雯吐了一口烟，淡淡地说道，"那时我和小牛总还算是在'热恋'。呵呵，狗屁热恋！我不过就是他玩弄的工具而已。但他有一次带着我去参加大牛总的饭局，我们都喝高了，回来的时候那两个混蛋……"

　　肖紫雯没有说更多的细节。但是闻道大概也能想到。哎……肖紫雯看着闻道，眼睛里闪过一丝泪光，说道："你说他们两个都可以在一起玩了，这关系肯定不是普通的同事、朋友甚至亲戚的关系。你斗不过他的。"闻道轻轻拍了拍肖紫雯的肩头，说："谢谢你给我说这些。我其实也就是一个打工的而已，干活拿钱，我摆得正自己的位置。"肖紫雯握住闻道的手，说道："你倒还想得开。我知道你喜欢依依，但你心情不好的时候就来找我吧。""嗯。我一直把你当朋友的。"闻道不得不抽手离开。不知怎么的，他怕面对肖紫雯的眼睛，也许是他无法面对那一份期待吧？不过，唉，看来上次因为依依那事，他确实已经得罪小牛总了。反正只要房子还卖得出去，暂时小牛总也不会为难他吧。要是以后实在干不下去了，走人就是了。此处不留爷，自有留爷处！肖紫薇对闻道说："闻哥，你人很好。但你知道这个世界上过得好的坏人很多，过得惨的好人也不少。你想做好人还是坏人？"闻道说："我只想做我自己。"肖紫薇说的这个话的确很值得回味。闻道发了条短信问陆教授是怎么看这个问题的。陆珞竹回道："Whatever we are, be a good one。"

　　公司内部的统计数据终于出来了。肖紫雯排在第二，今年的销售额两亿元！闻道吃惊的不是她居然卖了价值两亿元的房子，而是她居然没有当第一名！上次闻道他们折腾了两天接待的辐州炒房团没能在午前下单，否则肖紫雯估计能上3亿元甚至更高了。那个辐州炒房团的张总说要再考虑一下，还约肖紫雯去辐州考察。这还考察个屁啊？摆明了就是设的鸿门宴。上次那几个人，加上张总在辐州当地的狐朋狗友们，肖紫雯去了还回得来不？"别去，那帮人没安好心！"闻道曾这样劝肖紫雯。肖紫雯淡淡地说："现在房子好卖，我当然没有必要这样折腾。但如果哪天房子不好卖了，该去还得去。"

　　"第一名是谁呢？"闻道问王艳。"姚彩露。"王艳回答。姚彩露？在公司的十个售楼小姐里面，姚彩露应该算是外貌最普通的一个吧？如果她们十个站一排，你的眼光多半就留在了肖紫雯这样的大美女身上，而不太容易注意到姚彩露。她身段不算苗条，在一群至少165厘米以上的美女中她的个子不算高，脸也不太容易被人记住，穿衣也一向包裹得比较严实。在这金碧辉煌的售楼部的销售大厅里，她一点也不出众。这里天生是肖紫雯这样美女的舞台。然而，她却是销售冠军，这一年卖出了2.8亿元的天文数字。她有什么秘诀吗？

　　这天太阳好，西京的冬天潮湿而阴冷，所以一出太阳大伙儿就像过节一样纷纷来到户外。当然，出太阳必然 PM2.5 指标也会飙升，下雨天空气质量会好很多。所以在阳光和空气质量之间只能二选一吧？趁午饭后休息的空当，闻道约姚彩露到售楼部的户外聊聊天，了解一下她的销售经验。"我哪有什么经验好谈啊？闻哥你不要洗涮我嘛……"姚彩露有点害羞地说。闻道相信她这样说是真心的，而不是假话。"你这一年可卖了 2.8 亿元哦，比一些小项目整个楼盘一年的销售数字还大。一两次可以说运气好，但你每次都卖掉了，这可能不是只凭运气吧？"闻道认真地说，"你可以尝试着总结一下，看你平时的做法中有没有什么可以归纳的？这也可以帮助我们整个售楼部提高销售业绩嘛。"听到闻道这样说，姚彩露开始低下头认真地思考。

"如果说要总结的话，第一点应该是我不挑客户吧。"姚彩露说道。她说她从不看人下菜，不论客户是什么样的穿着打扮、开什么样的车，她都按照标准化的流程去接待客户，耐心地给客户介绍项目的区域特性、产品特征和户型要点等。由于现在房子好卖，所以售楼小姐们都有点见人下菜，有开 20 万元以下的车的客户不接待，穿着土气的人不耐心理会等不专业的态度。闻道曾在内部培训时反复强调过要对每一个来到售楼部的客人都一视同仁，认真接待。为此他还专门安排了按顺序轮流接待到访客户的制度。但在实际执行的时候，总有售楼小姐们去上洗手间，万一正好有客户来访，总不能让来访客户干等，所以这种轮空的售楼小姐往往就由下一个顺位的售楼小姐去接待。谁让你自己错失接待客户的机会呢？于是，这也给了售楼小姐们"钻空子"的机会。遇到自己不想接待的客户，轮着该接待的售楼小姐有时就会借故去上洗手间，主动把机会让给别人。对这个闻道也只能睁一只眼闭一只眼，她们自己放弃机会，怪谁呢？反正只要不影响到访客户的接待就行。

但是姚彩露从不这样。不仅她不挑客户，而且别人觉得浪费时间不想接待的，她也"来者不拒"，因此她拥有了比其他售楼小姐们更多的接待客户的机会。姚彩露觉得反正闲着也是闲着，所以就算客户不买，她耐心的接待一下也没什么的。"第二点我觉得就是要待人真诚吧。"姚彩露说道，"我觉得一个人的亲和力很重要，但是也不要太刻意，自然就好。"姚彩露说客户对她们做销售的人来说都是有防备心的，总觉得你在骗他们的钱。所以售楼小姐能否快速建立与客户的信任关系往往决定了她销售的成败。"我自己有个体会就是，在和客户谈的时候，尽可能地为客户传递信息即可，而不要给客户催其下单的感觉，这很容易让人反感。将心比心嘛，如果是我自己去看房，我也会觉得我自己会做决定，不需要别人来指手画脚。"姚彩露说。好一个将心比心！闻道对姚彩露的这个观点非常欣赏和赞同。如果换成你自己都不买，你凭什么让别人买呢？

"第三点我觉得就是要做足功课吧，体现自己的专业性。"姚彩露接着说道，"现在客户都会上网，信息这么发达的，基本上很多客户来到售楼部都是最后一步了。所以如果自己对项目和产品的业务信息不熟悉，客户一问三不知的话，不仅会让客户觉得这个项目的团队很不专业，影响项目和公司的形象，而且也会让客户觉得你对他们不尊重。"闻道觉得姚彩露简直说得太好了！这是一个资讯爆炸的时代，互联网的普及让人们获取信息的成本大大降低了。特别是现在移动互联网兴起，人们只需要拿起手机，一个楼盘的基本信息和技术指标等都会一览无余。有的广告公司甚至还推出了3D看房技术，在手机上就可以看到楼盘样板房的360度全景。这自然就对房地产的从业人员提出了更高的要求。在这个人人都可以当专家的时代，这样做显然越来越难了吧！

姚彩露有一个经典案例。一个穿着土气的中年大叔来看了几次商铺，问得很仔细，把接待的售楼小姐问得都有点烦了。然后他还到处找地方给手机充电，说他记性不好，买了20多条充电线。当天他没有说买也没有说不买。后来这事还被售楼小姐们当做笑话来谈，说一个正常的人哪会买20多条手机充电线啊。隔了好一阵儿，这个大叔又来了。保安说他开的是一辆很旧的国产车。原来接待他的那个售楼小姐就不想接待他了，把这次接待的机会让给了姚彩露。姚彩露耐心地给这个客户又把项目从头到尾讲了一遍，因为他的确问得很细。这个客户甚至要求去工地实地看一下。工地一般是没有对看房客户开放的，这可不是样板间。但是姚彩露还是借了安全帽，耐心地陪着客人去还是框架状态的商业街看了一下。当天这个客人又空手而走，没说买也没说不买。其他售楼小姐都笑着说，这卜姚彩露也瞎忙活了半天。姚彩露笑一笑觉得也无所谓。谁知道第二天这个客人赶来直接订了一套独栋商业，这可价值3000万元啊！

众人都傻了眼。签合同的时候姚彩露小心翼翼地问这个大叔为什么要买20多条手机充电线，他回答说房子太多，不多买点线经常忘拿啊……原来这个客人是做小商品批发的，想转型做高档餐饮，所以正在到处物色独栋式商业。售楼小姐们都感叹姚彩露的幸运。但这还没完，这个大叔之后又介绍了他的两个朋友来一人买了一栋独栋式商铺。这一单姚彩露就完成了近亿元的销售额。于是姚彩露成了公司售楼部当之无愧的售楼女神，就连肖紫雯也很佩服她。

俗话说，机会总是留给有准备的人的。闻道对此深信不疑。

第四十七章

麻袋装的年终奖

春节是中国最重要的节日。对中国人而言，这个春节自然有着非常特别的含义。有钱没钱，回家过年。每年这40天周期的春运，号称人类历史上规模最大的周期性迁徙活动。一年一度，如同候鸟一般，30多亿"人次"在一个月多一点的时间里在中国的大地上飞奔，成为"车轮上的中国"。有钱的坐飞机，没钱的坐火车或长途汽车。还有很多在沿海打工的农民工兄弟买不到火车票，不惜组团骑摩托车长途跋涉数百公里，就为了回一趟家。对于职场而言，这也是一个收获的节日。年会和年终奖自然是大家最期盼的环节了。年会对于体现公司实力和增强团队的凝聚力都有着非常重要的作用。虽然年会可能只是一种形式，但年会前后发的年终奖那可是实实在在的福利啊。很多人平时的工资就只能应付日常开销，年终奖可是拿来买车买房的。今年楼市火爆，大家普遍对房地产行业的年终奖非常乐观。每个人都在算自己能拿多少钱，有的则已经在计划是出国旅游还是马上买房买车了。

闻道的公司这几天开了很多会，都是各种总结，销售数字天天都在核算和汇总。今年公司的总销售额很可能突破10亿元。虽然不能和那些上市房企动不动冲100亿元的城市级业绩相比，但是永生之城毕竟只是一个项目啊，单盘能有这个业绩已经相当不错了。公司的10个售楼小姐人均一亿元的业绩已经震惊西京楼市了，但这其中仅肖紫雯和姚彩露两人就贡献了近5亿，售楼小姐之间的个体差异还是大。如果套用统计学的术语来说，就是均值高但方差大。公司反复开会的结果是达成了除了提成以外，还要给一定奖励的决定。但这个奖励会向一线员工倾斜，也就是说公司包括售楼小姐们在内的普通员工会拿到更多的奖励，而管理层包括中层会少很多。对于闻道他们营销口来说，主要就是这个项目提成的问题。售楼小姐们对普通住宅物业的提成是千分之四，这在整个西京来说都是很高的比例了。但是别墅物业和商业物业的提成比例只有千分之二，理由当然是单价和总价都高，所以提成比例得降下来。这虽然有点没道理，但是毕竟西京当地的市场行情也就是这样的，所以售楼小姐们也没办法。不过不管怎么说，姚彩露的销售提成是会有将近100万元左右的，而肖紫雯的提成也会有六七十万元的水平。对于其他的售楼小姐，销售提成金额不一，但基本都在二十万元之上。这还只是她们的销售提成而已，公司还会给出巨额的奖金来奖励销售额靠前的售楼小姐们。

去年新闻里曾报道深圳一家企业买了10辆奔驰车来奖励优秀员工作为年终奖。这次大牛总也让公司管理层好好想想，筹划一下拿什么作为年终奖才更能调动员工的积极性。今年公司喜创佳绩，大牛总是下了决心要重奖员工的，闻道也看得出他的诚意。但是闻道他们都觉得送车这个事情噱头的成分太大了。豪华品牌的车，不同型号不同配置的车型价格差异很大，从十几万元到几百万元都有，在懂车的同行面前会闹笑话。大家也在新闻上看到有老板拿出几百万元买了一堆金条当做年终奖分发给员工。这个噱头的成分也比较大，因为黄金的价格波动大，而且交易还麻烦，最主要的是不好分割，总不能发半根或者三分之一根金条给单个员工，这怎么分？至于发购物卡，虽然可以给公司抵一点税，但是金额大了也麻烦。闻道私下给陆教授发了一条短信，问他觉得发车、发金条还是发点其他什么好。陆教授回道："肯定发钱最好嘛！可以最大化消费者的效用。"闻道也觉得有理，于是把这个意见提了出来。最后大家讨论的结果是发钱！的确，货币更灵活方便，想买什么就买什么，按照经济学的理论来说就是可以获得更高的"效用"，从而增进消费者的福利。

这时，小牛总也提了一句，说："对的，发钱！"闻道心想这人是看不得自己提的建议受到大家欢迎还是怎么的？小牛总又说："但是不打卡，发实物现金！到时我们在年会上现场发现金，让媒体宣传报道一下，我们项目又可以火一把！""对，就这样定了！"大牛总拍手称赞，随后他又补充了一句，说道："正好我们这里要给施工方结款，也发现金，让工人们到现场来领钱！"小牛总得意地笑了一笑。这次他成功抢镜。闻道心想，感情这小牛总和大牛总是穿连裆裤的？这小牛总也太懂大牛总的心思了！最近他们项目上的施工方都在不停地向公司催账，财务部压力很大，因为大牛总一直拖着不签字付款。这下大牛总终于找到了一个机会可以把这笔本来就该正常支付的款项好好利用一把了。高手！实在是高手！闻道突然想起肖紫雯给他说过的话，只能在心里叹了一口气。既然他们两个人的关系都好到可以共用一个女人，那小牛总这么懂大牛总的心思也不难理解了。

闻道自己也大概核算了一下自己的销售提成。按理说税前是应该有将近三百万元的。但是首先，这钱公司会扣一部分，当做预留的客户维系费用，实际上就是不让你随便跳槽，你跳槽了就没了；其实，还要上税，很多税。估计最后能拿到手的就只有一百多万元吧，唉……至于奖金，由于这次大牛总的意思是向基层员工倾斜，所以普通售楼小姐每人至少都有十万元左右的奖金，销售额的前三名分别有五十、三十、二十万元的奖金。毫无疑问，姚彩露和肖紫雯都成富婆了。当然，她们的销售提成也有相当一部分拿不到手，会被公司扣作"客户关系维系费"。从下订单到交房还有一个漫长的过程，理论上说得让成交客户稳妥的交房以后，这笔钱才能拿得到，前提是你还在公司待着的话。

万事俱备，只等年会了！一般来说，公司的年会喜欢选在高级酒店或者什么度假村之类的。但是永生之城的售楼部本身就是非常的高大上，所以没有必要浪费这个冤枉钱。于是年会就定在项目的售楼部举行，这本身就可以是一个营销活动。年会由公司的行政部和人事部领衔操办，公司的各部门都在积极配合。毕竟公司基本上都还是以年轻人为主，搞年会本来就是好玩儿的事情，更何况这次还要在年会现场发现金，这可真的是太刺激了！

在一个周五的下午，公司的年会开始了。本次年会分成两个部分组成，一个环节是公开的，一个环节是不公开的。公开的环节其实就是披露一些公司的项目进展、销售数字之类的，重点是给几个施工方的近千名工人发放拖欠的工资。经过财务部核算以后，这笔待支付的款项高达一亿元！一亿元的现金是什么概念？堆放在一起能有多大的体积？闻道相信可能大多数人连一百万元的现金有多大体积都没有见过吧？其实闻道自己也没见过。他平时随身最多带几千元现金，如果有大宗购物的支付需要都是刷卡，现在谁还在用大额现金交易？由于这次他要领一百多万元的现金，所以他提前到银行去做了一个预演。前几天，闻道在银行预约了取款三十万元，然后背着一个普通的双肩背包就去了。闻道本以为三十万元现金也不会有多少嘛，最多半个背包就能装完。没想到银行的工作人员把一叠一叠的钱从防弹玻璃下面递出来的时候，还是有好大一堆呢！呵，不管你银行账户上的存款数字再多，那也只是数字啊！只有当这些钱实打实的堆放在你面前的时候，你才能实实在在的感受的金钱的魅力。这三十万元现金，闻道居然装了整整一个标准的双肩背包！闻道本来想的是一百多万元又不是很多，年会时背着一个双肩包去装就可以了。看来自己提前来演练一下是正确的。

　　掌握了这些钱堆起来大概的尺寸，闻道又把这三十万元现钞存进了自己的银行账户。这让银行的工作人员很是诧异。不过估计她心里也很高兴，因为这三十万元存款就算在她的头上去了。这个工作人员随后用自己的手机给闻道拨了一个电话，闻道刚看到手机她就挂了，说是核对一下存款人的电话号码。银行还有这个业务流程吗？闻道有点惊奇，不过也没太在意。可能是这个工作人员以后想给他推销理财产品之类的吧？要不然，难道她还想私下联系自己吗？哈哈。从银行出来，闻道紧急购买了两个编织袋，5元一个。年会这天他就提着两个空的编织袋来装钱了。

　　虽然公司没有大力对外宣传，但是"亿元现金"这个消息还是不胫而走。要是遇上打劫的可怎么办？这天上午，银行的工作人员就在三辆武装押运车的护送下，把一亿元现金送到了售楼部。售楼部早就安排保安人员布置了一个专门的区域用于放置现金。六个拿着散弹枪的押运人员在一边警戒。银行的工作人员辛苦的整理了半天，终于把一亿元的现金堆好了！如果这是一个十来平方米的房间，那基本上可以堆满了。这真是壮观啊！公司的同事们都来围观并拍照留念，连大牛总都来了。他的资产虽然不止几亿元，但估计一亿元的现金他也没见过吧？中午的时候，公司就已经在售楼部室外的大门口竖起了大幅的广告牌，上面写着"绝不拖欠农民工兄弟工资，亿元现金现场发放，让农民工兄弟们安心过年！"这广告词还能不能再低调一点啊？不过，还甭说，不拖欠农民工的工资还真的非常紧扣主旋律啊，这可给公司的社会形象加分不少。

紧张的中午饭一过，最艰巨的时刻就来了！几家施工公司把近千名农民工兄弟叫来了！他们浩浩荡荡的在售楼部门口排起了队。西京主要的媒体都来了，不仅是房产媒体，连社会新闻媒体也来了，这可是要上头条的节奏啊！为了安全起见，公司把派出所的民警也请来维持秩序。大牛总站在售楼部门口，拿着扩音器高声说，公司一定坚决响应国家号召，绝不拖欠农民工兄弟的工资，让农民工兄弟们拿了钱高高兴兴地回家过年！下面排队的农民工有人小声说："妈B老子在这里务工快一年了，十几万元的工钱当中还有九万元没拿到。"大牛总当然没听见这个，他接着高兴地说："今天，我们将会在现场发放在我们项目的工地上工作的上千位农民工的工资，有整整一亿元！农民工兄弟们辛苦工作了一年，也为我们项目做出了重大的贡献。虽然行业中拖欠农民工工资的行为屡有发生，但我们公司绝对不会这样，这也是践行我们公司对社会的庄严承诺！"下面响起了雷鸣般的掌声，闻道一听就知道这肯定是行政部的同事为他提前写好的发言稿。不过，相比其他闻道在新闻里看到的春节前农民工上演跳楼秀讨薪这些事情来说，不管大牛总的做法是出于什么真实目的，他让农民工在春节前拿到工资的行为还是应该点个赞的。

随后，排队的农民工们按照所在的建筑和施工公司，依次进入售楼部领钱。只见他们有的拿着麻袋，有的甚至用扁担抬着箩筐，皱着眉头进去，兴高采烈地出来。银行的员工为了农民工兄弟们着想，现场开设了存款业务，反正装钱的铁箱和武装押运车还停在旁边呢。银行员工都有存款指标的压力，要是现场的这一亿元都由他们来的几个员工"得"了，那还不高兴啊，今年他们的年终奖也会拿不少。但是很多农民工兄弟领钱以后还是用麻袋装着现金走了，这让在场的几个银行的工作人员很是失望。看来农民工兄弟们的金融意识亟待加强啊！这样揣着这么多

— 235 —

钱坐火车多不安全啊！忙活了几个小时，一亿元的现金终于发放完毕了。这时另外一辆武装押运车又到了，新来的银行工作人员和已经在那的几个人一起，又堆砌起一大堆现金来。这是公司今晚要发给自己员工的！虽然没有刚才那堆钱那么多，但是也有很大一堆。今晚还是要发几千万元吧。这可太刺激了！

第四十八章

房地产公司的年会

随后就是公司的年会了！按照国际惯例每个部门都要出节目。这次年会的主题就是"无节操cosplay"。大家纷纷发挥自己的想象力，各种电影和游戏角色都冒出来了。"一秒钟变格格"这些都弱爆了。闻道专门在网上租赁了蝙蝠侠和猫女的套装。蝙蝠侠装他自己穿，猫女装给了依依。他俩搭配走了一个秀，帅翻了全场。有男同事扮演了街头霸王里的春丽，那画面太美，让人不敢直视。大牛总穿了唐僧的袈裟装，而小牛总扮演的孙悟空。好吧，这马屁拍得那叫一个低调！肖紫雯带领着售楼小姐们走秀，扮演了各种经典的荧幕女性角色，有现代的也有古代的，有中国的也有外国的。但是肖紫雯穿的是一件深V透视装，闻道看了一下没想起这是哪部电影里的角色。不过这些都还不算什么。尺度最大的是保安队的男人们。前几天保安队长张汉锋向闻道请教怎么出这个节目，闻道在他的耳边耳语了几句，他还真的照做了。只见在人们传来的尖叫声中，张汉锋带领着一帮保安队的男人们，身穿女士内衣，走起了维多利亚的秘密秀！不知道真正的维密模特们看到这个画面会怎么想呢？这还不算完，走完秀以后，他们又欢快地跳起了小天鹅，把台下的众人看得目瞪口呆又捧腹不止。看来这次年会的最佳节目大奖非保安队莫属了！售楼小姐杜诗梅坐在台下神情有点暗淡。闻道问她怎么了？她说她和她那个开超跑的男朋友分手了。杜诗梅说那个人后来对她很冷淡，一直不理她。"哎，是他不懂珍惜你。"闻道不禁叹了一口气。

楼市与爱情

闻道承认这天晚上他的肚子都笑痛了。他确实很久都没有这么开心过了。他和依依分别扮演的蝙蝠侠和猫女,被认为是情侣装,很多人都说他俩很配。蝙蝠侠是闻道最喜欢的电影角色,孤单狭义,又很悲壮。当然,蝙蝠侠首先就是一个"高富帅"好不好?但欢快中有一点让闻道不安的是,他和依依一起走秀时,大牛总一直盯着依依看。之后他们坐在下面了,大牛总的眼光也时不时地向依依这边瞟。年会自然是少不了抽奖环节。行政部和人事部准备了很多奖品,什么最新的 iPhone 手机、数码相机等。特等奖是一个爱马仕的钱包,这可价值不菲啊!更奇妙的是,这个艳羡全场的大奖,居然被依依抽到了!本来闻道还在替依依高兴,但后来张汉锋悄悄地在闻道耳边说,这是大牛总吩咐的抽奖结果。闻道一下就震惊了,随后他很后悔今天让依依穿了猫女的服装。他想起了上次活动请的西京夜场钢管舞皇后瑶瑶。今天依依的打扮和她上次有点像。难道大牛总就好这口的?

最激动人心的时刻终于到了,这也是这个晚上整个年会的高潮!大牛总和小牛总站在台上,小牛总念名字,公司员工依次上台,和大牛总握手以后前往旁边的现金堆放处,由财务总监现场发钱!每个人的脸上都写满了兴奋。闻道不得不佩服小牛总出的这个发现金而不是打卡的点子太棒了。打在卡上的钱再多那也只是数字,哪有一大堆现金的视觉冲击力大呢?不身临现场,真的无法感受到这种强烈的感染力。钱,真的是一个魔鬼。有钱能使鬼推磨,钱其实比魔鬼更厉害!不过仔细想一想,钱其实只是一个工具罢了,但它能打开你的欲望之门,也只有它才能填满你心中欲望的沟壑。闻道相信,这次年会之后,很多员工会产生死心塌地的在这家公司干的想法吧?他自己就是其中之一。送依依回去的路上,闻道从编织袋里拿出 5 万元给了依依。依依有点吃惊,说闻哥你这是做什么呢?这次依依只拿了 7 万元的年终奖,因为她来了还不到一年的时间,自然要少一些。闻道说这是部门给的奖励。依依还是收下了。把依依安全地送到她家楼下,闻道自己也快速回了家。从地下车库提了两个编织袋的现金回到家里,闻道拉好窗帘,把钱全部铺在客厅的地上。让它们在咱家待一晚上吧,明天就要拿去存银行了,感觉这一百多万元又不是自己的了。如果把这一年的工作当做一部戏,那毫无疑问今天就

— 238 —

是这一部戏的高潮。

虽然还没有放春节大假，但是依依向公司提前请了几天假。她想先去看男朋友，再回老家看父母。她的男朋友在美院画油画，专攻人体艺术。开始的时候依依还很担心，觉得人体艺术是不是就是画漂亮的裸模啊。他男朋友说依依这样理解太狭隘了。他们的确主要画的都是裸体模特，但除了美女以外，还有各种各样的人，比如男人、小孩、老人等，而且也有不少时候模特是穿了衣服的。有一次依依去找她男朋友的时候，她男朋友专门把他带到画室参观。他们的画室其实就是一个简陋的教室，有刷着白色石灰的墙面和简单的水泥地。七八个年轻人挤在这间画室里或坐或站的在画板前作着画，主要是男的，也有一两个女的。但是不论男女都有一点不修边幅的感觉，是不是搞艺术的都这样啊？画室很乱，地上到处都摊着五颜六色的颜料和画笔。在画室的正中，是一个老年的男性裸体模特。那视觉冲击力可太强了，依依简直不敢看。人们往往看惯了年轻的美女和帅哥，似乎这才是美的标准，而忽略了人人都难以避免的老年状态。但是这个老人头发花白而稀少，皮肤不仅松弛地搭在一起，上面还有很多黑斑。这个画面难以用美或丑来形容。真实，这是依依最直观的感觉。

她男朋友的同学们看到依依来，都停下手中的笔羡慕地说："哇，你小子的女朋友好漂亮，你还和我们抢模特！"特别是那几个男生，一边说一边还向依依的男朋友使眼色。她的男朋友慌忙把他们推开，说："你们不要乱说话！"那个老人看到依依来了也赶忙用手遮住下体。奇怪的是为什么当着两个作画的女生他无所谓，但看到依依来了就这样呢？可能是看到陌生的美女让他感到紧张吧？依依也很不好意思，便说不打扰他们作画就离开了。经过这次经历，依依不再担心她男朋友画模特的问题了，眼见为实嘛。所以依依以后也再也没提这件事。

依依的男朋友除了在室内画模特以外，还经常需要扛着画板和颜料、画笔等工具到处写生。他经常坐公交，或者叫个出租车去。有时如果走得远一些的话，的确有些不方便。她男朋友给她说过，等工作了第一件事情就是先买辆车，最好是辆SUV，可以带着她开到山里乡间一边欣赏风景一边写生。多么浪漫的意境！当然，依依也很清楚，他一直想体验

第四十八章 房地产公司的年会

一下和她在车里的感觉。男人是不是都有这种幻想啊？这次依依拿了12万元的年终奖，这可是拿到手的哦，不是税前。其实对一个刚上班的小姑娘来说这已经很不错了。于是依依想买辆车给她男朋友开。其实她自己现在也挺需要车的，但是她觉得她的男朋友更需要一些，这对他的画画事业更有帮助。也许，其实依依的心里有一些愧疚吧，因为她经常心里想的人不是他。

于是依依开始研究12万元能够买什么车。她当然第一个想到的就是找闻道咨询。闻道说："12万元的预算，还要求SUV的话，只能在国产品牌里面选了。"闻道解释说，国内现在有一股"SUV热"，所以同配置的SUV其实要比轿车贵一些。"其实现在国产品牌做得也不错，特别是在SUV这个细分市场。"闻道说。"为什么要在SUV这个领域呢？"依依不解地问。闻道又说："因为在轿车领域国产品牌竞争不过合资车和进口车，而国人目前又喜欢SUV，所以专攻性价比路线的SUV更容易获得成功吧。""好吧，明白了。"依依这下懂起了。闻道说每年的车展和春节前后都是买车的不错时机，优惠大。

请好假以后，依依把12万元存在卡上，加上自己的一些存款，即使买个15万元的车也没有问题了。依依坐上前往她男朋友城市的动车，忘掉一切烦恼吧，要过节了，让自己开心点。见到他能让自己开心吗？依依其实还真不知道，或许这是一种习惯或者依赖吧？一般依依去看她的男朋友她都会提前给她男朋友说。但是这次因为想要买车的这个打算，依依想给他一个惊喜。毕竟，这些钱可是她目前的全部积蓄啊！在动车上打了一个盹儿，依依便来到了一个她来过几次，但是依然觉得陌生的城市。依依打了个车来到她男朋友的学校附近。她男朋友在外和同学合租住，说是便于创作。敲了半天门没人开，灯也是黑的。一定在画室，一时间依依竟然有些心疼她男朋友了。学画辛苦，在你出名之前，你只能不停地画，期待某一个早晨醒来，突然你的画就很值钱了。然后你就只需要不停地在家里画就是了，拍卖行会帮你拍出天价。这和在家里开印钞机印钱有什么区别呢？以前据说画家只有去世以后，其作品才会值钱，因为稀缺性，绝版。好在现在当代画家的作品也开始逐渐变得值钱了。但问题是，学画的人这么多，能被大家记住名字的人又有几个呢？

在这个寒冷的夜晚，依依拖着拉杆行李箱，在黑夜中走得手脚冰凉。依依今天其实已经很累了，但想到她男朋友今晚一定又想"激情"一下，算了，还是从了他吧，毕竟有好长一段时间没见了。走到他们的画室楼下，依依一看楼上的灯还亮着，心里稍微欣慰了一点。看来这小子还挺努力的，没有去打游戏或者去酒吧和他那帮狐朋狗友鬼混。依依收起拉杆箱，轻手轻脚地走上楼。她已经很久没有这种想要给谁一个惊喜的兴致了，工作太忙，也有很多烦心的事情。到了画室门口，依依听到里面有一些哗啦哗啦的响动。画画这么用力？依依知道他们画室的门锁坏了很久了，也没人修，便没敲门突然推开了门，说了一句"Hello！"

眼前的场景让依依惊呆了，也许会让她终生难忘。她的男朋友正光着身子，和一个同样光着身子的靓丽女模特，在……这对狗男女居然还知道开着电热取暖器取暖。怎么不烧死他们两个？拉杆箱从依依手中滑落，"啪"的一声掉在了地上。那两个人终于从激情中恢复过来，吃惊地看着依依。"依依……你怎么来了……"依依的男朋友有点结巴的说道。"是啊，我怎么来了？"依依也不知道该怎么接这句话。"她是谁？你女朋友？你不是说你单身吗？"那个还光着身子躺在桌子上的女模特说道。"前女友。"依依提起地上的拉杆箱，平静地说道，"你们继续。"

依依也不知道自己是怎么走下楼的。自己本想给他一个惊喜，没想到却给了自己一个"惊喜"。人生还真是处处充满讽刺啊。更可气的是，她的男朋友，不，前男朋友居然没有像她想象中一样哭喊着追下来求饶。依依就这样漫无目的地在街上走着，还有小流氓过来搭讪。这时正好有一辆出租车经过，依依马上上了车。司机问："美女，去哪儿啊？""机场。"依依看着窗外，眼泪不自觉地就流了下来。晚上的机场，已经没有任何国内航班了。依依在机场的休息区孤单的坐着，看着落地的旅客越来越少，打扫机场的大妈越来越多。最后，大妈也没有了，机场休息区的灯光也暗淡了下来。

不知为何，依依很想此时陆珞竹能够在她的身边，把他宽阔的肩膀借给她好让她痛快的大哭一场。她拿出手机，找到陆珞竹的电话，想拨，但是最终还是没有拨。她知道要是她给陆珞竹打了电话而他听到她在哭，是一定会赶过来的。这么晚了，没有动车，他只能自己急匆匆的开车过来，而那样太不安全了。依依男朋友给她拨了几十个电话过来，她都没有接。他甚至还给她发短信解释说这是为了和模特更好更深入的沟通，便于了解对方的身体而作出经典的作品。还真是"深入"啊！最后依依直接把他的电话拖入了黑名单，没有必要再联系了。

　　好不容易坚持到了第二天早上七点，依依买了回家的第一班航班向着父母"飞"去。

第四十九章

英国买房

春节假期一晃就过完了。这几天可能是西京街头最清静的几天,在市区开车那可是通畅无比。这里面的原因,既有在西京工作但是老家在外地的人回了老家,也有西京本地人到外地去玩去了。其实从大年二十九的一大早开始,西京出城的各大高速公路就已经变成了停车场。人们争先恐后的赶回老家,奋斗一年,很多人只有春节这个时候才有机会回家见见父母。有钱没钱,回家过年!有人编了段子调侃道:春节了,各路名媛、贵妇、"高富帅"、CEO 们都现出"原形"了,不管平时装得多国际多上流多大气,这个时候都要——回县城,回镇上,回村里!名字也从 KK,CC,CoCo,Kelly,Jenny,Mandy,Jessica,变成了翠花、金花、二狗、狗剩子、二胖、铁蛋、二黑、三娃、大妹子!虽然大街上的人少了,但网上的热闹程度可真是有增无减啊。如果你仔细留意春节大假这几天的社交网络,那可真就是一个晒逼格的人秀场啊!

春节本来就是一个海吃海喝的节日,当然首先就是晒吃。什么晒一大桌子鸡鸭鱼肉的这种简直太普通了。不少人在高级酒店或饭店包席团年吃饭,这算正常的逼格。由于春节毕竟是一个最最典型的中国节日,所以吃中餐是理所当然的。但偏偏就有人春节团年要吃西餐的。低调一点的吃印度菜,高调一点的来个法式大餐。中国人团年一般喜欢在一个大包间,上大圆桌,就图个团团圆圆。但偏有人整个西式长餐桌,让人想起了"最后的晚餐"那种感觉,这逼格也是很高了。还有人来个中西混搭的自助餐包场,这得是多大一家子人啊?拍美食大家都会拍。曾经有外国友人调侃,说中国人吃饭前流行用手机检验饭菜有没有毒。但真正厉害的人,拍美食是非常有讲究的。真正的高端人士从来都不让你看出他在什么地方。拍美食的时候,一定要只拍一份食物。智能手机中有一些软件专门提供了"美食"特效,拍的时候只需打开该功能,靠近食物按下拍照键,诱人的美食照出来会让你口水都流出来。千万不要拍一大桌子菜那种,特别忌讳的是吃得差不多了再来拍一桌的剩菜,那会让人觉得你是几十年才下一顿馆子吧?

除了吃饭,自然还有娱乐。但是拍牌桌的时候也是很讲究的。牌桌本身从来都不是重点。你可以不经意间透露一下打牌的环境,比如什么天际会所、温泉泳池,或是牌桌边放的筹码或者美元现钞之类的。当然,更多的人则喜欢秀一下自己的钱包或者手包,等等。不过打牌打麻将唱歌什么的都普通了,放鞭炮更应景一些。但是很多大城市的市区禁止燃放烟花爆竹,所以很多人又开着车跑到郊外去放。有人堆着满车的鞭炮来到郊区,一阵噼里啪啦的鞭炮声,几万元甚至十几万元就没了。这是图什么呢?热闹过后,满地狼藉。除了辛苦了扫地的环卫工人,也大大的加重了空气污染,放出来的鞭炮可都是PM2.5啊!于是有人在网上放出了一张图,说是环卫大爷让你们少放点炮他老人家好早点回家团年。有人调侃说少在外放炮,多在家"放炮",这就低碳环保了。但是马上就有另外的人在网上放出图片,是一个孤苦伶仃的老人在街边卖鞭炮的照片。配字说你们少放鞭炮,卖鞭炮的大爷就没法回家团年。哎……这个问题,还真是矛盾啊?

什么吃吃喝喝的打牌放炮的,和晒旅游照片的逼格相比起来,那真是毫无新意了。大年三十其实还好,大家都在吃团年饭。从大年初一开始,各种逼格就开始冒出来了。闻道留意了一下,大年初一除了那些"留守"在西京本地的晒各种串门和麻将牌局的以外,不少人都在晒机场和机票登机牌的照片。一副超脱的感觉。感情都是在机场过的大年初一么?如果说大年初一晒机场和登机牌只是秀逼格的入门级的话,那随后的照片就非常关键了。如果你想秀几张人挤人的景区照,那劝你还是不要秀了。比如什么在一万多颗人头中努力挣扎着来一张登长城的自拍照这种，那必然是逗人笑的。这种大假的出游照，一个非常非常关键的要素，就是你的逼格和你照片中的人数成反比。如果你发一些人都看不到的海岛图，然后配几行字，说什么潜浮好凉快啊，我和热带鱼的亲密接触啊，那必然是会引来一片疯狂点赞的。如果你还能来一张游艇上穿着比基尼一手端红酒杯一手拿钓鱼竿的，那效果自然就更好。不过，当下周边的海岛其实在大假必然是会被国人攻占的，所以目前也不是很能显示逼格了。因此，如果你想提升逼格，那必然需要去更远的地方，比如在非洲大草原看狮子啊，在南极喂喂企鹅啊，在澳大利亚去抱抱考拉之类的。打高尔夫、骑马之类的照片就算了，近年来发的人太多了。

如果你去了巴黎这些国际旅游的热点城市，注意一定不要去那些人多的著名景点拍照，因为大家都会这样做，你怎么显示自己的格调呢？一定要找一个香榭丽舍大街上的小咖啡馆，拍一杯咖啡，最好带一张写法语的小票，然后配上一段"心灵鸡汤"，说去哪不重要，重要的是谁陪在你身边。当然，还有一点，国人在大假外出旅游，那必然是和扫货结合在一起到。需要注意的一点是，除了展示一大堆的战利品以外，最好在商店自拍一张，或者带着刷卡的购物单一起拍，不然别人会以为你在网上买的。不过总体来说，晒一大堆买的包包和化妆品之类的目前都太多了。如果能秀一张几万元一支的钢笔之类的，效果会好很多。

当然，也有一些人晒加班的。这个效果就和行业有很大关系了。大家都知道春节加班那可是三倍的工资啊。如果你是机长，拍一张飞机驾驶舱的照片，然后随便配一句抱怨，肯定会引来很多羡慕。如果你晒一张华尔街的图，然后配一行字"你们过年，我来敲钟"，那效果自然是无敌的。晒照片，自拍肯定是免不了的。不过说到自拍，那"颜值"真的太重要了。"颜值"高，那你随便在家里蓬头垢面的穿个睡袍自拍一张，也会有一堆的人点赞。当然，如果能发一张海滩上的照片，那点赞的人会多很多。如果"颜值"低，那还是多"P"一下再发出来吧。其实，只要人漂亮身材好，在哪里、穿什么、怎么拍，都无所谓。

不过对于很多单身的男女适龄青年来说，过年可是一个难熬的关口。一回家七大姑八大姨一通啰唆，让你觉得恨不得找个地缝钻进去。单身咋了？单身就该被虐待吗？还有没有一点同情心。于是这又导致了一个产业链的出现："租"男女朋友回家过年！不过这还真得提前说好"规则"啊。闻道曾不止一次在网上见过这样的新闻，说租的男（女）朋友回家，酒精刺激加同处一室，于是干柴烈火地发生了关系。事后有女方不认账了让加钱，更有甚者没有采取好措施导致女方怀孕了，这可说不清楚啊！

闻道大年三十在家陪父母，大年初一的一早就去了机场，飞去了英国。他的前妻想在英国买房，让他这个业内"专家"去参谋一下。其实闻道对英国的楼市也不熟悉，但一方面是出于承诺，另一方面也当是去散个心吧。随后，闻道发了一张坐在伦敦眼上拍的俯瞰泰晤士河的照片，并配了一行字"来自泰晤士河的思念，有一种淡淡的忧伤；泰晤士河的水，是心的眼泪"。这引来了一片点赞，很多人都说既显"高大上"又很"低奢内"。也许有人会觉得闻道在故作呻吟。但是闻道心中的苦，别人又怎么会知道呢？闻道看到陆教授发了一张在自己的花园里一边晒太阳喝咖啡一边推导数学公式的照片，便问他怎么没出去玩？陆珞竹说在赶一篇论文的修改稿，国外期刊的编辑又不过春节。看来学术界也不好过啊！奇怪的是依依自从放假以后就再没更新她的社交网络的主页了，过年也没有。

在发达国家买房，这在以前感觉是非常遥远的事情。但是目前随着人民币的升值特别是国内资产价格的快速上涨，这对普通人来说似乎也不再遥不可及了。现在，居住在北京、上海的人，随便把自己的一套普通电梯公寓卖了，就可以在国外买一套大房子，甚至是别墅。在国外生活过的人都知道，发达国家，特别是发达国家大城市的楼市有两个基本的特点：一是房租很贵，买房比租房划算；二是基本都是存量市场，新房很少，一般只有买二手房。英国的有钱人一般会在城市最好的地段购买豪华住房，然后再买个郊区别墅用来周末小住；中产阶级家庭一般购买小独栋别墅或高级公寓，带有前后小花园、车库，且具备独立的大客厅和餐厅这种房型最受欢迎；穷一点的人有政府提供的福利房，其中经济条件稍微好一点的也可以买联排别墅或者那种有高屋顶、带阁楼的大房子。

闻道的前妻本来在伦敦的金融区上班，是租的房子，那租金太贵了。

由于工作调动她去了曼彻斯特，可能会长期待下去，所以准备在那里买房。于是这次来英国闻道只在伦敦待了一天，就赶到了曼彻斯特，一个非常艰巨的任务就是看房。从伦敦到曼彻斯特当然可以坐飞机，不过这太浪费了。闻道决定坐火车，这样还可以欣赏一下沿途的风光。坐快车差不多两个半小时就可以到，白天半小时一班，还挺方便的。在国外看房，有一点和国内很大的不同，就是必须选好社区。社区在国外来说可太重要了，这不仅代表了交通、教育、清洁等基本的基础设施配套水平，还有一个很重要的因素就是治安水平。如果住在不好的区，虽然房价会便宜一些，但可能你会住得心神不宁，不但有被入室盗窃的风险，也有可能出门就挨一颗枪子儿。

于是闻道先在网上做了一些功课，锁定了大概的区域。这个步骤不难，只需要结合他前妻的工作地点，常去的一些商场、超市、公园等活动场所，画一个三角形定位就能锁定大致的区域。据说美国的FBI在办案时会使用这种三角形定位法来锁定嫌犯的位置。然后闻道又亲自去做实地考察。闻道在手机上面记录了他有意向察看的街道的情况，这里面学问可大了。先要看街道是否干净，从这里面可以看出社区的卫生情况和居民素质。然后还要看街道上多数是些什么人在活动，这可以观察出这个社区大致的人员构成，推断是否安全。接着还要看各家的花园是否整洁、是否经常修理，从这里面可看出居民素质和相处的融洽程度，等等。还有一个特别重要的要素，就是看空置的住房多不多。国外大多数居民社区不像国内城市里每个楼盘都有围墙和大门，有物管的门卫守门。国外的社区大多是开放式的。出了你家的房门就是街道，缺乏国内小区围墙的这层保护。如果一个社区有大量的住房空置，那这个社区的房可千万不能买。一旦一个社区的空置住房被流浪汉进驻，那各种治安隐患就会像潮水一样蔓延开来。如果一个社区的街上晃荡的流浪汉很多，或者醉鬼经常出没，那也要慎重考虑是否在这个社区购房。看到街上到处游荡的流浪汉，你就会怀念国内的"城管"了。

英国当然也有房屋中介。锁定大概的社区后，闻道找了一家房屋交易中介，试着看了几套房。国外的住房基本都是"精装房"，没有国内的清水房或者毛坯房这个概念。通过实地了解，除了察看房子外观和内部的陈旧这些基本特征之外,闻道重点看了厨房和花园。英国人对厨房的要求很高,甚至可以说是整个室内要求最高的部分。闻道心想这英式下午茶看来不是浪得虚名啊。在厨房中,厨房的布局是最重要的,其实这个布局就是国内户型的意思。因为对厨房的装修和设备等不满意可以再装修再换新的,但是对布局不满意这个工程可就大了,国外的人工费那可贵得吓人。此外,厨房里的组合柜也是需要重点考虑的因素,这其实就是国内所谓的橱柜。从实用的角度考虑,柜子的花纹不一定要漂亮的,但柜子的面积却一定要大。

室外部分最重要的因素当然就是花园,花园越大越好,这和国内完全一样。花园越大则这套房的升值潜力就越大。和高兴了就喜欢随处"激情"的法国人不同,英国人喜欢养花和养宠物,因此拥有大大的花园的住房就非常受买家的青睐。当然,除了养花和养宠物之外,在英国购买拥有花园的住房还有一个潜在的好处,这可会羡慕死中国人。如果你的花园足够大的话,你可以去向当地的房管部门提出申请,扩建几间小房子。这不仅你自己享受了非常实用,也会对以后房子的升值起到直接的推动作用。在国内的城市里,哪怕你买个几千万元上亿元的独栋别墅,你在你的花园里修房子试试?只要有人举报你,立马就有挖掘机开来给你拆了。

除了自己的考察和中介的建议以外,闻道甚至还找了几个街上的邻居和便利店的老板随意聊天了解了一下这个社区的情况。平时在好莱坞大片和美剧里听惯了美式发音,听着英式发音的英语还挺享受的。最终,闻道锁定了一套曼彻斯特近郊不错位置的一套房源:两层楼的独栋别墅,有一个地下室,有一个小阁楼,浅棕色的外砖墙,白色的门窗,深棕色的坡屋顶,壁炉烟囱,五个卧室,大花园。这简直满足一个中产家庭的所有想象啊!当然,车库里一定要配一辆捷豹和一辆路虎,在英国嘛,当然要入乡随俗。

闻道感觉有点儿恍惚。也许,这才应该是自己应该好好过的生活吧?至于糖糖,闻道除了叹气还能说什么呢?那就像是一个梦,而只要是梦,就终究会有醒来的那个时刻。不想了也就不痛苦了,不在乎了也就无所谓了,不爱了也就不会再受伤害了。但是,这可能吗?

现在万事俱备，就只差一样东西了——钱！这套房源加上交易的中介费和税费等，要将近 40 万英镑，折合成人民币要将近 400 万元了。为什么英镑比欧元和美元都贵这么多呢？这让闻道很生气。不过，闻道的同学刚刚花 300 多万元人民币在北京买了一套小户型。好吧，这样一想闻道瞬间就开心了。闻道的前妻让闻道给首付，她来按揭，房子写两个人的名字。国外金融体系发达，不是夫妻关系的两个人也是可以一同买房的。闻道不禁想起了他们之间的那个协议。他这不还没和别人谈恋爱吗？闻道算了一下，加上今年年终刚发的钱，他一共只有不到两百万元的存款。他的前妻让他把西京的房子卖了，又可以凑一百多万元，这就差不多了。这闻道可不干。他知道他的前妻就是想变着花样让他在西京待不下去。最后协商的结果是国内的房子不卖，但是闻道把家里所有的钱，也就是这差不多两百万元，拿来给首付，然后他的前妻向当地的银行做按揭抵押贷款。这事儿就这样成了！闻道觉得自己稀里糊涂地就成了中国庞大的海外置业大军中的一员。这也算是自己的一笔海外投资吧，反正自己现在还没有开始炒股。

第五十章

重逢

　　陆珞竹在春节期间给依依发了祝福短信,但她没回,后来打了下电话也关机。假期要结束的时候依依给他回了一个信息,说她手机坏了。陆珞竹问依依好久回来,依依说过完年就回。陆珞竹说他去机场接她,依依说好。其实依依心里有很多很多的话想对陆珞竹说,但似乎又说不出口。

　　取了行李走到机场的到达大厅,依依看到陆珞竹已经在等她了。"久等了吧?"依依问陆珞竹。她的语气少了些以前那种尊重,更多了一些亲切和依恋吧。"没有,我也刚到不久。"陆珞竹微笑着说,然后接过依依的行李箱。依依知道陆珞竹这么行事精确和守时的人,一定是提前来了的。坐到车上,陆珞竹从车上拿出一个小盒子,递给依依说:"你手机坏了工作不方便,我就给你买了一个新的,就当做是过年的小礼物吧。"依依一看,这不是刚上市的 iPhone 6 plus 吗?依依看到陆珞竹自己用的还是3000元左右的手机,而给自己买7000元的,觉得很过意不去。陆珞竹似乎看出了她的心思,笑着说:"据说你们小姑娘都喜欢用这个手机。我对手机不讲究,但我对电脑要求很苛刻的。"

　　陆珞竹也许猜到了依依这段时间经历了一些不快,轻声说:"没事的,人总会成熟起来的。""什么叫成熟?"依依问。陆珞竹回答说:"Maturity is achieved when a person postpones immediate pleasures for long-term values."依依听罢若有所思。然后,陆珞竹又补充了一句:"Fill up life with love, compassion, tolerance, peace and happiness."这次终于把依依逗乐了，她的脸上露出了久违的微笑。依依说："你这么会安慰人，喜欢你的人得排起队吧？"陆珞竹回答道："其他人喜不喜欢其实我无所谓，我在乎的人喜欢就行。"

开了一会儿，依依突然看到陆珞竹在流鼻血，便担心地问他怎么了。陆珞竹靠边停车，找了纸巾擦拭了鼻子，说前几天也流过几次，是不是过年吃得太好上火了。陆珞竹安慰依依说，流个鼻血又不是什么大不了的事，让她别担心。到了市区，在一个大路口等红灯的时候，陆珞竹看到依依正看着窗外，便问她在看什么呢？依依说随便看看罢了。陆珞竹顺着依依的眼光看过去，只见那是一家蒂凡尼的专卖店。陆珞竹知道，这是蒂凡尼在西京的旗舰店。蒂凡尼是美国的品牌，美国的品牌一般还是卖得没有欧洲的那些品牌贵，毕竟欧洲的历史更悠久一些吧，但蒂凡尼确实卖得比较贵。"喜欢？"陆珞竹问依依。依依回答说："去看过一次，好贵。"陆珞竹笑了笑，没说什么。到了依依家楼下，依依想让陆珞竹上去坐坐，但看到陆珞竹一脸倦容，便问他是不是昨晚没睡好。陆珞竹说也不是，但就是头有点痛，可能是假期综合症吧。依依其实之前看过陆珞竹更新的社交网络，知道他春节的假期也在写论文。于是依依便让他早点回去休息。依依本想告诉他自己已经是单身了，让一切该发生的事就自然地发生。但也不急这一时吧，还是让他先好好休息。

过了几天，陆珞竹流鼻血和头痛的症状不仅没有减轻，还有加重的迹象。他觉得还是去医院看看吧。陆珞竹很少去医院，也不知道这该看什么科室合适，便去了急诊。急诊医生让他做了个脑部的CT检查。大医院永远都是人山人海，就像菜市场一样。虽然陆珞竹可以找关系卡下位，但他觉得没有必要麻烦别人，等就等嘛，反正把手机拿出来看股票就行了。拿结果的时候，医生语重心长地问了些情况，然后说从检查结果来看怀疑陆珞竹脑部有肿瘤，让他再复查一次。这可简直是晴天霹雳啊！过了几天又照了一次，结果一样。陆珞竹问医生有多严重。医生说从拍片结果和陆珞竹表现出来的症状来看，问题已经很严重了，必须马上做开颅手术，把病灶切除。陆珞竹问如果不切呢？医生说有两种可能，一是他头痛和流鼻血的症状会越来越严重，可能会经常昏厥，最终导致死亡。陆珞竹问他那还有多长时间。医生说根据他的经验来看，最快可能就半年，长也不会超过五年。陆珞竹问那第二种可能呢？医生说如果用药物压制和化疗，你也有可能活得更长，但有很大可能会记忆力受损直至痴呆。

这还真是讽刺啊！对于一个高级知识分子来说，变成弱智或者痴呆，那真的比死了还痛苦吧？这是西京最好的医院了，在全国也排在前列，陆珞竹相信医生说的话，大家都是教授。他觉得已经没有必要再多跑几家医院复查了，那样纯属瞎折腾。但是陆珞竹还是咨询了他在美国的同学，委托他们联系了医生远程会诊了一下。国外的医生也建议立即手术。陆珞竹问手术有什么风险。医生说立即做这个手术，他有30%的概率通过后续的恢复治疗可以完全康复；有30%的概率做了手术也没用，一样会复发；还有40%的概率他可能下不了手术台。这个风险概率和国内医生给他估计的差不多。

陆珞竹笑着说，他买了很多保险，他的保险公司这下要赔惨。他的同学都无语了。陆珞竹最终决定还是去美国做这个手术。他并不是信不过国内医生的医术，而是不想万一他下不了手术台或者痴呆了，他的父母难以接受这个现实，都是老人了。如果他死在了国外，保险公司会负责把他的遗体运送回国。陆珞竹专门看了一下他的保单，有这个条款。这样至少有时间让他们消化噩耗吧。

这天，陆珞竹约闻道吃了顿饭，给他说了实情。闻道震惊得嘴巴都合不拢。陆珞竹说了除了他在国外帮他联系医院的同学，他没有对任何熟悉的人说这件事，包括他的父母，也包括依依。如果他走了，他不想是在他在乎的人的眼泪中离开的。"那你为什么要对我说呢？"虽然知道这是陆珞竹对他的信任，但是闻道还是忍不住问了一句。"因为我想让你帮我转交一件东西给依依，不，是先保存在你那里一下。"陆珞竹说着从包里拿出一个小盒子，闻道打开一看，这是一个蒂凡尼的2.5克拉钻戒！闻道曾邀请过珠宝商来售楼部做展览活动，知道这类钻戒在美国都会卖约5万美元，在国内可能得近50万元人民币了吧。陆珞竹平静地说："我是肯定会回来的。如果我是躺着回来的，就麻烦你帮我把这个转交给依依，她会用得着的。如果我是自己站着回来的，你就还给我。""别别，您老人家还是以后自己亲手交给她吧。"闻道连忙说。陆珞竹笑而不语。过了一会儿，陆珞竹若有所思地说道："每个人都会死，但不是每个人都真正活过。"

陆珞竹走了。他去美国做手术，对外说是去做半年的访问学者。他对他的父母以及依依都是这样说的。他走之前也没有和依依再见一面，他给闻道说他不会撒谎，怕说漏嘴，所以还是不见依依为好。他在他的社交网络发了一张机场候机的照片，说去美国做半年访问学者，走得急，朋友们再见。人们纷纷留言说，和陆教授比起来，他们前一阵子晒春节大假七天的出游照片简直毫无创意了。于是，陆珞竹就这样消失了。

一晃几个月过去了。

也不知道陆珞竹的手术做得怎么样。闻道联系不上他，也不知道怎么联系他。依依这段时间变得很消沉。依依给闻道说她和他男朋友分了，但还没来得及给陆珞竹说，他就走了。她总觉得陆珞竹是不想理她而走了。闻道想给她解释真正的原因，但又觉得这样也不能缓解陆珞竹的病情，反而还多一个人担心，又何必说呢？依依问闻道，她是先买车还是先买房好。闻道想了想说，车一旦买到就开始贬值，理论上说每年贬值10%，而房产目前基本上每年增值20%左右都是没问题的，这一来一往就是30%的差距，先买车那可亏大了。而且买房还可以用贷款获取本金以外的增值，这就是杠杆，所以还是先买房吧。依依说："你怎么说得这么像他的口气呢？"说罢依依把头扭向了一边。闻道意识到自己刚才说的话的确很像陆珞竹的语气和说话方式。他看到依依的眼眶里包着眼泪在打转，便轻轻拍了拍依依的肩膀说："他走得这么匆忙一定是有急事啦，办完就会回来的。"看着依依还没有好转的迹象，闻道说："要不你先把房子买了吧？公司内部员工购买有一个点的优惠。现在房价涨得快，自己早点买套房你也安心。""那买什么好呢？"依依问。"要不就买我们项目那个小户型产品吧，总价低，以后即使你不想住了也可以租出去，小户型好租。"闻道说。其实闻道心里想的是反正以后你都到陆珞竹家住大别墅去了。他真心希望这会真的发生：陆珞竹能平安地回来，然后他自己亲手把那个蒂凡尼的钻戒戴在依依的手上。于是依依购买了一套小户型产品，成了公司自己的业主。

楼市与爱情

日子就这样一天天地过着。拖得越久，闻道越担心陆珞竹的病情和安危。他甚至经常都在想，要不要还是先给依依说了算了，好让她提前有个心理准备。闻道依然还是每天随时都在刷新糖糖的社交网络主页。虽然不知道这样做有何意义，可能就是想看看她还好不好吧。她发的每一条新状态，更新的每一条签名，甚至换的每一个头像，闻道都能立即知道，但是他再也不留言了。他觉得自己这样是不是算是一种病态的关爱啊？她这阵似乎经常到处"飞"，一会儿在这个城市，一会儿在那个城市，看来事业发展得还不错。在每一个城市，她似乎都有很多"朋友"，做什么事情都有很多的帮忙。她过得比闻道自己潇洒多了吧，走哪都有很多朋友陪。像她这样的大美女，总是有大把的男人围着，也很正常。也不知道她有没有想过自己？呵呵，算了，这就是一种奢望吧！

一天，一个做汽车的朋友说晚上有个新车发布的酒会，让闻道来参加。这天闻道在公司一直忙到晚上，晚饭也是盒饭凑合的。天下着大雨，闻道真不想去赴约了，但是想到都答应别人了，不去也不好，还是去捧个场吧。这种场合，无非就是喝喝酒聊聊天，老朋友聚聚会，再顺便认识点新朋友，发几张名片。当然，这种聚会的商务气氛一般都比较浓，大家也不光是闲聊，能顺便谈点业务那就更好。闻道有些想把汽车的展览和楼盘的营销结合起来，进一步增加售楼部的人气嘛。来看车的人顺便看看房，到时再喊几个车模来摆摆造型，必然可以引得一群人来拍照。

闻道把车开到聚会的会所门口，找了半天还没有找到车位，看来今天来的人不少啊。雨依然下得很大。这个季节不应该有这么大的雨啊？看来，这又是一个冷雨夜。闻道讨厌冷雨夜，因为这样的夜晚，总是会让他对一个人的思念泛滥。终于闻道找了一个地方把车停好，他今天迟到了，而闻道答应别人见面一贯很守时的。突然一声炸雷，把地面停的很多车的警报器都打响了。闻道进了会所，和主办方的朋友寒暄了一下，又和其他认识的老朋友打了个招呼。主办方的朋友把闻道拉到一边，说："我来给你介绍一个大美女认识，她可是我们西京社交圈的名媛啊！"闻道心想这谁啊？走近一看，闻道立刻傻眼了，心跳估计瞬间就加速到了140以上。这不是糖糖吗？

只见糖糖安静地坐在那里，似乎若有所思。她静静地注视着沙发对面电视的屏幕，和周围嘈杂的环境显得有些格格不入。看到闻道，糖糖也很吃惊，或者说有一点尴尬。闻道故作镇静地坐到糖糖身边，还给她发了一张名片。等招呼的朋友走开了，闻道轻声地问："你还好吗？""还好，你呢？"糖糖说。"我就那样吧。"闻道想苦笑一下，但是表现出来的却是傻笑。一个你朝思暮想的人突然出现在了你的面前，你能不傻笑吗？

　　曾经的点点滴滴，就像快速播放的电影一样，在闻道的头脑中飞快地闪过。万米高空的邂逅，机场通宵接机，送她回家，一起吃饭，给她买项链，还有那无数次辗转反侧的思念和煎熬。又一声炸雷把闻道从回忆中惊醒，外面又传来一阵汽车警报器的声音。"今天雨真大……"闻道觉得自己有点没话找话。"嗯……"糖糖似乎也有点不知道该说些什么。闻道突然想起一句不知道在哪里看过的话：世间所有的相遇，都是久别的重逢，一旦错过，又是一生一世。

第一季/完

后记

作为三部曲的第一部,《第一季·行情》主要讲述了在中国房地产价格快速上涨时期发生的一些社会现象和故事。这个名字"行情"其实已经暗示了,在这一波房价飞涨的波澜壮阔的行情中,把握住了行情和没有把握住行情的人完全是冰火两重天的境遇。所谓的"行情",其实就是一个社会财富再分配的过程。从这个意义上说,本书的第一季实际上写的是在我国房价飞涨时期的社会众生相。

天下没有不散的筵席,也没有永远单边上涨的市场。随着房价的持续飞涨,严厉的政策调控已是山雨欲来。一旦房地产市场遭遇政策调控陷入下行,又会是怎样一种情况?闻道、糖糖、依依、陆珞竹,这四个主人公的命运又会怎样发展?其实就整个三部曲而言,《第一季·行情》只是一个铺垫,很多故事的线索才刚刚展开。更精彩的内容,更劲爆的情节,敬请期待本书的第二季!

@学者刘璐

2015年8月于成都